「……アイ？
〝好き〟とは少し違うものですよね？」
［ユーリ］

「おはよう。大咲空。
やっと起きたねわたしの英雄」
［クリス］
突然、空の下に現れた少女。
パパになってもらうために
やってきたと言っているが……？

「大丈夫ですかっ？
もしかしてまた、
あの子が……え」

Contents

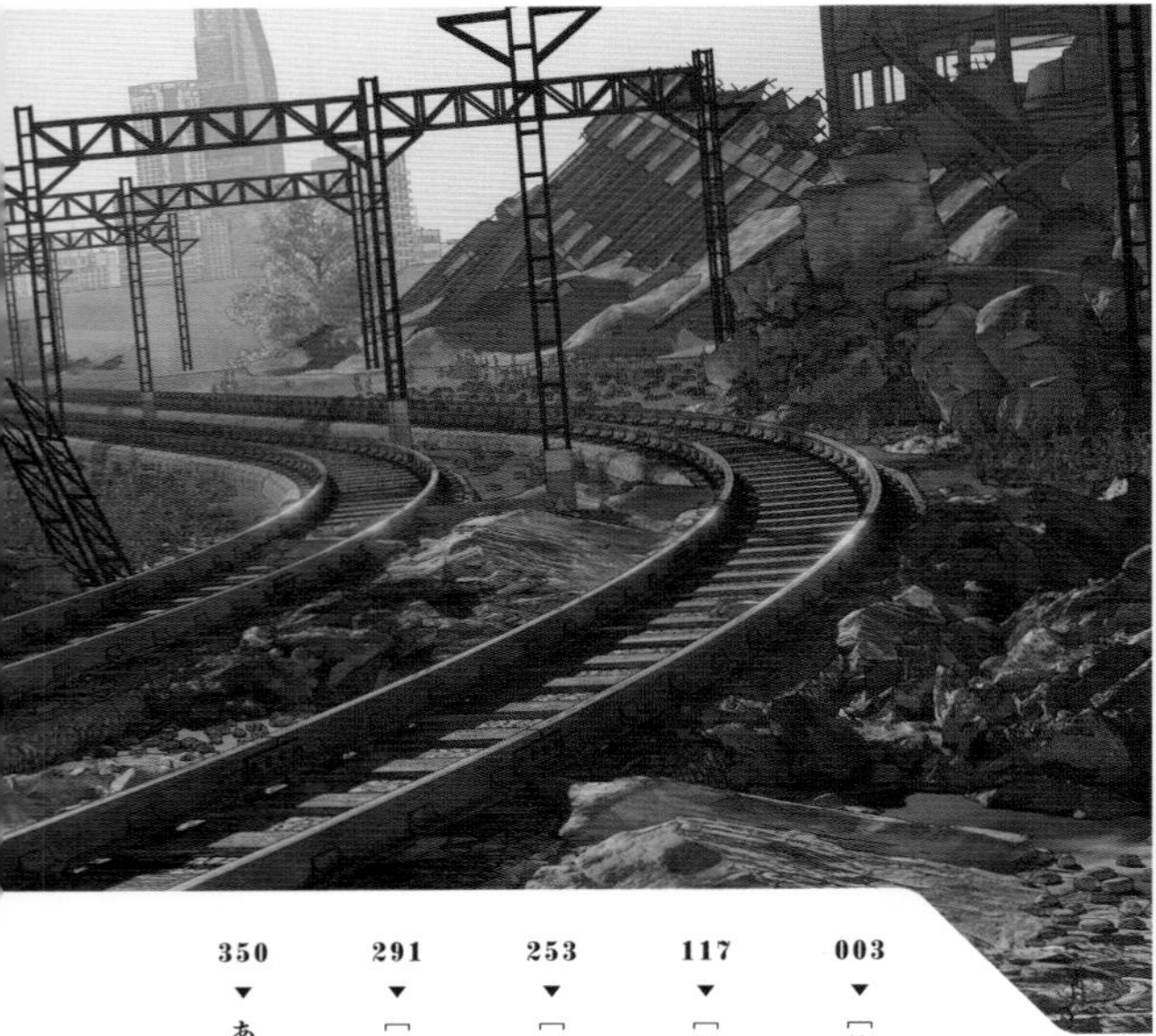

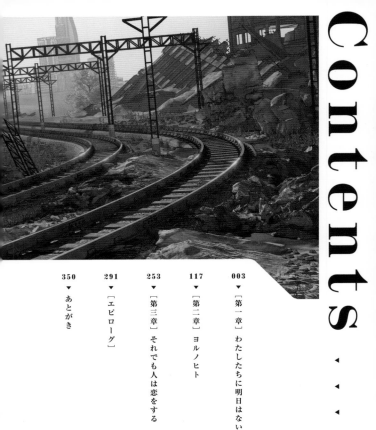

もしも明日、この世界が終わるとしたら２

漆原雪人

角川スニーカー文庫

23641

本文・口絵イラスト／ゆさの
本文・口絵デザイン／横山券露央［Beeworks］
世界観イラスト／わいっしゅ

［第一章］わたしたちに明日はない

1

「……今日は、ありがとうございます。こうして一緒に出かけられて、よかったです」

雨降りの廃墟《はいきょ》の町だ。俺の隣を歩いていたユーリがぽつりと言った。

「あれから、そ……あ、あなたのことを変に意識するように、なってしまって。また、嫌な態度をとってしまってたかもしれません」

ごめんなさいと言ってユーリは視線を下げた。

「それなのに。こうしてまた一緒に出かけられて、嬉《うれ》しいです」

ありがとうございますともう一度ユーリは言って、小さく微笑《ほほえ》んだ。

「いいや。嫌な態度だなんて、そんなことないよ」

それはたぶん、俺も同じだったと思うし……。

そう答えた俺と同じように、ユーリも苦笑いを浮かべていた。

早いもので、俺がユーリに〝好きだ〟と叫んだあの日から一週間だ。

あれから今日までちょっと互いにぎこちなかった。

俺がユーリに告白をした翌日は、放送室でちゃんと話せたはずなのに……。

二人で一緒に、もう二度と逢《あ》えないクロースとのさよならに、少し涙を流したりして……。

何かあれば護《まも》ってくれる優しい大人はもういない。これからはたった四人で力を合わせ、子供たちだけで暮らして行かなきゃならないんだ。そんな風に覚悟も決めていた。

けれど、おかしいな。

なぜか日を追うごとに、気恥ずかしさがじんわりと増していったのだ。

胸の中に〝好きだ〟と叫んだ自分の言葉が鳴り響き、どんどんと膨れ上がっていくようだった。それはきっとユーリも同じ。たとえば学園の中でふと顔を合わせると、どうしてもあのときのことを思い出し、どちらもたちまち真っ赤になった。おはようも、おやすみも、ごくふつうの挨拶も、なぜだかまともにできなくなってしまっていた。

……このままユーリとふつうに話せなくなったらどうしよう。

そんな不安が脳裏をよぎり始めていた頃だった。ぎこちない俺たちを心配したのだろうルカが、「二人に探してきてほしいものがあるんだ」とそう言ったのがきっかけだ。俺たちは二人で、音に溢《あふ》れたこの廃墟の町にやって来た。

世界の終わりには娯楽が少ない。

どうせ一年後には終わる世界だ。誰も未来を信じられなくなってから、物語も、音楽も、絵画も、今を彩るためのものを生み出さなくなっているのだという。結果、俺たちは暇を持て余すことになる。魔法使いの学園で、特別な魔法を学ぶでもなく、ただ毎日を過ごすだけ。

……それでは気持ちが塞いでしまいそう。

だから何か楽しい物語の書かれた本や、気持ちを明るくしてくれる音楽の吹き込まれたレコードなどなど。

それら「日々《いま》を楽しめるようになるもの」を近くの町からでも探してきてほしい――ルカが今朝になって突然、俺たちにそう言った。そしてその提案にうなずいたユーリが、この町の存在を教えてくれたのだった。

学園から徒歩で十数分の場所。

ユーリに道を案内されて。

足元の悪い道では、俺がユーリの手を取って……。

そうした中でいつしか自然と話せるようになり、気づけば何事もなかったように、以前と同じくらい笑い合えるようにもなっていた。

今は二人で一本の傘の下だ。雨降りの町を肩を寄せ合い歩いていた。

「……私は、昔からこの町が好きでした」

ユーリが静かにそう言って、ふと、辺りを見回すように視線を向けた。

石造りの細い外路だ。

その両脇には点々と、楽器屋やレコード店などが並んでいる。この町の中心には世界で一番の音楽院があり、演奏者や作曲家を志す人たちが世界中から集まって来ていたのだという。

「この町はたくさんの音で溢れていたんです。綺麗《きれい》な歌や、優しい演奏。たくさんの音色が少し離れた私たちの学園にまで、いつも微《かす》かに聞こえて来ていました。誰もいなくなってしまった今も、その頃の名残が響いていて……昔も今も、私は、この町が好きだと感じます」

朽ちかけてしまっている廃墟の町には、ぴちょん、ぴちょんと、雨粒の弾ける音が満ちていた。

お店や住宅の屋根から滑り落ちる水滴を、ちょうど落下場所に置かれたカップやグラスが受け止める。その一滴、一滴が、まるで軽やかな音符のように飛び跳ねていた。受け止めた雨音の音程を調節するよう作られているらしい。その大小さまざまなカップやグラスが町中に設置されているようだ。耳をすませば、町のいたるところから雨粒の音色が響いている。それら一つ一つが複雑に重なり合って、一つの曲にも聞こえて来ていた。

どこまで計算されていたのかはわからないけれど……なるほど。

町そのものが楽器なのかもしれないな。

そう思いいたると、俺も何となくこの町が〝好き〟になれたような気がした。

俺が何気なくそう伝えると、隣を歩くユーリはうなずきながら微笑んだ。

「あれから私は、自分の中にどれだけ〝好き〟があるのかをよく考えるようになりました」

「……あれから？」

「はい。……あ、あなたが〝好きだ〟と言ってくれたときからです」真っ赤になってうなずくユーリだ。

そんな彼女に俺も気恥ずかしさを感じて、つい視線をさ迷わせてしまっていた。

ユーリは顔を赤くしながら、それでも話を続ける。

「自分のことを〝好きだ〟と言う人がそばにいる——そう思うと、不思議です。自分のことを自分でも、昨日よりもう少しだけ、好きになれたような気がして……。だから私は、自分のことを好きだと言ってくれる人を探していたのかもしれません」

それはもちろん誰でもよかったわけではないはずだ。

ユーリの中には明確に、誰かの顔が浮かんでいるはずで……。

ほんの少しだけ、胸の奥がチクリとした。

けれどそれよりも俺は、しみじみと〝よかった〟と思ってしまうんだ。

こうしてぎこちなさや、気恥ずかしさを払しょくできてよかったし……。

あのとき、ユーリの手を取ることができて、本当に、よかった。

隣でユーリが微笑んでくれる度に、俺はどうしたってあのときのことを考えてしまう。

〝魔導書〟の呪いによって、世界中から忘れられてしまったユーリを捜し……。

自分《英雄》の意志にどうにか逆らい……。

俺は、消えかけていたユーリのその手を摑《つか》んだ。

結局はフラれてしまった俺だけど、またいつか、君に〝好き〟を伝えてもいいかなと言う俺に、あのときユーリはうなずいてくれた。それだけで俺は充分、うれしかったんだ。

「私は、すぐに拗《す》ねるし、すぐ泣くし……。きっと面倒くさい子なんだろうなと思います。そんな私なんかを好きだと言ってくれて……ありがとう、ございます。改めて、それだけ言いたくて……え、えっと。あ、あなたにも……、いつか……その……だ、だから……えっと」

ユーリは不安そうに俺を見上げた。

「ごめんなさい。あなたにす、好きだって、そう言ってもらえた日から、また私、嫌な態度だったかもしれなくて……」

「え？」

「だから今日は、勇気を出して、素直になろうと覚悟を決めていて……。ありがとうも、ごめんなさいも。ちゃんと伝えなきゃって思ったんです」

一瞬、ユーリの言いたいことの意味がわからなかった。

「あの頃はただ、拗ねてしまっていただけです……」けれどユーリはすぐに小さく唇を尖《とが》らせた。「クロースには〝ただいま〟と言ったのに、私には言ってくれなかったから……、ご、ごめんなさい。ダメですね、思い出すとまた拗ねてしまいそうです」

ユーリは苦笑して、隣を歩く俺を見上げた。ああ、なるほど。あの頃のことか。

「うん、そうだね。拗ねたユーリもかわいかったと思うよ」

「かわいい……」ユーリの頰《ほお》が淡く染まった。耳も真っ赤だ。けれどその口元は柔らかく、緩む。

そんな横顔を隠さず見せられてしまったら、ダメだな。こちらもなんだか胸の奥がソワソワとするようだった。

けれどユーリは一つ咳《せき》ばらいをし、緩んだ頰を引き締めて、言った。

「だけど……ちょっと、ほんのちょっとだけですよ？　あなたに幻滅もしてしまったかもしれません」

「え？」ドキッとしてしまう。「げ、幻滅って。どうして？」

「だって……。最初に会ったときはこんな風じゃなかったじゃないですか」

「こんな風、とは？」

「私があなたを召喚した頃ですよ」真剣な顔をした俺を、ユーリはちょっとおかしそうに笑う。「私と同じくらいに恥ずかしがり屋さんで。私と同じくらい、ちょっと、内気で……。ほら。こんな風に気軽に〝かわいい〟とか、口にするようなタイプじゃなかったと思います。いつからそんな感じになっちゃったんですか？」

年下を注意するお姉さんみたいに、ちょっと悪戯《いたずら》っぽい口調でユーリは言った。

「まったく。本当にびっくりです。ずっとずっと昔から、英雄《あの人》のメガネを通してあなたのことを見ていましたが……。まさかこんな短い間に、こんなに変わっちゃうだなんて」

頬を膨らませていたユーリだったけど、「でも……」と言ってすぐに頬をやさしく緩めた。

「でも、笑顔が増えてよかったです。小さな頃はずっと一人で、悲しそうでしたもんね。今の方がずっといいです。見ていてハラハラもするのでちょっと心配だけど、それよりずっと、安心もできますから」

俺は、ユーリに幼い頃から見守ってもらっていたことを思い出し……。

なぜだろう。胸の中があたたかくなるのと同じくらい、ちょっと気恥ずかしくなってしまった。

「は、はは。昔に比べて明るくなれたのも、ちょっと軽薄になれたのも、もしかしたら、愛の力かもしれないな」

恥ずかしさを誤魔化《ごまか》すために、わざと冗談めかしてそう言ってみたけど……。

「……アイ？」

ユーリは目をパチパチとさせ、首を傾《かし》げる。

「言葉の意味は知っていますけど……でも、よくわからないです。〝好き〟とは少し違うものですよね？」

「……うーん。そうだな。言われてみると、俺も良くわからないな」

もし説明を求められても困ってしまう。俺も言葉の意味は知っている。けれど上手に説明できるかどうか……。

俺は、辺りを見る——楽器店が、そしてレコード店が、既に廃墟《はいきよ》と化してはいるけれど並んでいる。覗《のぞ》き込むといくつか古そうなレコードが置き去りにされていた。

「それじゃあ、〝好き〟と〝愛〟との違いを一緒に勉強してみようか」

「えっ？　……い、一緒に？」

その場で小さく飛び上がる。そんなユーリに俺はうなずいた。

「ああ。たぶん、この世界の中でも流行《はや》ってた曲ってあるんだよね？　そのレコードをいくつか持って帰ろう。どんな時代でも、どんな世界ででも、流行りの歌はだいたいみんな、愛について歌ってるのが定番だから……。勉強になるかもしれないよ？」

ルカからも娯楽になるものを探して持って帰ってほしいなとお願いされてる。

それは、俺たちをこうして、体よく二人きりにするための口実だったんじゃないかとは思うけど……。

とにもかくにもだ。そのどちらもを叶《かな》えられそうだった。

「あ、ああ……。そういう意味、ですか」ユーリが大きな目をパチパチとさせた。「一緒に勉強って。私は、てっきり……」

「え？　てっきり……なに？」

「い、いえ。何でもありません。ちょっと変な想像をしてしまっただけですから……。気にしないでください」

変な想像っていったいなんだ……？

問いかけてみたいけど、何となくやめておいた方がよさそうな気がした。

ユーリは胸を押さえて、深呼吸。

それから小さく咳ばらいをして……。

恐る恐る、という風に俺を見上げた。

そうして息を呑むようにして、言う。

「あの」

「ん？　なに？」

「今日から私たち、ふつうでいられますよね？」

「ああ」

「今日からもう、元通り、ですよね……？」

「うん。そうだといいなと思ってる」

いや……。

元通りどころか。俺はまた一歩、君の隣に前進したような気さえしてしまってる。自意識過剰だよなとは思うけど、それくらいの期待を抱いてもいいんじゃないかな、と。

だから、ちょっと軽薄になったらしい俺は。

昔よりちょっとだけ、君のお陰で明るくなれたこの俺は。

「どうする？　元に戻れた記念に、手、繋《つな》いで帰ろうか」

冗談めかして、そんなことを言ってみた——たしかに俺は変わったなと自分でも思う。昔の俺ならこんな冗談、きっと思いつくことだって無理だった。けれどそんな自分も不快じゃなかった。全部君のお陰だと思ってる。好きな人がこうして傍で笑ってくれてる。それだけで全部が明るく見えた——たとえ一年後、終わる定めにある世界の中でも。その原因を作った一端を、自分の魂が担ってしまっているかもしれない。そんな不穏を抱えていても。とにかく今はこうして笑える。

本当に、君にこの世界に呼び出されてよかった。

君に、こうして出逢《であ》えてよかった。

心からそう思うことができている。

だけど、まあ……手を繋ごうだなんて。これはちょっとやりすぎだったかな。

引かれちゃっても不思議じゃないと、少し後悔……していたのだけれど。

ユーリはうっすらと頬を赤らめて。

そして両目をぎゅっと閉じたまま。

「っ」

冗談で差し出した俺の手を、そっと掴んだ――心臓が止まるかと、思った。こちらから言い出しておいて、心の底から驚いた。ど、どうしよう。俺はそのまま何も言えなくなってしまう。繋いだユーリの手は冷たくて、柔らかくて、不思議とすごく温かかった。

二人きりで出かけたこの日……。

ぎこちなかった関係が、ちょっと前進したはずなのに。

また前みたいに、ふつうに話せるようになったはずなのに。

「…………」

「…………」

学園に帰り着くまで、むしろこれまで以上に会話がなくなり……。

けれど繋いだ手は放さずにいた。

胸は、そして繋いだ手と手は、うるさいくらいドキドキしていて、熱いと感じた。

2

世界は終わる。余命は、一年。

その運命を、誰ひとり犠牲にすることなく回避する方法は、今のところない。

見上げた空にはしっかりとその事実が瞬いていて……。

英雄だったはずの前世の俺が、そういう風に仕組んだ。

しかし、ここ数日は何事もなくゆるやかに過ぎていて……。

だからこそ、ユーリと一緒に出かけたことで俺は改めて、〝この時間を護りたい〟と思えた。

世界を救い、少女《ユーリ》も救う。その方法を探し出すため、具体的に考え、動き出さなければ……。

そんな風に意志や心を、固め直したところだった。

俺たちのもとに彼女はやって来た——英雄への希望と、太陽のような明るさと、そして夜より深い漆黒を引き連れて。

……チクリ、と。

俺は、首筋に微かな痛みを感じて目を覚ました。

それは、ユーリと一緒に、音に溢《あふ》れた雨降りの町へと出かけた数日後のことだった。


「おはよう。大咲空《おおさきそら》。やっと起きたねわたしの英雄……ううん。やっぱりもう少し眠ったままでいてくれても良かったんだけどな」


ニコリと咲いた、満面の笑み。

寝起きの視界に飛び込んで来た太陽みたいな明るさに、俺は、戸惑ってしまう。

「あ、ああ。おはよう。……って、そんなところで何やってるんだ？」

「うん。今朝もあなたに、誰より一番におはようの挨拶がしたくって」

明るく、けれど穏やかな声音でそう答えたのは、金髪碧眼《へきがん》の少女だった。

日の光を知らない肌はユーリに負けず劣らず真っ白だ。けれど、不思議とこの少女からは太陽みたいに暖かな香りがする。いつも明るく元気で、選ぶ言葉も飛び跳ねるように軽やかで……。

ラジオの周波数を合わせるみたいに、自然とこちらの心も明るく調節されてしまう。そ

ん な笑顔がすぐ目の前にあった。

「空の寝顔は可愛《かわい》いからね。ずっと眺めていられるよ」

俺のベッドにもぐりこんできている少女がクスクスと笑って言った。

「でもね。本当はね。朝一番に空の温かいのが欲しかったんだよ。でもさ、空はケチだから。どんなにおねだりしても全然飲ませてくれないいんだもん。だからこうして、空が寝ている間にこっそり飲ませてもらおうかなと思って……」

「微妙に変な言い方するのやめてくれ……」

「え～？　変って、何が？　どこかおかしかったかな？」

少女は首を傾げて大きな目をパチパチとさせている。

「いや。君に他意はないのはわかってるし、変に受け取ってしまうのは俺の思春期が邪悪だからであって。だから、その、気にしないでくれ。ただ……」微《かす》かな痛みの残った首筋に触れている。微かに血が滲《にじ》んでいた。俺はため息をつき、首を振る。「これ、大丈夫なのか？」

「えへへ。空の血は美味《おい》しいからね。仕方ないよね」なぜか少女は得意そうに鼻を高くする。「だからね。空の血、もっと飲ませてほしいな」

少女がベッドの中でじりじりと近寄ってくる。

寝巻越しに身体が触れ合う。こちらもベッドの中でじりじりと、後退。距離を取ったところで……。

コンコンと、ノックの音がした。俺は思わず飛び上がりそうになる。

「……あの、早くにごめんなさい。起きてますか？」

扉の向こうからユーリの声がした。

俺は、部屋の時計を確認。朝七時ちょっとすぎくらいだ。いつも寝坊ばかりのユーリがどうして……っ。

「お、起こしてしまったら、ごめんなさい。そろそろ約束の時間なので、迎えに来たんですが……」

扉の向こうから恐る恐るという具合に呼びかけて来る……約束？

未《いま》だ寝起きから覚め切らない頭でぼんやりと記憶を探っていた——あ、ああ、そうだ、思い出した……。

「今日はユーリとまた、近くの町に出かけて行って……」

先日ショッピングモールで生活必需品を集めたように、また別の街に足りないものを調達しに行こうと約束していたんだった。今度はレコードなどの嗜好品《しこうひん》ではなく消耗品をだ。これもまた、ルカからお願いされたのだ。この頃ちょっと露骨になってきてないかなと、ありがたくも苦笑していたのだ。

俺の呟《つぶや》きを聞いていた少女が、頬《ほお》を膨らませる。

「ひどいな英雄。わたしというものがありながら、他の女とデートの予定をしてたなんて。しかもあんな根暗な子と。嫉妬しちゃうぞわたし」

「べ、別に、デートってわけじゃ……」

いや、でも、傍《はた》からはそう見えるのかな？

ルカからの提案だということもあって、気軽にしてしまった約束だったけど……。

「ふーん……、やっぱりそうなんだ」

少女がスッと、目を細めた。

「思った通り、浮気だね。ひどいよ英雄。その目を見たら誰だってわかるよ」

青空みたいにどこまでも碧《あお》い瞳の中に、ふとした冷たさが満たされる。

背中を冷たい手で撫《な》でられるような、そんな気配にゾクリとさせられた。本能的に危険を感じたのかもしれない。俺は思わず、布団の中で身構えてしまう。

「よし、決めた」少女はニッコリとする。「無理やりにでも血を吸って、空をわたしのものにするしかないみたいだね」

「え。な、何でそうなるんだ」

「だってわたし、浮気とかされると悲しいし。そんなの想像しただけで泣いちゃいそうだし。そういうわけだから、お願い……」二つの八重歯がキラリと光った。「やっぱり空の血、お腹《なか》一杯、吸わせてほしいな？」

と言うや否や、ガバッと、ベッドの中で勢いよく飛びついてくる。もみ合いながら俺は声を上げた。「お、おい！　やめろってば！」「えー？　どうして？　恥ずかしがらなくてもいいのにっ」「違うッ、は、恥ずかしがってるわけじゃないっ」「最初だけっ！　痛いのは最初だけだからっ。ちょっとチクッとするだけだからっ。あとはもう気持ちよくなってくるだけだからっ」

ベッドの中でもみくちゃになりながら、格闘。

ふいにどちらかの振り回した腕か足が、ベッドの傍に置いてあった机と黒電話を吹っ飛ばしてしまう――ガシャンと大きな音がした。

あっ、と思った時にはもう遅い。

「ど、どうかしたんですかっ⁉」

ユーリの焦った声と共に、ガチャリと、扉が勢いよく開け放たれる。

「大丈夫ですかっ？　もしかしてまた、あの子が……え」

……カランカランと、乾いた音がした。

ユーリが杖《つえ》を足元に落としていた。そして、光を失ったその瞳が見つめる先を、恐る恐る辿《たど》ってみる。

そこには一糸まとわぬ裸の少女が、ベッドの上で俺に覆いかぶさっていた……裸⁉　どうしてっ？　さっきまでちゃんと服着てたよね⁉

「血を吸うときは裸になるって決めてるんだ。空だって、美味しいご飯を食べるときは裸になるよね？」

「ならないから！　全然まったく、意味がわからないんだけどっ」

「えー？　空ってば本当にケチなんだね。これからわたしたち親子になるんだよ？　そうなったら空はわたしに血を吸われ放題なんだよ？　今から慣れておいた方が絶対いいのに」

「親子って……。俺がいつ、そんな話にうなずいたんだ」

頭痛がしてきた。けれど今、問題なのはそんな事じゃない……。

「…………」

ユーリが冷たい目で俺を見ていた。

「ち、違う！」

俺は叫んだ。

「こ、これは、えっと……な、何もかも違うんだ……！」

信じてくれ！　と情けなくも、俺は懇願。

「…………」

けれどユーリは何も言わない。

……知りません。言い訳なんて受け付けません。

冷たい視線は言葉以上の冷たさで、俺にそう伝えているようだった。

どうして、と俺は頭を抱える。本当にどうしてこんなことになってしまったんだろう。

俺は、ベッドの上で絶望しながら、こうなってしまったことのきっかけを思い出している。


——始まりは更にその数日前のこと。

真っ青な空に、バラバラに千切った綿あめみたいな雲がちりばめられた日のことだ。

早朝の教室で俺たちは、これからどうしていくかを話し合うことにした。

「世界が終わるまで残りおよそ一年だ。ここからも見えてる世界終末時計がそう示してる」

俺はそう言い、教室の窓から遠くを見つめた。

その先には大きな塔のようなものが建っている。いつも遠い地平線の向こうには、大きな大きな時計塔の姿が見えていた。世界が終わると決まってから急ピッチで建設された〝世界終末時計〟と呼ばれるものだ。山より大きなその時計塔は、刻一刻と容赦なく終わりに向かい針を進める。

「あの時計の針が最後まで進むより先に、この学園を生徒たちで一杯にできたら……」

「うん。それで世界を救えるかもって、あの幽霊が……クロースが、言ってたの」

そんなルカの呟きに、そのすぐ隣の席に座ったギンがうなずきを返していた。

ここに居る三人は全員が、クロースの授業を受けている。

だから話して聞かされている嘘だけは共有していた。

……この学園を生徒で一杯にできたなら、英雄の書き残した〝魔導書〟をユーリの中から取り出せるようになる。そういう嘘《うそ》だ。

「そうだね。ぼくたちは世界の終わりを回避させるため、ユーリの願いを全て叶えなくちゃいけないわけだけど……」ルカは苦笑いを浮かべる。「今朝も寝坊なユーリ本人がいない所で、こんなことを話すのも何だか変な感じだね。別に悪口言ってるわけじゃないけど、悪いことしてるみたいだ」

「ああ、そうだな……」

うなずいた俺の脳裏には、クロースの残した手紙の文面が浮かんでいた。

〝この世界を救う方法なんて、本当は、どこにもないんだよ〟

読んで字のごとくだ。この世界を救う方法はどこにもなかった――英雄の〝魔導書〟をその命の中に封じるユーリのことを殺さない限りは。だからこの学園をかつて賑《にぎ》わっていたときの姿に戻しても意味はないのだ。その事実を今、俺だけが知っている。

なぜ俺はそれを秘密にしているんだろう。

……ここにいるみんなには話してしまってもいいのではないか。

けれど〝人間は希望がなければ生きていけない〟というクロースの言葉もまた、きっと事実だと感じている。だから今はこのままでいい。無駄に希望を刈り取る真似《まね》をしなくていい。

それにこの世界を救うことはできなくとも、今、ここにいる仲間たちだけでも、別の世界に移動させることはできないだろうか。最近になって俺はそんなことも考え始めていた。とても英雄らしくない考えではあると自覚してはいるけれど……そのためには、放送室の装置を起動させる必要がある。

前世の俺が作った装置は、世界と世界を繋げる機能が備わっている。しかし装置を起動させるには用意しなければならないものがあった。魔力の結晶であるらしい鉱石だ。

あの装置は簡単な修理を施したことで、世界中へ放送を届けるだけならもう可能になっていた。

もしもこれから、放送を聴いてこの学園にやって来た元生徒でも、教師でもいい、その中の誰かが鉱石を持っていたり、鉱石を作り出すことのできる技術者がいてくれたらいいと期待していた。学園に残されていた唯一の鉱石は使用してしまってもうなくなってしまってる。先日の一件後、粉々に割れて飛び散ってしまった。

だから学園に生徒たちが戻って来てくれるようにと、毎夜ラジオの電波に乗せて呼びかけることも無駄ではないと俺は信じたい。

ここ最近の議題は〝英雄が帰って来た〟という言葉以外にも、もっと人々の興味を引く呼びかけはないだろうかという流れになっていたのだけど……。

正直なところあまり〝これだ〟と思える案はなかった。

俺たちはすぐに煮詰まってしまい、また明日までいろいろ考えようかということになってしまう。

けれど今朝は少し違った。

「ねえねえ、見て見て。別の教室でこんなの見つけたの」

得意げにそう言ったギンが、俺たちに差し出してきたのは一枚のポスターだった。

手作り感あふれたそのポスターにはこう書いてあった。〝第二四回文化祭開催のお知らせ〟

「文化祭って確かこの時期に毎年やってたって思うの。時期的にそろそろなんじゃない？」

そう言えばギンは少しの間、この魔法使いの学園の生徒だったことがあると言っていたな。

「たしか学園の外からもお客さんをたくさん呼んでたって思う。これから私たちで文化祭の準備をするの。小さな規模でもいいから。そうしてラジオ放送で文化祭やりますっていう放送？　宣伝？　をするのはどう？」

「ぼくは賛成だな」ルカがギンに微笑む。「ギンとぼくで美味《おい》しいものの屋台とかやってみたり。定番だけどメイド喫茶とかしてみたりとかかな。この学園にはかわいい子が二人もいるしね」

　世界が終わりに向かう中だからこそ、人々の心はお腹一杯になれるのと同じくらい、〝娯楽《楽しいこと》〟に飢えている。そのはずだ。

　そう考えると確かに、文化祭もいいのかもしれないな。

「ちょ、ちょっと待って！　メイド喫茶って……っ」

　ギンが慌てたように声を上げた。

「それってもしかして、私がするの……？　メイドさん？　よく知らない人を相手にいらっしゃいませとか言って、愛想笑いとかも嫌々させられちゃうの？　う、ううん。そんなひどいこと、ルカは考えてないよね？」

「うん。ごめんね。そうなったらいいなって、期待してる」嫌々なのはぼくもちょっと嫌だけど、とルカは苦笑いを浮かべた。「ギンはとってもかわいいからね。いいメイドさんになるんじゃないかな？　たぶん、喫茶店も大人気になって……」

「い、いや！　そんなのいや！　私はルカだけのメイドさんなのっ！」涙目になってギンはやだやだと首を振っている。「ひどいの！　ルカはかわいい私に変な男たちのファンができちゃってもいいっていうのっ？　こんなにかわいい私の話題なんてあっという間に世界中に広まるのっ。そうなってしまったらきっと……きっと、変な男たちに知らない間に誘拐されて……っ」ゾワリと、耳と尻尾の毛を逆立てた。「想像しただけで、赤ちゃん、できちゃうっ！」

「ネガティブなのかポジティブなのか妄想猛々《たけだけ》しいのかよくわからない子だな君は」

まあギンが焦る気持ちもわかるけど……。

「学園祭はギンが言い出したことなんだ。責任もって全力で協力するのが筋ってもんだろ？」

「そうだけど！　そう、だけど……！　ううう―！　空に言われるとなんだかすっごく、すっごく、ムカつくの……っ！」

俺の言葉にギンは両手を振り回して全力抗議。

ごめんなギン。

俺はちょっと生意気盛りな君を弄《いじ》るのが結構、嫌いじゃないみたいだ――いつも俺に意地悪な君が焦ってると、凄《すご》く、楽しい。

この頃はそんな気づきもあったのだった。

それからその日は夜までずっと、ギンとルカと三人で、もし本当に文化祭をやるのならどんな内容にするかを話し合った。

ギンは最後まで抵抗していたけれど、メイド喫茶をやることは殆《ほとん》ど確定路線となった。今夜もしっかり寝る前に毛づくろいしてあげるから、というルカの交換条件で、ギンは渋々ながら「ちゃんと満足するまで撫《な》でてくれないと嫌だから」と唇をとがらせつつうなずいていたのだった。

何だかチョロいなと思いながらも、いつも寝る前に二人は何をしてるんだろうと少し気になる……。

ま、まあ、二人のことなので あまり気にしないでおこうと、余計な考えに俺は強引に蓋をした。

「学園祭でメイド喫茶とかをするのなら、衣装とかいろいろと必要だよな。また、必要なものをどこかの町に探しに行ければと思うけど……」

どこか安全に物資を調達することのできる、ちょうどいい町はないかなという話になっていた。できれば人がまだ暮らしているような安全な町がいい。いつか行ったショッピングモールみたいな廃墟《はいきよ》だと、もしかするとまた〝獣〟と出会ってしまうかもしれないし……。雨降りの廃墟で無事にレコードを回収して帰ってこられたのは運がよかったんじゃないかと今更ながらに思ったりもした。

「この学園がある大陸はもう殆ど人が住んでいないらしいんだ」とルカ。「町も、村も、どこも殆ど廃墟同然。そう聞いたよ。人が暮らしてる一番近い町でも、たぶん列車で四、五日くらいはかかるんじゃないかな」そしてルカはその町の名前を口にした。

「列車で四、五日か……。まあまあな距離だね」

と、こんなことを話しておいてだが、列車を動かす動力源がなかった。鉱石だ。この世界では、あるいはこの大陸では、何をするにも魔力を封じ込めた鉱石が必要。

「あの鉱石ってどうやって作るんだろうな。魔力が結晶化したものだとクロースは言ってた気がするけど。それとも人工的に作り出すものじゃなくて、どこかで発掘したりするのかな？」

「ごめん。それはぼくにもよくわからないな」目を伏せるルカだ。申し訳なさそうに。

「私もよくわからない。この学園の生徒だった頃になんか授業で教えられたような気もするけど、全然、まったく、これっぽっちも覚えてないの」

「役に立たない狼《おおかみ》ちゃんだな君は。ほんと、かわいいだけが取り柄なんじゃないか？」

「ふふん。それはそうなの。私、かわいいだけが取り柄なの。それ以上、必要な取り柄ってなんなの？　むしろこっちが教えて欲しいくらいなの」

まったく、ちょっとしたじゃれつきというか、嫌《いや》みも通用しないなんて。相変わらず頭の中がお花畑でかわいい子だな。

物資の調達が必要か否かも含め、またユーリを含めて話し合おうということになった。

とりあえず、今日のところは。

夕飯はルカが作ってくれたものを各々が好きな場所で食べる。この頃は何となく自然とそういう流れになっていた。ギンとルカは自室で仲良く食べるのだろう。クロースがいた頃は夕飯も四人で集まって食べていたけれど……。

「また、クロースの作ってくれたご飯が食べたいな」

ふと、そんなことを呟《つぶや》いてしまう。もちろんルカの作ってくれる食事に不満なんてかけらもないが……。

ここにはもう、まだまだ子供な俺たちを導いてくれる〝大人〟はいないんだな。

そんなことを思いながら一人分の食事を持って、俺は夜色に傾き始めた空の下、中庭を通って放送室へと向かった。

「学園祭、ですか……。いい考えなんじゃないかなって私も思います」

俺より先に放送室へやって来ていたユーリは、今日あったことを説明すると意外なほどすんなりと賛成の意思を示してくれた。

「この学園がまだ生徒たちで一杯だった頃、定期的にそんなイベントが開かれていたように思います。学園祭とか、体育祭とか。修学旅行とか。遠足とかもあったかもしれません。……私は、一度も参加したことなかったですが」

俺たちは、放送室の床に並んで腰を下ろして夕飯を食べている。

ユーリは手のひら大くらいのパンを小さくちぎって、少しずつスープをしみこませて口へと運んでいた。スープもパンもルカの特製だ。限られた食材でも俺たちが飽きないようにと考えられているのだろう。思い返せば三日以上、同じメニューが続くことはなかった。

終わる世界の中では食材だって限られているはずだ。にもかかわらず、いろいろなバリエーションの料理を作れるのは素直に感心してしまう。

俺たちは先日、廃墟の町から持ち帰って来たレコードを聴いていた。古い蓄音機が奏でるのは〝愛の歌〟だ。二人きりで聴くのは少し気恥ずかしい気もする。だけど二人きりの空気に満ちる微かな歌は、静かに心を傾けるのにはちょうど良く、心地よかった。学園にかけられてるらしい翻訳魔法は歌の歌詞もフォローしてくれるんだな。ふとそんなことを思ってみたりする。

天井に空いた穴から星空を見上げた。

この世界にも星座とかあるのかな。そんなことをぼんやりと思いながら、俺は今日あったことをユーリに話す。放送室の装置が直ってしまっても、それは変わらない習慣として、俺たちの中に在り続けていた。

「二人ともユーリのこと気にしてたよ。いつも〝今日はどうかな？　会えるかな？〟ってソワソワしてるみたいだ」

「……いつも寝坊してしまうんです。お昼くらいに目を覚ましてしまったら、何だか、顔を出すのが気まずくて」

「そっか。別に無理はしなくてもいいけど、遅刻とかそんなものはないんだからさ、目を覚ましたタイミングで教室に顔を出してくれるだけでも二人もよろこぶんじゃないかな」

「よろこんでくれる……でしょうか？」

「ああ。絶対。いろいろと話したいこともあるんじゃないかな」

「………………」

「ユーリ？」

「……あんな姿を、見せたのに？」

その言葉に問いかけは不要だった。俺にはユーリが言わんとしていることはすぐにわかった。

「私のことを忘れず覚えていてくれるっていうことは、私の、あの姿も二人は……いいえ、少なくともギンは、ちゃんと覚えているはずで……」

ピースエンドに無理やり〝魔導書〟の封印を解かれそうになったときのことだ。

ユーリはまるで、暴走する兵器のようだった。

背中を突き破る大きな翼を空高く広げて……。

ユーリの中の〝魔導書〟は、脅威とみなしたピースエンドを蒸発させて……。

走る列車を破壊して、助けに来たはずの俺たちに、手のひらを掲げて……。

「私自身、私のことが怖いんです」いつも手にしている杖《つえ》。それを抱きしめるようにユーリはぎゅっと握った。「私は私がどういう存在なのかわかりません。英雄も、クロースも、何か知っていそうでしたが、結局は何も教えてくれませんでした。ただ戦場で一人ぼっちだった私のことを、英雄が拾っただけだって……」

「………」

「またいつあんな姿になって、そ、あ、あなたを……みんなを、危険にさらしてしまうかもわからなくて。そんな私が二人に会いに行っていいのかなって。不安、なんです。怖がられたりしたらどうしようって、そうも思ってしまって」

「あれは〝魔導書〟の封印が防衛機能みたいなものを働かせた結果だろ？　だからさ、ユーリ自身は何も気にする必要はないんだと俺は思う。二人もそう思ってるから、ユーリのことを気にしてるんだよ」

「じゃあ、そ……あ、あなたは、どうして怖くないんですか？」

それ、俺に言わせるの？

と、心の中で苦笑いを浮かべる。

〝愛〟についてのラブソングが流れていることに、心がすっかり浮き立っていたのかもしれない――そんなの、決まってるじゃないか。

「君が、好きだからだよ」

「…………」

「ずっと昔から、君のことが、大好きだったからだよ」

「…………」

「怖いなんて思うわけない。だって俺は、君が好きで。ずっと、ずっと、君のことが、大好きで――」

「わ、わかりましたっ。もう、いいです……わかりましたから……っ」

真っ赤になったユーリは瞳をグルグルさせながらうつむいてしまう。

抱え込んだ両足の膝に顔をうずめて、ブツブツと言う。「やっぱりあなたは変わりましたよね……ううん。やっぱりあなたは、英雄《あの人》の生まれ変わりです。そう認識し直す方がいいのかもです。女の人にはきっと誰彼構わず同じようなこと言ってるんですよね？　たとえばギンにも、私の見てないところで嬉《うれ》しい言葉ばっかり……」

「いや。そんなつもりはないんだけどな。前世の俺がどうだったかは知らないけど、今の俺が好きなのは生涯ずっと君一人だけだよ」

「……ま、またすぐ、そうやって――え」

ジト目で俺を見上げたユーリだったが、

「………」

俺もまた、ユーリに負けないくらい真っ赤になっていたのに、ユーリも気づいた。

「あ、え、えっと……ご、ごめんなさい」

「い、いや。こちらこそ……？」

「…………」

「…………」

それからほんの少し、沈黙。

隣同士腰を下ろしたままそわそわと、どちらも小さく肩を揺らしていた。

そこでふと、会話が途切れたけれど……。

気まずく感じることはなかった。君と二人でいられるのなら沈黙もまた、心地いい。

そう感じているのは俺だけじゃなければいいけれど……。

「ごちそうさまでした。……美味しかったですと、ルカに伝えておいてもらえたらうれしいです」そこでユーリは小さく首を横に振った。「……いえ。直接伝えられるよう、がんばります。明日は早起きできるように……」

「そっか。それは二人もよろこぶんじゃないかな」

「……よろこんでくれたらうれしいです。とても」

「ああ。もしも二人が無反応だったとしても、俺が二人の分も何倍も、いいや、何百倍もよろこんでみせるよ」

だから安心してと伝える。するとユーリはおかしそうに小さな身体を揺らしてくれた。

さて。そろそろ今夜の放送をはじめよう。

今日の放送内容は、学園祭の開催を予定していることの告知だ。

「……あ、あの。ここに」ユーリは放送席の小さな椅子の隣をポンポンと叩《たた》いた。「……そ——あ、あなたも、ここに座ってください。一緒に放送、しませんか？」

「あ、ああ。うん。そうしようかな」

身体を寄せ合いマイクに向かう。

バレないように深呼吸をして、気恥ずかしさを何とか誤魔化している。

このときの俺はそれで精一杯だったけど……。

今夜の放送に引き寄せられてやって来た人物によって、俺たちの生活は一変してしまうとは思ってもみなかったんだ。

3

翌朝。ギンとルカは学園祭の準備をするからと、中庭や校舎に散らかった瓦礫《がれき》を片付け始めた。

学園修復のため、忙しく動き回ってくれていた機械人形たちだったが、今は全て機能停止してしまっていた。あの人形たちも鉱石の魔力がなければ駆動できない。列車を動かしていた車掌の機械人形。その一体にはめ込んだ鉱石が、まるでネットワークを介するように数十体はいた全ての機械人形たちに、魔力を供給していたようだった。

その鉱石は、俺が元の世界に戻るために使用しかけたことで、魔力残量が尽きて砕けてしまった。

俺も二人の片付けを手伝った。

喫茶店に使用する教室を適当に決め、そこを片付けただけで一日が終わってしまった。

気づけば空は夕暮れ。一番星のように英雄の呼び寄せた惑星《ほし》が瞬いている。片付けはまだかかりそうだが、続きはまた明日だ。

ルカは夕飯を作りに調理室へ。ギンもそれについて行く。

……放送室へ行くにはまだ少し早いかな。

俺は、二人と別れたあと自室へ向かった。

ここ最近、自分の魔法が使えなくなってきていた——魔法。〃一秒先の未来〃を覗《のぞ》き見る能力だ。たしかお腹《なか》のあたりに意識を集中させ、そこに花が咲き乱れるイメージ、だったかな。魔法を使うときの意識の作り方だ。それはクロースに教えてもらったことだった。

だけど、ダメだ。おかしいな。

どんなに花が咲き乱れるようなイメージを、お腹のあたりに集中してみても、俺は自分の魔法を自在に操ることができないでいた。

どういうわけなのか、あのとき以来、自分の中に魔法の存在をまったく感じなくなっていたのだ。姿を消したユーリを捜し出すために使った未来視だ……。

とにかく放送室へ行くのはまだ早い。

今日も待ち合わせの時間まで、自室で魔法の練習をしておこう。

自分一人でも魔法の研究をすることが、クロースの遺志のようなものを忘れずにいることの証《あかし》だと思いたかったんだ。

今日こそ魔法が成功しますようにと祈りながら、俺は、自室のドアを開いた——

「おかえりなさい、パパ。お疲れ様でした。今日もたくさん、がんばったね」

——知らない女の子が、いた。

「……は？　え？」

君は、誰？

……パパ？

と、本来ならそう問いかけるのが自然だろう。

けれど俺は思わず固まってしまっていた。あまりに自然な様子で、少女がそこにいたからだ。

「ご飯できてるよ？　ほらほら、温かいうちに一緒に食べよ？」

明るい声で俺にそう言って、少女はまじりっけなしの純粋な笑みを浮かべていた。

真夏のきらめく木漏れ日を集めて編んで作ったような、長く綺麗《きれい》な金色の髪。

澄み切った青空を切り取って丸めたような蒼色《あおいろ》の瞳。

柔らかそうな肌は、太陽の光と生まれながらに喧嘩《けんか》中——そんな宿命めいた悪戯《いたずら》さえ感じられる程、そしてユーリにも負けないくらい、真っ白だった。

その女の子は玄関先で、エプロン姿で、満面の笑み。俺が玄関の扉を開くタイミングが最初からわかっていたようにそこにいたのだ。

「ねえ、パパ。ベッドまでわたしのこと、運んでいってほしいな？　いいでしょ？」

抱っこして？　というように、こちらへ両手を広げていた――つい、俺は後ずさってしまう。そのまま扉を閉めようともしてしまう。

「もー。恥ずかしがらなくてもいいのに。ほらほら。いつまでもこんなところにいたら誰かに見つかっちゃうかもしれないよ？」

少女は逃がさないとばかりに俺の腕を摑《つか》んだ。

「うっ」

俺は、顔をしかめた。

な、なんだこの子っ、すごい、力だ……っ。

「それとも一緒にお風呂に入る？　えと……はずかしいけど、パパと一緒なら、わたし、何でもできるし、何でもしてあげられるよ？」

ニッコリと、太陽みたいな明るい笑顔だ。

だから！　君はいったい！　誰なんだっ。

と、そう叫ぶ間もなく、俺はズルズルと部屋に引きずり込まれてしまった。

「わたしの名前はクリスだよ。昨日の夜、この学園から流れてきた放送を聴いたんだ。戻って来た英雄がもう一度この世界を救うため、学園祭とか何か面白そうなことやろうとしてると知ったから――だからね、わたし、英雄にわたしのパパになってもらうしかないなって思ったんだ」

「え。わけがわからないんだけど」

クリスと名乗る少女の説明を受けた俺の頭の中は、更にクエスチョンマークで一杯になった。

自室のベッドの上だった。

怪力な少女によって強引に連れて来られていた。今、俺と少女は、ベッドの上で向かい合い座っている。俺は何となく正座だ。

「えっと、いろいろわからないことだらけなんだけどさ。まずは、クリスちゃん……だっけ？　君はどこから来たのか教えてくれる？」

つい小さな子供を諭すような口調になってしまった。

いや。文字通り相手は小さな子供だ。小さなユーリと比べても、更に、小さい。だからこそ子供扱いしてしまったことを怒るだろうか……？

腕を掴まれたときの異常な力を思い出し、ちょっとゾッとしてしまう。

「うん。わかった。えっとね、わたしが来たのはね――」

俺の不安とは裏腹に、クリスが明るい調子で口にした地名には聞き覚えがあった。

それは今朝、学園祭に必要な物資を調達しに行けたらいいなと、そう話し合っていた場に出ていた名前だ。

「……え？　その町から来たってこと？」

そうだよとクリスは笑顔で答えた。

「あの放送を聴いてすぐ飛んできたんだ。英雄に……パパに、すぐにでも逢いたくて」

頬《ほお》を赤くし、もじもじとしていた。

いや、それはおかしくないか？　だってその国へは列車で四、五日かかると、そんな話だったはずで……。

「英雄にははじめて逢ったけど、やっぱりわたしの想像した通りだよ。君のこと、一目見て気に入っちゃった」

クリスがずいっと、こちらへ身体を寄せて来る。

「わたし、ずっとね、家族に憧れてたんだ。わたしのパパになってくれる人を探してた。英雄は死んでもまたこうして帰って来てくれるんだもん。わたしの家族にだって、なれるよね？」

「いや。ちょっと。こっちの話を聞いてくれる……？」

「結婚式はいつにする？　人間ってすぐに死んじゃうから早い方がいいよね明日？　明日する？　それとも今かな？　わたしはとっくに心の準備はできてるよ？」

「……だ、だからちょっと、お願いだから話を聞いて」

「男の人ってエプロンとかが似合う家庭的な女の子が好きなんだよね？　ねえねえどうかな？　ここに来る前に見つけたエプロン。似合ってるかな？　うんうん。そうだよね、似合ってないわけがないもんね。ありがとう！　パパ大好き！」

「え？　そ、そんなこと、誰も言ってな――」

「あ、あとさ、英雄の血にはすっごい力が宿ってるって聞いたんだ。それってほんとかな？」

「…………」

なるほど。

そうだろうなと思っていたけど、さてはこの子、会話が成立しないタイプだな……？

「英雄の血に凄い力が宿ってるかどうかは知らないけど、とりあえず、パパって呼ぶのはやめてくれないかな」

それに、よくわからないんだけど、パパになってほしい人相手に結婚を迫ってくること自体ちょっと、いいや、かなり理解に苦しむ。

「えー。だったらなんて呼べばいいのかな？」またしても一歩、こちらへにじり寄って来るように近づいてくる。「パパじゃなくてお父さんって呼ばれたいタイプかな？　それともそのまま素直に英雄とか？　あなたって呼ぶのも夫婦っぽくて素敵かなあ？　んー。人間って、好きな相手のことどう呼んでるの？」

親子になりたいのか夫婦になりたいのかいったいどっちだ。

そんな突っ込みをしても何もかもが追い付かない。とにかく一つ一つ、対処していこう。

「じゃ、じゃあ、そうだな」お父さんと呼ばれるのはもちろん拒否したいし、だからといって英雄と呼ばれるのもむず痒《がゆ》い。

「……空で、どうかな？　大咲空が俺の名前だから」

「おっけー。わかった。それじゃあ、空。わたしの英雄《パパ》になってくれるよね？　うん。名前の教え合いっこも済んだし、これから末永くよろしくね？」

「え、いや、だからどうしてそうなるの？」

「うん。えへへ。わたし、あなたにとっていい娘《こ》になれるよう、がんばるね？」

「あー……」

どうしよう。本当に会話にならない。

もしかしなくともワザとやってるのかな……？

俺が頭を抱えそうになったときだった。

「……あの。今、時間大丈夫ですか？」

コンコンと、控え目なノックの音と共にユーリの声がしたのだ。

ガバッと勢い良く、俺は玄関を振り返ってしまう。

「今日は勇気を出して、教室へ行ってみたんです。でもやっぱり、もう遅かったですよね。教室に誰もいなくて……。せめてそ――あ、あなたに、挨拶くらいしておけたらなと思って」

「っ」

俺は、今度はベッドの上で向かい合ってる少女、クリスを見る。

「んー？」

どうしたの？　という具合に、笑顔のままクリスは首を傾げている。

ダ、ダメだっ。よくわからないけど、今、この状況をユーリにだけは見られちゃいけないっ。そんな悪寒が背筋をゾワリとさせた。

「誰かな、今の声？　女の子の声だったよね？」クリスが首を傾げている。「あ、もしかして早速浮気ってことかな？　ふーん。そっかそっか、そうなんだ。ふーん」

クリスはスッと目を細めた。視線の冷たさに背筋どころか命そのものがゾクリとする。

「浮気相手がどんな子か見ておきたいかな。わたしの方が絶対、空にピッタリだって思うけど。念のためにどんな子か知りたいかなって。別にいいよね？」

い、いいわけないだろっ。俺は首を横に激しく振った。

「わたしの方が絶対いい娘だもん。空がどんなにごく潰しな男の子だったとしても、一生支えていけるし、お小遣いだって毎日好きなだけあげちゃうよ。でもね。浮気だけは嫌だな。わたしはいつも好きな人の一番でいたいんだ」

「お、お願いだから、今はちょっと静かにしてくれ……っ」

俺は〝しーっ〟と、唇の前に人差し指を立てた。

「こんなところユーリに見られてしまったら……」それでもし、ユーリに嫌われでもしてしまったら。「お、俺、生きていけない……っ」

「あ、なるほどそっか。うん。わかった」

クリスはニッコリとする。

「空が慌てれば慌てるほどね、何が何でもその子のこと、見てみたくなっちゃった」

そう言うとクリスは片手を上げた。その手のひらを玄関に掲げる。

……何をしてるんだ？

俺が首を傾《かし》げると、クリスはまたニッコリとする。

そして、手のひらをぎゅっと握り締め、グイッと勢いよく後ろに引いた——ズドンッ、と。部屋全体を震わす大音声。クリスが腕を引くのと同時だった。玄関の扉がものすごい力で握りつぶされたようにグシャッとひしゃげ、部屋の内側に勢い良く、吸い込まれてしまった。

……。

まるで目には見えないほど細いピアノ線で、クリスの手と扉が繋がっていたかのように何が起こったのか最初はわからなかった。

それは、玄関先に立つユーリも同じだったはず。

「え……」

目をパチパチとさせながら、ユーリは呆然《ぼうぜん》と立ち尽くしていた。

「ふむふむ。こんな感じの子が空は好きなんだね。よかったあ。うん。やっぱりわたしの方がかわいいし、わたしの方が、空の好みだよね？」

「………」

驚いた顔をしていたユーリだったが、突然スッと、真顔になった。

あ、まずい、あの顔は絶対、怒ってる顔だ……っ。

少しの間ユーリに避けられていたことのある俺だ。あの経験から、ユーリの表情の機微が少しはわかるようになったつもりだった。

「……その子、誰、ですか？」ユーリは無表情のまま首を傾げた。「それに今その子、何て言ったんですか？　ベッドの上で向かい合ったりして。今まで何を、してたんですか？」

「ご、誤解だ！」

「うんそうだよね。誤解だよ」クリスが声を上げた俺に、ピッタリと身体を寄せて来た。

「空はわたしのパパになったんだもん。誤解なんてどこにもないよね？」

「………」

ユーリの視線が更に冷たくなっていく。

「空はわたしのパパだし。空はわたしの旦那様だし。空は、わたしの英雄なんだ。うん。

やっぱり誤解なんてどこにもないよね？」

眩暈《めまい》を感じた。

いやもうどこからどう突っ込んでいいのやら……。

「……なに、それ」

ユーリがわなわなと小刻みに震えていた。

「だ、だから違うんだ！　これは、この子が勝手に……っ」

「………」

ユーリは目を細める。

言い訳は聞きたくない。

そう言われている気がして、俺は絶望するが……。

「空、って……」

ユーリに名前を呼ばれて、ドキッとした。

けれどユーリは頬を膨らませ、ぽつりと、言った。

「私だってまだ、名前で呼んだことないのに……」

「え？」

「な、なんでもありませんっ」俺の問いかけにぷいっとそっぽを向いてしまう。「その子と夫婦とかになるならなればいいじゃないですかっ。わ、私、関係ありませんっ」

「ふ～ん？」

どうやら彼女は耳がいいようだ。

都合の悪いことを聞き逃してはくれなくて……ニコリと、得意そうな笑みをクリスは浮かべた。

「ああ、そうなんだ。君はまだ空のこと、名前で呼んだことないんだ？」

「そ、それは……っ」チラッと、俺の方を見るユーリ。はたと視線が合った。とたん、真っ赤になって、ユーリは言った。「だ、だったら何なんですかっ？　それって、そんなに大切ですかっ⁉」

「別にぃ？　ただね？　会ったばかりのわたしの方が、君より一歩どころか、何千歩もリードしてるんだなって思うと、安心したなって。そう思っただけだよ」

「ど、どうして、名前くらいでそんなこと……」

ユーリは身体を震わせながら一歩、後退。

「そ──うっ、ううっ」ちょっと涙目になりながら、ユーリは、叫んだ。「そ、空！」

「はっ、はい！」

「私、その子のこと、嫌いです……！」

それだけ叫んで、ユーリは部屋から走って出ていってしまった。

4

「えっと、クリスちゃんは昨晩の放送を聴いて、英雄に会いに来たってことでいいんだね？」

騒動を聞きつけてやって来たルカがクリスに問いかけていた。

「うん、そう」クリスはニッコリ笑う。「英雄はとっくの昔に死んじゃったって聞いてたけど、人間って、すごいんだね？　死んでもまたこうして生まれ変わって戻って来られちゃうんだもん」

「え、えっと……」

俺は、戸惑ってしまう。

答えに窮したからじゃない。クリスがベッドの上で、俺の腕をしがみつくように抱きしめて離れてくれないからだ。引きはがそうにも、ものすごい力で俺にくっついている。本当、この小さな身体のどこにこんな力が……。

「あーあ。そんな姿を見たらユーリもそりゃあ泣いちゃうね。納得なの」

「えっ」あきれ顔でこちらを見ていたギンを、俺は勢いよく振り向く。「な、泣いてたって？　ほんとに？」

「うん。さっき泣きながら走って行くユーリとすれ違ったの。あれって何だったのかなって思ってたけど……」なるほどこういうことか、とギンが蔑むような眼《め》で俺を見ていた。

「ユーリのこと追いかけもしないで、知らない女の子とベッドの上だなんて……」

「ち、違うんだ。この子、凄い力でっ、放してくれなくて……っ」

「うん。わかってるよパパ。あんな暗そうな子よりわたしと一緒にいたいってことだよね？」

クリスはぎゅっと、俺の腕を抱き寄せる。

「うっ、ううっ」

抱きしめられた右腕が、今にも引きちぎられてしまいそうだった。

「はぁ？　なに言ってるの。そんな小さな子が男の子に振り払えないくらい怪力なわけないの」

振り払えないくらい怪力だからこうなっちゃってるんだよ……。

ギンをジト目で俺は見つめた。

「それで？　クリスちゃんはどうして英雄に会いに来たのかな？」

苦笑いを浮かべながらも、ルカが穏やかにそう問いかける。

「実はぼくらも英雄に会うために、この学園にやって来たんだ。もしかしたら君の気持ちも、事情によっては理解できることもあるかもしれない。よければ聞かせてくれると嬉《うれ》しいな？」

「いや、ダメなんだよルカ。この子、まったく会話にならなくて……」

ほとほとまいった、というようにため息交じりで俺は言う。

「……うん。わたしも、似たようなものかな」

けれどクリスは意外にも、ずっと浮かべていた明るい笑顔をふと、凍り付かせるみたいに真顔になった。

「わたしは、英雄の血が必要なんだ。どうしても」

俺の腕を抱きしめる力がそこで緩んだ。するりと、腕が抜けてしまう。

「英雄は、かわいい女の子が好きなんだよね？」クリスは目を丸くする。「好きになった女の子のお願いなら何でも聞いてくれるんだって。気に入った子にならこの世界の半分だって差し出してくれるくらい何でも許してくれるんだって。そう聞いたよ？　だから世界で一番かわいい姿で会いに来たんだ。そうしたら血くらい吸わせてくれるんじゃないかなって。そう、思って」

「……なあ。英雄って。前世の俺って。本当に、世界中から尊敬を集めてたんだよな？」

思わずため息をついてしまう。

とにかくまずは、目の前の正体も目的も何もかもが不明な女の子についてだ。

「クリスはどうして俺の血が必要なんだ？　これでも一応、俺は君が会いに来た英雄の生まれ変わりだ……ってことになってる。聞かせてもらってもいいかな？」

「わたしは……」

しかしクリスはそこで唇を結んだ。

言いたいことがあるけど、どうしても、言えない。そんな風に俺には見えた。そして誤《ご》魔化《まか》すようにクリスは言った。

「……わたしはね、英雄の血をわけてもらいたい。できるだけ、たくさんだ。そうして返してもらいたいものがあるんだよ」

「え？」返してもらいたいもの？

「もしもお願いを聞いてくれたなら、魔力を結晶化させた〝鉱石〟の作り方を教えてあげてもいいよ。必要なんだよね？」

俺は思わず、ギンとルカと顔を見合わせた。

三人を代表して恐る恐る、俺が問いかけてみる。

「どうして君が、俺たちが鉱石を必要としてるのを知ってるんだ？」

「え？　だってわたし〝ヨルノヒト〟だし……。人間より目も耳も何倍もいいんだよ。これくらい盗み聞きするのは余裕かな？」

「ヨルノ……なんだって？」

俺はルカに「知ってるか？」と視線を向けた。ルカは「知らない」と首を振る。隣のギンも同じだ。

「あー、えっと。んー？　こっちの大陸だと何て言うのかな」クリスは首を傾げて、顎先に人差し指を添え、ちょっと考えるような仕草。「確か……吸血鬼、だったかな？」

「吸血鬼……？」俺は眉根を寄せた。

「そうそう。人じゃなく鬼だから。目も耳もちょーいいんだよ？　力も運動神経もすっごいんだ。夜になるともっともっと凄《すご》くなる。遠く離れた町からもひとっ飛びでやって来られちゃうくらいにね」

ニコリと笑ったその口元に、鋭い二つの牙が光って見えた。

「…………」

俺たち三人はもう一度顔を見合わせる。

今更「吸血鬼なんて、うそだろ？」と疑うことから始めるほど、もはや現代日本の常識や価値観に囚《とら》われてはいないつもりだが……。

「大咲空くん。わたしだけのパパになってくれる人」ニッコリと。クリスは改めて笑い、言った。「あなたの血を一滴残らず、吸わせてほしいなと思ってるんだ——いいよね？　問題なんて、まったくないよね？　だって人間はたとえ死んでも、ほら、そうやって何度だって生まれ変わって来られちゃうんだもんね？」

5

夜になるのを待つより早く、俺はいつものように放送室へ向かった。

「……あの子のことはもういいんですか？」

先に来て待ってくれていたユーリは、俺に背中を向けたままそう言った。

放送室の小さな椅子に座っているユーリが今、どんな顔をしているのか窺えないけれど……。

あんなことがあった後なのに、ちゃんとこうして放送室に来てくれていた。まず一つ、俺は安堵《あんど》する。

「あ、ああ。ギンとルカが学園の案内を無理やりしてくれてるから、今はたぶん、大丈夫。ここに押しかけてくるようなことはないと思う」

「無理やり、ですか……？」

「うん。ここで一緒に生活していくつもりなら、ちゃんと学園のルールとかを知らなきゃダメだよとルカが言ったらさ、意外と素直に従ってくれたんだよ。だから今、あの子はルカとギンに学園を案内されてるところだと思う」

……いや。

実際は、どうしても俺のそばを離れたがらないクリスを置いてくるのは大変だったのだ。

「あの暗い子のところへ行くんだよね⁉」「浮気はいやだよパパ！」「わたしもついてく！」などなど。本当に、いろいろと大変だった。

早くこうしてユーリのところへ向かいたかった俺は、ルカとギンの言うことを聞いてくれたら後から血を少しだけ飲ませると約束をした。だから素直に従ってくれたのだけど……。

ちょっとこのあと、クリスと会うのが憂鬱だった。

なぜクリスが俺の……英雄の血を必要としているのかはまだわからない。

それに、吸血鬼だとか言ってる相手に血を飲ませて大丈夫なのかな。

クリスから離れたい一心で軽率なことをしてしまったと少し、後悔。

「……そうですか。あの子、ここに住むんですね」

ユーリがため息をつくみたいにそう言った。

「あ、い、いや。えっと……。ごめん」

「どうしてそ……あ、あなたが、謝るんですか？」

「ユーリに相談せずに決めてしまったから。ユーリもここに住む仲間なのに。だから、ごめん。君が怒るのも当然だなって」

「別にそんなことを怒ってるわけじゃ……」

もにょもにょと小さな声でユーリは言った。

「あの子のお願いを聞いたら鉱石の作り方を教えてくれる。そういう話にもなってるし、あの子にも何か事情がありそうで……」とにかく、ごめんと俺は頭を下げる。「ユーリはあの子のこと嫌いだって言ってたのに。ちゃんと相談すべきだった」

「いいえ。別に、そんなこと気にしてませんよ」ユーリはくるりと椅子を回転させてこちらを向いた。「あんな小さな子の言うことでいちいち怒ったりしません。だって、どう見ても私の方がお姉さんですし。年下の子のやることですから、もう気にしていません」

すまし顔のユーリだった。

ギンから泣いていたって聞いたけど……。

と、そんなうかつな言葉が飛び出そうになるのを、グッとこらえる。

そしてそのまま俺は、ユーリについさっきあったことを簡単に話した。

「……そうですか。あの子、吸血鬼だったんですか。それに、鉱石の作り方を知っていると」

俺の話を聞いて、静かにユーリはうなずいた。

……俺は、次にユーリが話してくれる言葉を待っている。

たとえば、鉱石の作り方だ。もしユーリがそれを知っていたなら、クリスにわざわざ聞かなくとも済む。そう期待してしまっていた。

けれどユーリは、俺の期待するものとはまったく違う言葉をぽつりとつぶやく。

「あの子の名前、クリスって言うんですね」

「え？　あ、ああ。うん。そうみたいだ」

「そ……あ、あなたは、その……あの子のこと、名前で呼んでるんですね？」

「え？　まあ、うん。そうだね。ずっと〝君〟とかだと、呼びづらいし……」

「…………」

「ユーリ？」

「い、いえ。気になったのは……その……あの子も……あ、あなたのこと、名前で呼んでて。それって、いつからなのかなって」

「いつから？　え、えっと……」

ずっとパパと呼ばれるのは勘弁してほしい。だからこっちから空って呼んでほしいとお願いしたんだ――と、なぜだろう。正直にそう言えなかった。

ユーリは顔を伏せていた。そのままポツリと、言う。

「私も……」

「え？」

「私も、これからそ、……そ、空って。あなたのこと、呼んでもいいですか？」

「…………」

「最近ずっと、そう呼ぼうと思ってて。でも、嫌って言われたらどうしようと、思って。中々、お願いできなくて……」

「…………」

「あ、あの……」

何も言わない俺を不安に思ったのか、ユーリは恐る恐る顔を上げた。

その顔は真っ赤になっていた。涙の気配も微《かす》かに香る。今すぐ答えなくちゃと思うけど、ダメだ。

鈍い俺は今、ようやく〝もしかして……〟と気づいたんだ。

ここ最近、ずっと、ユーリが俺を呼ぶときだ。何か違和感があるなと思ってた。俺を呼ぶとき必ず「そ」と口にして、何かを思い直すように首を振っていたのだ。こんな簡単なことにも気づけないだなんて。本当に、俺はダメだな。これでも俺は、この子のためだけの英雄になるんだと、決めていたのに――

「ごめんなさい。やっぱりダメ、ですか？」「そんなわけないっ」食い気味に俺は言い首を振っていた。

「ダメなんて、そんな、そんなことあるわけ……っ」

「えっ、ど、どうして泣いてるんですかっ？」

ああほんとに、嫌だな。格好悪いし、自分でも嫌だと思う。

けど、ユーリに名前を呼ばれた。それだけで、涙がこぼれる。俺にとっては充分な理由がある。

「嬉《うれ》しいんだと、思う」

「え？」

「小さい頃から君と話してみたいと思ってた。それが叶うだけで充分以上だ。君とこうしていられるだけで俺はよかったんだ。だからさ、これ以上のことを一気に求めるのは贅沢《ぜいたく》だと思ってて……」あまり無遠慮にするのは嫌われてしまうかもと、そういう不安もあって。「君と話してみたいという願いと同じくらい、君に、名前を呼んでほしいなと思ってた……」

幼い頃に両親を亡くして、姉を亡くして、一人ぼっちになってしまった。

世界中が敵であるように見えていた。世界中が俺を忘れてしまったように、思ってた。

そんな俺の唯一の味方をしてくれたのが〝君の声〟だったんだ。

「そう思ってたことを今、思い出したんだ。そしたらさ、子供の頃の気持ちも全部、思い出しちゃって……」

ユーリが俺の手を握ってくれた。

そしてポツリと言った。

「そ……、そら」

「うん」

「……空」

「ああ」

「空……」

「ああ、なに？　ユーリ」

「う、ううん。ただ、呼んでみたかっただけです」真っ赤な顔で、笑う。「きっと、これからも何度も呼んでみたくなることもあるんじゃないかと、思います」

もし迷惑だったら言ってくださいと、恐る恐る、ユーリは言う。

「お、お願いです。これからは、私より先に、あの子に何かするのはやめてくれたら……そ、その……うれしい、かもしれません。面倒な子で、本当に、ごめんなさい」

「ううん。そんなことない。これから気を付ける」

「……ごめんなさい。本当に、自分でもダメだなとわかってるんです。私、すぐに拗ねたりするし……だから、きっと、今日の私はこう思ってたはずです」

「え？」

「——空の、嘘《うそ》つき。私のこと好きだって、言ってくれたくせに。それなのにどうして、他の子と楽しそうに、しているのって……」

「あ、ああ……」俺は苦笑いで、言う。「知ってるよ。君が嫉妬深くて、すぐ拗《す》ねる子なんだって。君のそんなところも、俺は……」

大好きなんだ。

と、そう言いかけて、俺は唇を結んだ。

もう一度告白してもいいかなと、この放送室でそう言ったけど……。

ああ、いや。もう一度どころか何度も君に〝好きだ〟と言い続けていた。

君には格好悪いところばかり見せてる気がする。だからこれからは君に好きだと言ってもらえるような自分になろう。そんな自分になれたそのときに、また君へ俺から〝好きだ〟を伝えられたらいい。

「おやすみなさい。今夜も空が、素敵な夢を見られるように祈っています」

お互いに眠る前の挨拶を交換し合って、俺たちは別れた。

ユーリが祈ってくれるなら、たとえ辛いばかりの毎日であったとしても、今夜だけはいい夢が見られそうな気がする。

そんなことを、思った——……その翌朝だったのだ。


時は戻って、現在。

目覚めた俺の寝床の中にクリスが潜り込んできて……。

ユーリにそれを見られてしまった。そんな世界の終わりみたいな朝だった。

「そ、空！」

「は、はい！」

またもクリスと一緒にベッドの上――そんな俺は、ユーリの声で飛び上がる。

「私、やっぱり、その子のこと嫌い……！　です！」

そう叫んで部屋を出ていってしまったユーリと、どこか勝ち誇った表情のクリスに、俺は頭を抱えるばかりだった。

6

どうしてこんなことになっちゃったのかな――と。

クリスが学園にやって来るまでの数日間を、ベッドの上でまるで走馬灯のように一瞬で振り返っていた俺は、

「あああああああ」

頭を抱えて、うなだれている。

部屋を飛び出して行ったユーリの横顔を思い出す。

その両目には涙が滲《にじ》んでいたように、思えて……。

お腹《なか》のあたりがズキリとした。俺はまたユーリを泣かせてしまったのかもしれない。

こんなんじゃ、もう一度告白するだとか以前の話だ。本当になぜ、どうして、こんなことに。俺は頭を抱えるばかりだった。

「どうしたの？　大丈夫？」クリスが心配そうにそう言った。頭を抱えて丸まった俺の背中を優しく撫でる。「どこか痛いの？　平気？　吸血鬼になってみる？　痛いのなんて、あっという間になくなるよ？」

「な、ならないよ。それに痛いのは身体じゃなくて、心だし……」

「そうなんだ？　でも、大丈夫。平気だよ？　私の言うことだけ聞くアンデッド《奴隷》になるのなら、心の痛みも感じなくてよくなるよ？」

わたしに血を吸われて吸血鬼《家族》になるか、それともアンデッド《奴隷》になるか、どっちがいい？

と純真そうな眼差しを向けて来るクリスだった。

「……アンデッドって。何だか不穏な気配がするから、それについて詳しくは聞かないけど……奴隷、なんだろ？　それって何一つ大丈夫でも平気でもなさそうなんだけどな。というかさ、やっぱりクリスに血を吸われたら人間じゃなくなっちゃうのか」

首筋に微かな痛みが残ってる。クリスに眠っている間にチクリと噛《か》まれたようだった。

これ、大丈夫なのかな……。

「ううん。すぐに人間じゃなくなるわけじゃないよ。吸血鬼になるには段階があるんだ」

「……へえ？　そうなんだ？」

「うん。個人差はあると思うけど、純粋な人間を吸血鬼やアンデッドにするには何度か吸血を重ねなきゃダメなんだ。ゆっくり、じっくり、何回かにわけて吸血して、綺麗《きれい》な自然を廃棄物で汚染していくみたいな感じで蝕《むしば》んでいって、最終的に人じゃないモノにしていく感じかな？」

俺の中には英雄の魔力が宿っているせいで、通常よりもずっと時間がかかりそうだとクリスは言った。

「確かにわたしに血を吸われたからって、殺したりしない限りはすぐに人じゃないモノになったりはしないけど……。でも、おかしいな？　わたしに血を吸われた人間は精神侵食が起こるから、まず無条件でわたしのこと大好きになっちゃうはずなんだけど……」

クリスはまじまじと俺を見ている。

「んー。空は、不思議だね。ちょっとだけ牙を立ててみたけど、全然、わたしのこと好きになってくれないし。やっぱり英雄はすごいってことなのかな？」

そんなこと言われてもな。よくわからない。

……というか精神が汚染されるのかよ。すっごく怖いんだけど。

「英雄の魔力に護られてるのか。それとも空がそういう体質なのか。それとも……あまり認めたくないけど、もしかして」

「ん？」

「もしかしたら、空の心の中は〝あの暗い子のことが好きって気持ちで一杯だから〟、なのかな？　空の心を奪うにはもっと血を吸う回数を重ねていって、あの子への気持ちを強引に上書きしなきゃダメなのかも？　それこそ一滴残らず吸い尽くすくらい」

にじり寄って来るクリスに距離を取りつつ俺は言う。

「……もし勝手に血を吸ったら君のこと嫌いになるからな」

特に何か効果を期待して口にした言葉じゃなかった。けれどクリスはピタリと停止。

「そっか。だったらやめとく。血を吸うのはまた今度でいいや」

いやだから今度とかじゃなくて……。

ため息をついて首を振る。

「なあ、クリス。今更だけどさ、どうしてこんなところにいるんだ？」

「こんなところ？　ここは空の部屋だよ？」

「あ、ああ？　そうだな。どうして俺の部屋に、それも俺のベッドにもぐりこんで来るんだって聞いてるんだ。君の部屋も、君のベッドも、ちゃんとあるだろ？」

「え？　だって、血を吸わせてくれる約束だったよね？　ずっと大人しく部屋で待ってたけど、全然来てくれないから、こっちからこうしてやって来たんだよ」

キョトンとした顔でクリスは首を傾げた。

「魔力を結晶化させた鉱石。あの石ころの作り方を教えてあげる代わりに、空の身体に流れてる英雄の血を一滴残らず吸わせてくれるって……あれって、嘘だったのかな？」

「いや。ごめん。たしかにちょっとだけ吸わせるって約束はしてたな。でも一滴残らず吸わせるとは言ってない」ため息をつき、俺は首を振る。「君たち吸血鬼はどうか知らないけどさ、人間はさ、一滴残らず血を吸われたら死んじゃう生き物なんだよ」

だからそんな約束するわけない。勘弁して。お願いだから。

しかもクリスに血を吸われたら心を奪われてしまうかもしれない。

そんな説明を受けてしまったら、一滴残らずとかじゃなくて数滴くらいなら……とも思えなくなってしまう。

「とにかくわたしはあなたの中に流れる英雄の血を吸わせてほしくて……うーん……人間はか弱いからね、無理やり、強引に、力ずくで血を吸うこともできちゃうけれど……」両手をわきわきさせながらクリスはにじり寄って来る。「わざわざ嫌われちゃうのもなあ。それはやっぱり嬉《うれ》しくないし。あくまで今の空の合意を貰《もら》ったうえで吸血したいのに。うーん。困っちゃったな」

今の俺の合意？

「なあ、クリス。改めて聞くけどさ、どうして俺の血が欲しいんだ？」

「秘密だよ」ニッコリとクリスは笑う。「空が血を吸わせてくれたらそれでわたしの問題は解決するんだもん。わたしの事情を聞いてもきっと、空の気持ちは変わらない。人間は優しい生き物だからね。だから、秘密」

「……そっか。だったら一つ質問させてほしいんだ、人間が優しいかどうかは意見がわかれるところだけど」

「うん。なにかな？」

「俺は英雄本人じゃない。ただの、生まれ変わりだ。今の俺はただの人間。何の力もない。そんな俺の血を吸っても、英雄の血を吸ったことにはならないんじゃないかな」

「ううん。そんなことないよ」クリスは首を振る。「わたしたちは血を吸うことで命も一緒に、微《かす》かにだけど吸い取ってるんだ。一番重要なのは血よりも命。空が本当に英雄の生まれ変わりなら、命は……魂は英雄と同じだよね？　だから心配には及ばないかな」

「いや、別に、心配していたわけじゃ……」

「まあそもそもわたしにとって人間なんてみんな同じに見えるから。生まれ変わりだろうと本人だろうとどっちも一緒だよ」

何だか極論なのか暴論なのかよくわからない価値観を、拳の代わりに適当に投げつけら

しまった。

う。その眼差《まなざ》しは俺に向けられているはずなのに、決して、俺を見ていない。そう思えて

けれどクリスは俺に向かって、かわいくはにかんでいるばかりだ——しかし、なぜだろ

れているような気分だった。

「英雄は〝好きになったかわいい女の子〟の願いは何でも叶えてくれるって噂《うわさ》を信じてい

たかったけどな。だからあなたに好きになってもらおうと、思ってたけど……」クリスは

ここで、唐突に、意外に思えるようなことを口にする。「うん。むしろわたしの方が君の

こと、気に入っちゃったかもしんないな」

「え？」どうして？　俺の、どこを？

「ううん。気に入ったというのとは少し違うかな。意地でも君の心を暗いあの子じゃなく

てわたし一色に染めてあげたくなっちゃった。吸血とかズルに頼らずに。それにね、わた

し、家族に憧れてるんだ。パパとか夫婦になってくれるのはダメでも、少しの間、一緒に

暮らすくらいならいいよね？」

クリスはニコリと笑う。

「血を吸わせてくれる気になったらいつでも言ってね。君たちに必要な鉱石を作る方法と

引き換えに、空の血をお腹一杯吸わせてもらうね。そしてわたしはわたしの願いを叶《かな》えら

れる瞬間を待とうと思う。じゃあね。ばいばい、英雄。たとえこの世界を救えなくても、

最後にわたしの心だけでも救ってほしいな」

一方的に言葉を並べ終えたクリスは、そのままこちらを振り返ることもなく、俺の部屋を出ていってしまった。

7

翌日から学園祭開催のため、具体的な話し合いをすることになった。

今朝はルカが黒板の前に立っていた。

「えーっと。この前ギンが提案してくれた学園祭の準備を進めるにあたって、役割分担を出来たらと思うんだけど……」

授業や朝のホームルームさながらという具合で席に着く──そんな俺たちをぐるりと見て、ルカは今後の予定について話している。

メイド喫茶もとい学園祭の発案者として、ギンもルカの隣に立っていた。……いや、ギンに関してははじめましてな存在を警戒しているのだろう。ルカの背中に隠れ、チラチラと、俺の隣に座るクリスへと視線を送っているようだった。

「なんだかわたし、すっごく警戒されちゃってない？」

クリスが俺の耳に唇を寄せて来る。

ふわりと香る、太陽みたいな清々《すがすが》しい香りに俺は戸惑う。周りをパッと明るくするような笑顔も、まるで太陽のようだと思ってしまう。

吸血鬼なのに……？　と、いろいろな意味で困惑する。

「いや。ギンはだいたいあんな感じだよ。特に初対面の人に対しては」

「そうなの？　でも、昨晩はふつうに話してくれてて、あんな感じじゃなかったような……？」

「ん？　言われてみたら確かにそうだな」

不思議に思い、俺はギンを見る。あれは恐れているというより、威嚇だ。明らかな敵意も感じる。たしかに昨晩には見られなかった反応だ。

どうしたんだろう。おかしいなとは思うが……。

「一晩の内にギンの中で何があったのかはわからないけど、慣れると少しずつ話してくれるようになるんじゃないかな」

だから気にしなくてもいいよと、俺は気もそぞろなままクリスに言った。

正直なところ、俺にはもっと気になることがあって、今はそれどころじゃなかったんだ。

「………」

俺はずっと、背中に鋭い圧を感じていた。ユーリだ。クリスが俺の隣に座っているのに対して、ユーリは俺が座っている席から一番遠い席に座っていた。その方向からジリジリと、背筋を焦がされているように感じていた。

今朝は寝坊せず教室に顔を出してくれた。

朝からユーリの顔が見られただけでご機嫌になれてしまう。昨晩のことを思うとなおさらだ——そんなチョロすぎる俺が「おはようユーリ」と、頬《ほお》を緩ませながらそう言うと、ユーリもふと微笑《ほほえ》んでくれた。そして、小走りで俺の隣の席にやって来て座ろうとしたのだけど……。

「おはよう空！　それと、えーっと……あははっ、他の子たちの名前忘れちゃったけどまあいっか！　おはよう空以外の皆々様！　今日もいい天気だねー」教室の扉をスパンと勢いよく開いて現れた吸血鬼は、燦々《さんさん》と窓から教室に差し込む太陽の日差しもまったく意に介することなく、とにもかくにも元気一杯。「こんなところに籠ってないでみんなで一緒に日向《ひなた》ぼっこしに行こうよ。きっと気持ちいいんじゃないかなって思うよ」

君はほんとに吸血鬼なの？

と、いうようなことをクリスは平気な顔して吐き出して、やっぱり太陽みたいに眩《まぶ》しい笑顔だった。

その眩しさを嫌うようにして、すすすーっと、ユーリは距離を取り、隅の席に着席。

クリスはまるでユーリのことなど最初からいなかったかのように、俺の隣の席にぴょんと飛び乗るようにして座った。

そんな彼女は学園の制服を身に着けている。どうどう似合う？　と俺に身体を擦りつけて来ていた。

……それからずっと、首筋あたりにチリチリと圧を感じている俺だった。

恐る恐る、振り返る。

「っ」

目が合うと、ユーリはプイッとそっぽを向いてしまった。

「ふふーん」クリスはなぜか勝ち誇った顔をする。「やっぱり暗い子はかわいくないよね。女の子はいつも笑顔で明るくないとって思うんだ」

「……っ」

クリスの挑発が聞こえていないはずもなく――ユーリは頬を膨らませ、真っ赤になって、プルプルと小刻みに震えていた。

「え、えっと。うん。ギンが見つけて来てくれたポスターによると、だいたい毎年この時期に学園祭は開催されていたみたいだね」

学園祭を知らせるポスター。黒板に張り付けたそれをルカは振り返る。

「もしも可能なら、このポスターに書かれた開催日を守れたらなって思うんだけど、どうかな？」

おそらく、当時の生徒たちががんばって絵を描いたり文言を並べたりしたのだろう。手作り感満載なポスターに記された開催日は、カレンダー上あと三日後という具合……で、あるらしい。俺には何が書かれているのか読み取れなかった。この世界の言語をまだ俺はよく理解できていない。みんなの話す言葉は、学園の敷地内だから何とか理解できている。あとは学園のものを持って行けば、外でも言語を理解することくらいはできるらしい。だから学園の制服をこうして身にまとっている限り、俺は読み書きはできずとも、コミュニケーションに不備はなかった。

とにかく、ポスターは世界が終わると決まるより以前に作られたものだ。

「ポスターに書かれた日付に拘《こだわ》る必要もないかもしれない」だけど、とルカは言う。「学園祭とかこういう催しは季節ものだと思うんだ。開催時期を守ることに意味があるんじゃないかな」

そうすることでより強く、当時を懐かしがった人たちが戻って来ようと思えるんじゃないか。ルカはそう期待しているようだった。

「とはいえあと三日じゃやれることも限定されると思う。別の町に行って物資を集める時間もないしね。準備期間を考えると今回やれるのはやっぱりメイド喫茶だけかな。……もし賛成してもらえるのなら、ここで役割分担まで決められたらいいんだけど。どうかな？」

俺は賛成だと手を挙げる。

それに倣うようにクリスも「わたしもー」と手を挙げた。

ユーリも競うように、慌てて手を挙げたようだけど……。

「ありがとう。満場一致ってことで、学園祭の出し物はメイド喫茶に決定だね——それじゃ早速、役割を決めようか。女の子たち三人分の衣装は全部、ぼくが調整しようかなって思ってる」

「……え？　女の子たち？」ユーリは首を傾げた。

ああやっぱりな、と俺は苦笑い。

クリスに釣られて手を挙げただけで、ユーリはあまり深く考えていなかったんじゃないかな。そんな予感がしていたんだ。

「うん、三人で」ルカはあくまで笑顔だった。

「さ、三人……」ユーリは丁寧に指折り数えて、やっとそこで、ハッとした顔をする。

「そう。ギンと、クリスちゃんと、ユーリ。三人でメイドさんになってもらえたらぼくはうれしいな」

「あっ、え？　そ、そのメイド服って、もしかして……」

ユーリはどうしてかあたふたとしていた。

「あ、そうそう」ルカは笑顔のまま、人差し指を立てて言う。「必要なものを回収しにどこかの町へ行く必要があるのかなって、そう思ってたけどね。メイド衣装の方は大丈夫そうなんだ。学生寮の物置にメイド服があったのを見つけたんだよ」

遠い昔に開催されたいつかの学園祭か、それに準ずるイベントで使われたものが残っていたのかもしれない。

それを聞いたユーリは「やっぱり……」と小さくこぼして、更に顔を青くしていた。

「衣装はそれぞれのサイズを調整するだけでよさそうだったよ。どこも解《ほつ》れたり破れたりしてなかったし。だからぼくは、衣装の準備。空は、喫茶店で出すお茶の葉を集めて来てほしい。できたらお茶菓子とかもあったらいいんだけど……」

「あ、あ、ちょっと、待って……そ、それは……その……」

しどろもどろになりながら、助けを求める眼差しをユーリは俺に投げかけていた。

どうしてそんなに焦ってるんだろう……？

不思議には思うし、それにここまで嫌そうなそぶりを見せるのだから、助け舟を出すのが当然なのかもしれない……けど、ごめん、ユーリ。俺は先に心の中で謝っておく。

ユーリのメイド服姿、見てみたいかも……。

だからごめん。

ユーリのすがるような視線には、気づかない振りをした。

それから各自、振り分けられた役割通りの準備に取り掛かることになった。

ルカはメイド服のサイズを調整するため自室に籠った。

俺は学園の裏手にある山に入って、紅茶の原料になるという葉を積んで回った。日本では見たことのない色や形で鮮やかに群生する草花。それらに出会うと、柄にもなくテンションが上がってしまい、日が暮れるまでそこら中を歩き回ってしまった。

そうこうしているうちに、あっという間に日は傾いて夕暮れだ。

……学園祭まであと少し。

今夜の放送では開催日を伝えようと思っている。どこかで聴いていてくれると期待する〝誰か〟に、世界が終わろうとも〝何か楽しいことをしようとしている〟という空気感が届きますようにと、願いながら……。

けれど、ユーリと放送しているいつもの時間にはまだ早い。ちょっとだけ暇ができてしまったということになる。

俺はいつもの時間がやって来るまで、魔法のトレーニングをすることにした。

ベッドの上に腰を下ろした。

静かに瞼《まぶた》を閉じて、深呼吸――

「…………」

――でも、やっぱりダメだ。

魔法が発動する気配はまったくなかった。

「……もしかしたら、魔力をあのとき使い切っちゃったのかな」

姿を消したユーリのことを、朝日が昇るより早く見つけ出そうとしたあのときだ。

あれが自分で自分の魔法を使った最初で最後だったのかも――そんな不安があった。

しかも俺はあのとき英雄の意志に反するような決断をした。英雄の魂のようなものから
〝ユーリは森の奥の小屋にいる〟〝今すぐあの場所へ行け〟と、声にならない強い意志を俺は感じた。けれど俺はその意志に反旗を翻した。あれから英雄が語り掛けてくるようなことは一度もない。

「……おい。聞いてるか英雄」

呼びかけてみる。勝手にこの身体を乗っ取り、勝手に消えていった、あの〝声〟にだ。

「もしこの声が届いてるなら、返事くらいしてくれても罰《ばち》は当たらないだろ。別にお前に頼りたいってわけじゃない。ただ……」

ただ、俺の魔法が消えていないのかどうか。それを確かめたいだけなんだ。

しかしあのときのように、心に呼びかけてくるものは何もなかった。心の中は不安と焦りにまみれた自分自身の声が、濁流のように溢れかえっているばかり。

やっぱりだめだなと今夜は諦め、ゆっくりと、瞼を開いて……。

今夜も俺はユーリの待つ放送室へ向かうのだった。


そして、その翌日だ。

このところ恒例になっている話し合いの時間。

使用している教室にやって来た俺は、驚いた。

メイドさんが三人、いたからだ。

「あっ、おはよう空っ、どうどう？　わたし、かわいいかな？　似合ってる？」

まず最初に、飛びつかんばかりの勢いでクリスが駆け寄って来る。

「ちょっと露出が多過ぎるかなって思うけど、お祭りだもんね？　これくらいサービスする気持ちでいた方がいいよね？」

メイド姿のクリスが俺の前でクルリと回る。スカートの裾が開いた花のようにふわりと膨らんだ。その衣装はおそらく、ルカが一晩で三人分を調整したのだろう。スカート丈は膝上と短くて、胸元を強調するようなちょっと肌の露出が高めのデザイン。はっきりわかる胸の形をほらほらとわざとらしく見せて来る。

「あ、うん。かわいいんじゃないかな」

……たしかにちょっと、視線の置き所に困ってしまう。が、しかし、俺は気もそぞろという具合だった。

それは、クリスが強調してくる胸に恥ずかしさを覚えた……と、いうわけではなく。

相変わらずルカの後ろに隠れてクリスを警戒しているギン。彼女はいつものメイド服で変わらないんだなと、そう思ったことでもなくて。

俺が教室にやって来るなり、急いで隠れてしまったもう一人のメイドさんが気になったからだった。

「あの……ユーリ？　そんなところで、何してるんだ？」

教室のカーテンにミノムシみたいにグルグル包《くる》まり、気配を必死に殺そうとしている――そんなユーリだったが、俺が声を掛けるとビクリとし、諦めたように言った。

「……この服、私には似合わないから」

カーテン越しにでもしゅんとしているのがわかった。

「だから、その……見られると、恥ずかしいと、いうか……この衣装が布の面積狭いのは知ってたんです。当時、学園祭で他の生徒たちが着てたのを見ていて。だからこの衣装のこと言われたときは絶対無理って、思ってて」

「えー？　そんなに恥ずかしいならどうして着たの？」

クリスが首を傾げている。

「それは……あ、あなたが着るのに、私が着ないなんて。なんだか、モヤッとしたからです」

「むむむ？　それってつまり、わたしに対抗して着てみたけど？　やっぱり自分には似合わないって気づいて、わたしに負けそうで、焦っちゃってるってこと？」

「ち、違いますっ！」カーテン越しにユーリは叫んだ。「べ、別に、負けるとか、勝つとか、そういう話では……ただ、胸が……ちょっと……」

「あ、そっか。暗い子ちゃんは空に自分の胸が小さいのを見られちゃうのが嫌なんだ？この衣装、胸の形が目立つから。そこはほら、わたしに明らかに負けちゃってるもんね？」

「…………」

カーテン越しにズンと空気が重くなるのを感じた。

「かわいい洋服を着たらさ、好きな人に一番に見てもらいたいって思わない？」クリスは首を傾《かし》げる。「そんな風に隠れちゃうってことはさ、暗い子ちゃん。君は空のこと好きじゃないし……もしかしたら嫌いなんじゃない？」

「うっ」

クリスの言葉が無遠慮に俺の胸をぐさぐさ突き刺すけれど……。

「そんなことないっ」思わず、という感じだったのだろうか――カーテンから飛び出してきたユーリは、叫んだ。「空のこと、嫌いじゃない！」

そこでふと、ユーリと俺は目が合った。

みるみる真っ赤になるユーリはメイド服姿だった。クリスと同じデザインの。ペタリと力なく、ユーリはその場にへたり込む。両腕で胸元を隠すみたいに抱いていた。

「ふふん。見るも無残なペタンコだね」得意げに言うクリスと、ますます縮こまってしまうユーリだったが……。

「似合ってる」俺は言う。

「え？」ユーリは顔を上げる。

「……ユーリ。その服、すっごく似合ってる。かわいいって思う。本当に。誰よりも。世界で一番だ」

「あ……う、え？　せ、世界で……？」

「ああ。俺にとって世界で一番、君がかわいい」

「あ、う、ううっ」真っ赤な顔を更に真っ赤に染めながら、しかしユーリは「あ、……ありがとう、ございます……」と唇をもにょもにょさせてそう言った。

「あーあ。なんだかわたし、馬鹿みたいじゃない？　ま、空がうれしそうにしてるから別にいいかって思うことにするよ」

つまらなそうに言いながら、クリスはまたクルリと回った。

「でもでも、この衣装は気に入っちゃったな。これのサイズとか調整してくれたのは君だよね？　あー……綺麗《きれい》な顔したそこの君。何て名前だったっけ？」

「……ルカなの。人の名前覚えないなんてほんと失礼なやつなの。いい？　ルカに手を出したりしたら絶対に許さないんだから。もしそんなことしたら噛みちぎってやるの」

「あ！　そうそうルカちゃんだ。ありがとう。君たちの生活に飛び入り参加したようなわたしにも、こうして衣装を用意してくれるなんて。実はすっごくうれしかったんだ。なにかお礼とかしなきゃだよね？」

「ううん。お礼なんて、別にいいよ。ぼくはこうして〝みんなで一緒に何かをがんばれる〟ってことが好きなだけなんだ」

衣装は揃《そろ》ったことだし、あとは目につく場所を片付けて、教室を飾り付け、喫茶店で出すメニューの準備を進めよう。

学園祭開催まで残りあと一日。

いったい誰がやって来るかもわからないお祭りだ。誰一人やって来なくてみんなで揃ってしょんぼりする。そんな結果を想像する方がきっとたやすい。

世界が終わるというのに何をやってるんだろう、と……。

考えなしな子供が寄り集まって、まるでおままごとみたいに〝世界を救う〟と息巻いているだけ。そう指をさされて笑われても言い訳出来ない。けれどやってみる価値くらいはあるはずだ。そう信じることにして、いざ、当日を迎えよう――そう意気込んでいた俺たちだったけど、一通りの準備が終わった夜に、その騒動は起きたのだった。

8

「空！　聞いてほしいの！　浮気なのっ……！」

今夜もまた放送室に向かうその前に、少し自分の魔法のトレーニングをしようと静かに瞼を閉じていた。そんな俺の耳元で叫ぶ声があった。頭の奥をキーンとさせられながら何があったと慌てて俺は飛び上がる。

「ひどいの！　私、ルカに浮気されちゃった……！」

よっぽど混乱しているのか、ギンが俺にぎゅっと抱き着いてきて、そのまま泣き声を張り上げていた。

「え？　ルカが浮気って……？　どういうこと？」

ベッドに腰掛けていた俺のお腹《なか》に、涙と鼻水でグズグズになった顔を押し付けながらギンは泣いている――あ、あの？　鼻水とか涙とか、いろいろ擦りつけられてないかなこれ……。

「あの吸血鬼とルカがエッチなことしてた！　私がちょっと部屋を出て戻って来る隙に！　ベッドの中で二人がもぞもぞしてるの、私、見ちゃった……！」

「え、ええ？　本当に？　ルカがそんなことするなんて。何かの間違いじゃ……」

「あの吸血鬼、絶対、絶対、許さないの……っ」

泣き続けるギンをどうしたらいいのか。困ってしまう。

頭を撫でるのも噛みつかれそうだし、身体を引き離そうと肩に触れてもやっぱり噛みつかれそうだ。どうしていいのか両手をさ迷わせていると、続けて部屋に駆け込んでくる足音があった。

「ギン！　違うんだ！　話を聞いて……っ！」

ルカだった。

珍しく顔を青くし慌てた表情。

「ただあの子に襲われてただけなんだっ。急にやって来たかと思うと一方的にベッドに押し倒されて……だから浮気なんて、そんなこと……っ」

「いやなの……聞きたくない……ルカなんて嫌いなの……あっち行ってなの……これからは空のことルカだと思って生きてくの……そんなの絶対無理だけど……耳も尻尾もぞわぞわしちゃうけど……仕方がないから空で我慢しておいてあげるの……」

ごめんねとルカは申し訳なさそうな顔で、俺に何度も頭を下げていた。

ルカの後に続くように、クリスも部屋にやって来た。

「ご、ごめん！　狼《おおかみ》ちゃん！　あのあのっ、わたしねっ、部屋を……というか、人を間違えちゃったんだ……。空の部屋で、空のベッドで、空の身体だと思ってたから、いつもの感じで、ベッドの中に潜り込もうと思って……」

クリスも意外なくらい申し訳なさそうな顔だった。

「はぁ!?　なにそれっ。言い訳にもなんないくらい苦しいのっ」ギンはやっぱり俺に抱き着いたまま叫んでいる。「ルカと空を間違えるわけがないのっ。ルカの方がいい匂いだし！　ルカの方がカッコいいし！　こんなとき黙って頭撫《な》でてくれるからルカの方が優しいし！　空なんて！　追い詰められるまで女の子に告白する勇気もないダメダメ男なの！」

「……なんで俺、地味に傷つけられちゃってるのかな」

「ほんとにごめんね狼ちゃん。信じてもらえるかどうかわからないけど、本当に空のベッドだと思ってたんだよ。本当に、空にじゃれつこうと思ってたんだよ」

クリスはおろおろとして泣きそうな顔だけど、けっこう、俺の方も泣きそうだった。

「わたし、人間って区別がつかないいんだ。本当にみんな一緒に見えちゃうんだ……。誓ってわざとしたんじゃないいんだよ。部屋の方はうっかり間違えてしまっただけなんだよと言って、オロオロとする。「狼ちゃんもさ、たとえば虫とか家畜の羊とか、パッと見てもどれがどの子か区別できないよね？　それと同じっていうか……」

「はあああ⁉　馬鹿にするのもいい加減にしろなのっ！　ルカは虫さんじゃないし羊さんでもないの‼」

なんとかフォローしようとするクリスだったが火に油という具合。

けれどクリスの言うことは本当なのでは？　と俺は思ってしまう。

「なあ、ギン。君の気持ちもわかるけど、たぶん、ルカもクリスも嘘《うそ》はついてないと思うぞ？」

「え？」

クリスが驚いた顔で俺を振り向いた。俺が庇《かば》ったことが意外だったのかもしれない。

「ふんだっ。世界中の女の子をお嫁さんにしようとした一世一代の浮気男の生まれ変わりの言うことなんて信じらんないのっ」と言いながらも、ギンはぎゅっとさらに強く、俺に抱き着いてくる。「それに！　吸血鬼は……〝ヨルノヒト〟は、永遠に生きるから……だから、長い寿命の暇つぶしに、すぐ嘘ついて、人を騙《だま》して、遊ぶんだって……飽きたらそこにいた生き物みんなバラバラにして食べちゃうのっ。だから吸血鬼の言うことだけは絶対に信じちゃダメだって、私たちワーウルフの間にはそういう言い伝えがあるくらいなのっ」

なるほど。クリスが吸血鬼とわかってから、ギンが警戒し始めた理由はそれだったのか

「……？」

「人間やワーウルフのちっさな腕力じゃ、吸血鬼には絶対かなわない。私たち、檻《おり》から出された猛獣と一緒に暮らしてるのと同じ気持ちなの」

猛獣は言葉が通じないから猛獣だ、とギンは言う。

「ルカにもしものことがあったらって考えるだけで、私、どうしよう……泣いちゃいそうになるの」

ギンはポロポロ涙を流す。ルカは言葉もなくその様子を見つめていた。

そんなルカの代わりに、というわけではないけれど、俺は言う。

「ああ。ギンの言う通り、クリスはやろうと思えば無理やりにでも、俺たちを従わせることだってできるんじゃないかな」

「そ、そうなの！　だから今すぐ学園から……」

「でもさ、ギン。俺、思うんだ」

「……え？」

「ギンにこうして一生懸命ごめんねって言って頭を下げてる。クリスが悪い吸血鬼なら、こんな面倒な状況だって暴力でどうとでもできるんじゃないかな。そうしようとしないだけで、俺はさ、クリスは悪い吸血鬼じゃないと思うんだ」

悪い吸血鬼じゃないと思いたいんだ——と、より正確に言い直すなら、こうなるけれど。

根拠はない。自信も本当はあまりない。けれど不思議と俺は、クリスのことを邪悪には思いきれないところがあるんだ。

「約束する。クリスは絶対、君たちに危害を加えない。俺がクリスに代わってそう誓うよ」

「空が約束してどうするの？　意味わかんないの……」

ギンは頰《ほお》を膨らませる。そして、辺りを見回した。真っ青な顔をしたルカ。肩を落としてしまったクリス。シンと静まり返った空気が重くて、苦しい。

「な、なんなの、これ。何だか私が我がまま言ってるだけって空気なの」

ギンは深くため息をつくと、俺から離れた。

「吸血鬼の言うことはまだ信じられないけど。空の約束だってあてになんないけど。ルカのことは、信じることにするの。……ほんとに、ほんとに、浮気じゃないの？」

「う、うん。絶対。そんなことしないよ」とルカはうなずいた。

「そっか。うん。そうだよね。ルカには好きな人がいるって言ってたもんね？　なのに、その吸血鬼と浮気だなんてありえないの。ただね？　ルカが空みたいな男の子だったらと思うと……すっごく、悲しかったの」

「え？　あ、う、うん。そっか……そう、だよね」

ルカはとても悲しそうな顔を一瞬みせた。けれどすぐに苦笑いに切り替えて「……そろそろ行こうか」と、ギンの手を取った。

んん？　浮気っていうのは、自分がいるのに吸血鬼といちゃついてる、という意味じゃなかったのか？

本当に、この二人の関係ってよくわからないな……。

俺の心の中ははてなマークで一杯だった。

二人は連れ添って部屋を出ていこうとする。その途中で立ち止まり、ギンがこちらを振り向いた。

「……ねえ、空」

「う、うん？　なんだ、ギン」

「別に空がその吸血鬼を信じたいならそれでもいい。私たちやユーリに危害が及ばないようにしてくれるって約束するなら。……でも、気を付けておいた方がいいの。人間を虫や家畜と変わらないって平気で言えるんだから、今そうやって大人しくしているのは、ただペットが懐いてくれなくて困っちゃったなって、そう思ってるだけかもしれないの。もし、私たちに飽きちゃったらなにをするか……」

「………………」

クリスをチラチラと警戒しながら、ギンはルカにピッタリくっついて部屋を出ていった。

クリスと二人残されて、少し、気まずい……。

静まり返る部屋の空気の中で、そう思い始めていたところだった。

「……あ、はは。わたしももう行くね」

クリスが俺を振り向き、笑顔を糊付《のりづ》けしたような表情でそう言った。

「信じてくれてありがとう。ちょっとだけ、ううん、すっごくうれしかったかな。……だけど、ごめんね。今はこれだけ伝えるのが精一杯だ。いつか今日のお礼ができることを、わたしの未来に期待していてね」

クリスは闇に解けていくように姿を消した。

そうしてちょっとした騒動も、煮え切らないまま終わるかと思っていた。

9

その日の夜。

いつもの時間まで待って、俺は放送室へ向かった。

「……そうですか。そんなことがあったんですね」

既にそこにいてくれたユーリに、ギンとクリスのことを簡単にだが聞いてもらった。

ユーリは放送の装置に向かって椅子に腰かけている。その日の前には、今夜放送する内容を一緒に考えようかと開いた日誌帳。そのまっさらなページをトントンと、ペン先で軽く叩《たた》きながら「私がぼんやりしている間に……。大変だったんですね」と、ユーリはこちらを見ないまま続けて言った。

まるで難しい試験勉強の答えを探すように、開いたページをジッと見つめている。

「ほんとあの二人って、いったいどんな関係なんだろうとはいつも思うよ」俺は苦笑いだ。

「そうですね。複雑そうです。いろいろと」ユーリはペンを置いて、日誌帳を閉じてしまう。「けど、好きな人がいつも近くに居てくれるのは、素直に羨ましいなと思います。たとえそれが、恋することとはまた別の〝好き〟だったとしても。それだけで勇気になりますから」

「ああ」

その通りだと俺も思うよ。

だからこそ少し、意地悪なことを問いかけてみる。

「……君の好きな人は、君の近くにいてくれない？」

「…………」ユーリは何も言わない。

「……俺も、俺のことを好きだと思ってくれる人が近くに居るのかどうか。ときどき不安になることもあるよ」

「…………」ユーリは唇を噛んでいる。

「……俺には〝好きだ〟と思う人がいる。君が好きだと告白した人が、近くに居てくれる。俺の気持ちがその人の勇気になってくれたらとは、思うよ」

「…………」ユーリはうつむいて、呼吸を止めた。

「今夜の放送は予定通り、明日の学園祭の宣伝をしようと思う」

俺は、ユーリの背中越しに手を伸ばし、マイクのスイッチを入れた。

「……もしこの放送を聴いてやって来てくれた人の中に、鉱石の作り方を知ってる人がいればいいな。それが今、俺たちにとっての希望だ」

君にはどんな希望が必要なのかな。

君は今、どんな希望を求めているのかな。

やっぱり俺はそれを知りたいと、思っているんだ。

「相変わらず誰が聴いてくれてるかわからない放送だけど、誰も聴いていないってわけじゃないんだ——君が聴いてくれてたみたいに」

「え？」

「ごめんな。君とは一緒に放送できない」

「……空？」

どうしたの？　と俺を振り返る。

俺は苦笑いで肩をすくめた。どうやってるのかは知らないけれど——ユーリの姿をした君に、言う。

「この放送はユーリと一緒にやるって約束してるんだ。俺にとって大切な時間なんだよ。俺と、ユーリの時間を、邪魔しないでほしいな。クリス」

「…………」

すぅ、と――

静かな町を包んでいた朝もやが晴れるようにして、ユーリの姿がクリスに変わった。

「おお、びっくりだ」俺は大げさに驚いて見せる。「本当に、ユーリじゃなかったんだな」

「え？　なに？　あてずっぽうだったの？」クリスは目をパチパチとさせた。「わたしがあの暗い子の姿を借りてたの、見抜いてたんじゃなかったってこと……？」

「んー。そうだな。クリスが別人に姿を変えられるなんてそんなの知らなかったしな。それでもやっぱり、〝違うな〟って、わかったよ」

「……すごいな。いつ、気づいてたの？」

「最初からかな」

「そっか。さすが英雄ってことなのかな。……それともわたしがまだまだってことなのかもね。どうしてわかったのか教えてくれるかな？」

「ああ。声が……いいや、喋《しゃべ》り方がちょっとだけ違ったからかな。ハッキリどこがと説明するのは難しいんだけど。本当に、些細《ささい》な違いだよ」

ただの勘と言ってしまってもいいくらい。それくらい根拠のない確信だった。

「それって、それだけ空があの暗い子ちゃんのことばかり考えてるってことでいいのかな？」

「ああ。これも愛のなせる業だな——と、そう言いたいけど。実は違うんだ。聞き分けられたのにはちゃんとそれなりの理由がある」

「え？　そうなんだ？」

「俺はさ、小さな頃からずっと、ユーリの声を聞いて育ってきたんだ」

ユーリの声に励まされて。ユーリの声に勇気を貰《もら》って。ユーリの声に、応援してもらって。俺は今、こうしていられる。

「だからユーリの声なら少し聞いただけでも、それが本物かそうじゃないかくらいはわかるつもりだよ」

「……なるほどね。そっかそっか。空とあの子の間にはそうそう割り込めないってことなんだ」

ああそうだよと答えたいけど——それは、どうかな。英雄の顔がどうしても、俺の心にはチラついてしまう。

「こっちからも聞かせてほしいな。どうしてクリスはユーリの姿になってたんだ？」

「……なりふり構ってられなかったから、かな？」クリスは苦笑いだ。「空がそれほど好きな子の姿になったら、わたしのことも好きになってもらえるって、そう思ったんだ。たぶんわたしは、わたしのままだと誰にも好きになってはもらえないから。ほら、あの狼《おおかみ》ちゃんのあの様子を見たらわかるよね？　吸血鬼は嫌われ者なんだよ」

「…………」

「あはは。まあ、とにかくね。どんな形でもいいから、空にわたしを好きになってほしかったんだ。狼ちゃんを怒らせちゃったわたしには、もう、ここにも居場所はないだろうし。焦っていたんだよ。追い出されるより先に、空の心と英雄の血を奪わなきゃって」

「だったらさ、クリス。俺を襲って強引に血を奪えばいいじゃないか」

難しいことじゃないだろうと俺は首を傾《かし》げる。

「うん。そうだね。今から空を襲うことだってできちゃうと思うよ。血を奪うだけなら簡単だろうなって」

「だけど君は、そうしないよな？」

「……わからないよ？　わたしにも時間があるからね。急がなきゃならないのも事実だし……」

「ああ、そっか。だけどやっぱり、君は、俺たちに乱暴なことはしないよな？　いいや。そうできないんだよな？」

「…………」

「はぁ……。手がかかる子だなあ君は」やれやれとばかりに俺は首を振る。「明日、一緒にギンに謝ろうか」

「……え？」キョトンとする。「謝る？　一緒に、行ってくれるってこと？」

「ああ。きっとちゃんと話せばわかってくれるし、ギンはああ見えて優しい……と、思うから。たぶん、許してくれるよ」

「あはは。たぶんなんだ」ちょっと怖いなとクリスは苦笑いだ。

「ギンに許してもらえたら、とりあえずここに居るのは気まずくないだろ？」

「……うん。かもね。けどわざわざ一緒に謝ってくれるなんて。どうしてわたしを追い出さないの？　そっちの方が君にとって話は早いよね？」

まだ君の事情を知らないし……。それにどうしたって俺は、君のことを〝悪い吸血鬼〟だと思えないからだ。こんな風に君の味方でいたいなとわずかにでも感じてしまうのは、君に少し血を吸われてしまったせいかもしれないけれど。

そんな本音めいた気持ちは口にせず、俺は肩をすくめた。

「追い出したところでまたこっそり忍び込んで来るだろ？　たとえば俺のベッドとかに」

「それもそっか」

クリスは悪びれもせず笑顔で言った。

「また間違えてルカのベッドにもぐりこんじゃったら、今度こそギンがショックで泣いちやうぞ？」

だからとりあえず追い出したりはしないし、一緒に謝りにも行こうと思うけど……。

「もう二度と、ユーリの姿になったりはしないでくれ。いい？」

どうやら俺は思いの外、不快だったようなのだ。好きな人の姿を真似《まね》られるということが。

「うん。そうする。だからそんな怖い顔しないでよ。……絶対、守るよ。空に嫌われるのは嫌だなって思うし」

「ありがとう。あ、ユーリだけじゃないぞ。他の誰かに変わるのもなしにしてくれ。俺たちは見た目が変わるとすぐ見分けがつかなくなるんだ」

「うん……」

「あともう一つ、条件がある」

「え？」

「一緒に謝りに行くし、ギンが納得してくれるまで付き合うよ。もしここにいたいと思うならいてもいい。そうできるようみんなを説得だってしようと思う。だけどな、クリス。学園祭が終わってからでいいんだ、クリスがどうして俺の血を欲しがってるのか、ちゃんと理由を教えて欲しいんだ」

「………」

「事情を知らなきゃそれがもし助けられることでも助けられなくなる。まあ、ただの人間が君の力になれるのかは疑問だけどね」

「ううん……。ねえ、空。わたしからも一つ、聞いてほしいことがあるんだけど、いいかな？」

「ああ。なに？」

「庇《かば》ってくれてありがとう。狼ちゃん——ギン、だったよね。あの子を怒らせちゃったとき、わたしが嘘《うそ》をついてないって言ってくれたよね。本当に驚いたけど。でも、同じくらい本当に、うれしかったんだ」

「間違えてルカのベッドにもぐりこんじゃったのは、本当に、嘘じゃなかったんだろ？」

「……うん。人間なんてみんな虫と同じだからね。君たちからしたら信じられないだろうけど、ほんとに、同じにしか見えないんだ」

「いや。信じるよ」

「はは。ありがとう。……君のこと、本当にちょっとだけど好きになっちゃいそうだよ」

「ほんとに君は嘘つきなんだな」

　顔を見ればわかるよ。人間は心でできてる生き物だ——たとえ人間じゃなくとも君がどう考えてるかくらい、わかる。

「ふふん。嘘つきなかわいい子ってさ、小悪魔っぽくてもっとかわいいでしょ？　気を付けろよ英雄ー。わたしに惚《ほ》れたらその血を一滴残らず吸われちゃうんだからな？」

クリスはぴょんと軽く、天井に空いた穴から外へ出る。

飛び乗った屋根からこちらを見下ろす。満月の光がクリスの長く綺麗《きれい》な金髪をキラキラと照らしていた。

「わたしはここらで退散するね。これ以上、ここの住人に嫌われちゃったらさ、ほんとに居場所がなくなっちゃうかもだし」

「ん？」

どういうことだ？　と首を傾げる俺に、クリスは意地悪そうな顔をしてくくくと笑う。

「大咲空くん。わたしの英雄。君にはこれから修羅場が待ってるんじゃないかなあって思うんだー」

「…………」

嫌な予感がした。

意地悪そうに笑うクリスの視線を、恐る恐る、たどってみると……。

放送室の出入り口だ。そこに長い銀色の毛先と、制服のスカートの裾が覗《のぞ》いているのに気づいた。その人物はクリスと俺の視線を感じ取りビクッと小さく飛び上がる。クリスとの今までの話を聞かれていたみたいだ――だ、大丈夫。おかしなことは言ってない。

それからちょっと拗《す》ねてしまったユーリを、必死になって何とかなだめるのが大変だった。

10

翌日。

学園祭の開催日――とはいえ、何か派手な催しができるわけじゃない。ただ可愛《かわい》い女の子たち三人が、即席の紅茶と、簡単なお菓子と食事で持てなすだけだ。

それでも終わりを宣告されるより以前の世界を懐かしむ誰かがやって来てくれたらいい。

そう期待する俺たちは、いつも話し合いに使っている朝の時間で、バタバタと駆け回り最後の準備を終えたのだった。

「あ、そういえば。こんな風に無事に学園祭開催できちゃったらさ、列車を動かせるようになる必要もないわけで……」クリスはハッとした表情をした。「むむ。〝鉱石の作り方〟を条件に、英雄の血を飲ませてもらおうと思ってたわたしの計画が台無しだね。また別の作戦を考えなきゃだ」

クリスが今さらなことを言い、難しい顔をする。

そこで放送室からチャイムが鳴った。

「まあとにかく」とクリスはうなずき切り替えようとする。「たくさん人が来てくれたらいいね？　んーっ。こういうことするのはじめてだから、なんだかとっても楽しみだなあ」

「…………」ユーリはまだメイド服が着なれないのか、チラチラと視線をさ迷わせながら落ち着かない。

けれどこの場にギンの姿はなかった。

ここにギンとクリスが二人揃《そろ》っていないのは、今のところ都合がいいのか、それともまだ問題を先送りにしているだけなのか。

一緒にギンに謝ると言ってしまった手前、その約束にもちゃんと向き合わなきゃならないが――今はまず目の前の学園祭だ。

俺は、メイド服姿のユーリばかりチラチラ見ていないで、飾り付けられた教室を見回した。

「すごいな。時間もなかったし教室を片付けるくらいまでしか、昨晩はできてなかったはずなんだけど……」

喫茶店に使用する教室は、たった一晩で、手作りのきらびやかさに飾り付けられていたのだ――黒板には金や銀の折り紙を切って作った星が張り付けられている。天井にも無数の星だ。画用紙を丸く切り抜き、金色の絵具を塗りつけた満月も一つ。

「ふふん。驚いた？　全部わたし一人でがんばったんだ」クリスが得意そうに胸を張る。

「折り紙とか色紙や画用紙を切ったり張ったり。みんなが寝ている時間は暇だったしね」

そっか。がんばってくれたんだな、ありがとう。

クリスにそう言おうとしたところだった。

ガラリと、教室の扉が開けられる。

やって来たのはルカとギンだった。この学園には今ここに揃ってる人間しかいないのだから、当然と言えば当然なのだけど……。

「………」

クリスは笑顔を凍らせ、肩を落として、見るからに気まずげだ。

今から自分がどうすべきなのか、その答えを俺に求めるみたいに弱々しく、こちらに視線を寄こしていた。

ギンも唇を尖《とが》らせて、クリスからプイッと視線を外す……。

教室の空気がズンと重くなるようだった。繰り返す呼吸の分だけ、どんどんと、酸素の薄い深海の底へと沈み込んでいくようで……。学園祭が終わるのを待っていられないな。

今ここでクリスと一緒に謝ろう。その意思を伝えるように、こちらを見るクリスへうなずいた。

けれどそんな重苦しさの中で、最初に呼吸をしようと口を開いたのは……ギンだった。

「ふん。やっぱり私の方が似合ってるの」

そこで俺ははじめて気づいた。ギンも二人と同じメイド服に着替えているようだ。自分とクリスとを見比べて、「そうだよね？　ルカもそう思うよね？」と、ちょっと不安そうに隣のルカを見上げていた。

「うん。そうだね。ギンの方がかわいいって思うよ」

ルカは少しもためらうことなくそう言い切った。

おお、さすがだな、と俺は思ってしまう。

「だ、だよねだよねっ。ふふん。どんなもんなの？」

ギンは鼻高々という具合だった。

そこからまた、クリスに噛みつくようなことを言うのかなと、そう思ったのだけど……。

ギンはまた唇を尖らせる。クリスよりも気まずそうな顔をして、「……だからもう、いいの」と、残り少ない酸素を肺から絞り出すみたいにして、言ったのだった。

「そこの吸血鬼がどんなにかわいくても、どんなにルカのことを誘惑しようとしても、ルカは私のことが世界で一番かわいいって思ってくれてるの。だからもう、気にしてない……とは言えないかもだけど、気にしないようにはするの。それに――」

ギンはふと視線を上げた。

その先には、画用紙を丸く切り抜いて作ったお月様。

「――それに、ね。お月様が綺麗な夜は、喧嘩《けんか》をしないって……そういう決まりになってるから。だからもういいんだよ」

「…………」

クリスは息をするのを忘れたように、唇をきつく結んでいた。

「ルカから聞いたの。あのお月様や、この飾り付け。私に謝りたくて、やってくれたんだよね？」

――曰《いわ》く。

昨晩遅くに、俺がルカの部屋を訪れたというのだ。

ギンのいない僅かな隙を窺いやって来た俺は、ルカにこう言った。「たとえばだけど。もしあの狼《おおかみ》ちゃんに謝りたいことがあるとして。どうするのが一番いいって思うかな。もし良ければ教えて欲しいんだ」

ギンの名前をどうにも思い出せない様子。そんなちょっと挙動のおかしかったらしい俺に、そのときルカはワーウルフの風習のようなものを教えたという。「ワーウルフたちにとって満月は特別なんだよ」と。

ワーウルフは仲間意識がとっても高い種族なんだと、ルカは言ったらしい。

仲間内での争いごとをとにかく嫌う。たとえそれが些細《ささい》な喧嘩だとしても。

だけどもし、何かの拍子で喧嘩をしてしまったそのときは……。

彼らにとって特別な満月の夜にだけは素直になれると思い込み、どちらかがごめんなさいを言いましょう。そうしたらきっと、喧嘩する前よりずっと、仲良くなれてるはずだから——そういう御伽噺《おとぎばなし》にもなり切れないような決まりごとが、ワーウルフたちの間には語り継がれている。

子供をしつけるため、親たちがでっち上げてる怪談話みたいなもの。そんな印象ではあるけれど……。

「ぼくもギンと喧嘩したときに教えてもらったんだ。いつも素直じゃないギンが、満月の夜に、ギンの方から謝ってくれた。満月の夜はまだ先だけど、もし、それに代わる何かを作れたら……」

そう教えられた昨晩の俺はルカにお礼を言い、部屋を飛び出して行ったのだという。

「吸血鬼は闇そのもので〝姿を持たない〟。そこにあるかもわからない曖昧な存在。だから何者にも姿を変えられる。そういう話をぼくも聞いたことがあったけど、それは本当だったんだね。ちょっと驚いたよ」

だけど中身までは変われないようだ。俺の姿をしておきながら、ギンのことを狼ちゃんと呼んでいた。それでルカもおかしいなと気づいたとのことだ。

なあ、クリス。もう誰かの姿を借りるのはなしにしようって約束したじゃないか……。

つい苦笑いを浮かべてしまう俺だった。

「あの綺麗な紙でできたお月様。あなたが、作ってくれたんだよね？　私と仲直りしたいから……？」

「う、うん……、まあ、そういうことになるのかな」

「あなただったらここに居る人たちみんな、力ずくで言うことくらい聞かせられるのに……？」

ギンの問いかけにクリスは何も答えない。ただ、苦笑いを浮かべるだけだった。

「……そっか。空が言う通り、あなたは怖い吸血鬼じゃないのかも。まあ、そういう風にして、〝いい吸血鬼〟を演じるのも作戦なのかもしれないけれど」

ギンはそこで、言いにくそうにうつむいた。

「え、えっと。そういうことが言いたいんじゃ、なくて……わ、私も、昨日は言いすぎたかもしれない。ほんの少し。本当に、ちょびっとだけ。だ、だから……ええっとぉ……」

チラリとギンはルカを振り向く。

ルカはそんなギンにうなずいて、微笑みかけていた。

ギンは意を決したようにぎゅっと、瞼《まぶた》を力一杯に閉じて、言う。

「き、昨日は、ご、ごめんなさいっ。吸血鬼は、その、怖いから……つい、あなたのこと、悪くいってしまったの」

「ううん……」

クリスは力が抜けたように微笑《ほほえ》んだ。

「ありがとう、狼ちゃん――ううん。ありがとう、ギン。わたしのこと許してくれて。謝ってくれて、ありがとう。気にしないって言ってくれて、ありがとう。わたしとまたお話ししてくれてありがとう。それから……」

「う、うん、もういい。わかったの……」

「うん、ありがとうギン。大好きだよ」クリスは笑った。

「は、はああ……な、なんなの急に！　ちょー恥ずかしいのっ」

ギンは火照った顔をぎゅっとしかめて、その場でぴょんぴょんと小さく飛び上がる。

「えへへ。思ったことはすぐに伝えないとね。今日会えてる人も明日には会えなくなっちゃうかもしれないしさ」

笑顔だった。いつもと同じ、どんな空気も瞬く間に明るく塗り替えてしまうような、太陽みたいな、笑顔。

「空。一緒に謝ってくれるって約束してくれて、ありがとう」クリスは俺を見る。

「……えっと。ルカくん。上手に謝れる方法を教えてくれて、ありがとう」クリスはルカを見る。

次にギンを、ユーリを、そして最後に、星空を飾り付けた天井を見る。

「空が一緒に謝ってくれるって約束してくれたけど、やっぱり、一人の力でちゃんと謝らないとダメだって思ったから……」

「ああ。そうだな。それが正しいって思うよ」

「うん……」

ありがとうと、クリスは何度となくそう呟《つぶや》いた。

そしてもう一度、俺たちの顔を順番に見つめ、クリスがこう言ったときだ。

「やっぱり人間って、優しいな。どうしようもないくらい。だからわたしは、君たち人間が、大――」

その続きをかき消すように、甲高い音がしたのだ――汽笛だ。校舎を揺らすほどの騒音が続けて響いた。

学園地下にある駅に、どこからかやって来た列車が滑り込んだのだ。

もしかしてさっそくお客さんが来てくれた……？

何かを言いかけていたクリスには悪いが、あたふたとし始める俺たちだ。

それにつられて、クリスも急いで俺たちに交じり身なりを整える。

お客さんにわかりやすいようにと思い、校舎のいたるところに張り紙をしてある。だからお客さんは間もなくこの教室にやって来てくれるはず。その期待が〝おかしいな〟〝中々やって来ないな〝〝もしかして道に迷っちゃったかな〟と、不安に染まり始めた頃だった……。

ガラリと、教室の戸が開かれた。

いらっしゃいませ、と。

ようこそおいでくださいました、と。

お口に合うかはわかりませんが、美味《おい》しいお茶とお菓子を用意しています、と……。

本当は、それくらい気の利いたことを言えればよかった。

しかし俺たちは誰ひとり、何も言えずに押し黙る。

なぜなら、扉を開いた人物を、俺たちは知っていたからだ。

「…………」

ユーリと、ギンと、ルカと俺。

四人は揃《そろ》って、クリスを見ている。それは、クリスも同じだった。

そして俺は、教室の扉を開けた人物の名前を呼んだのだ。

「……クリス？」

教室の扉を開きやって来たのは、クリスと全く同じ顔をした、何者かだった。

［第二章］ヨルノヒト

1

「……やっと、見つけた」

学園祭にやって来た最初のお客さん。

その少女は、クリスと同じ顔で、クリスと同じ声でふるふると首を振り、言った。

「……う、ううん。やっと、追いついた。これ以上の、勝手は、許さない」

クリスの姉妹か？　とそう思うほど二人は似ていた――いいや、それ以上だ。瓜二《うりふた》つというレベルじゃない。二人はあまりに似すぎていて、どこか不気味にさえ感じてしまうほどだった。

それはまるで、どちらかがどちらかの姿を、意図して模しているような……。

「………」

俺は、隣で押し黙っているクリスを振り向いた。

いつも笑顔でいることの多いクリスだが……。

今の彼女は無表情だった。やって来た自分と同じ姿をした少女を、ただジッと、真っすぐに見つめている。

対する少女は、クリスの視線から逃れるように下を向いてしまっていた。

二人のその表情からは、それぞれが何を思っているのかを推し量ることも、俺にはできない。

「——ふ」

そこでクリスの無表情が、口元から、崩れた。

「はっ、はははははっ！」

クリスは、笑った。

唇を吊《つ》り上げて。肩を、震わせて。本当に、本当に、おかしくて仕方がないと、いうように。

「ふっ、ふははっ！　そっかそっか。もう、追いつかれちゃったのか……はぁ。人間って本当に、面倒くさいよね。あともうちょっとでこいつらの心に這入《はい》りこめてたってのに。そしたらさ、いとも簡単に、とっても楽に、英雄の血をいただけちゃってたのになあ」

やれやれ、と。本当に、心から、世界の全てをあざ笑うように、肩をすくめた。

「わたしに惚《ほ》れさせられるまであとほんのちょっとだったのに。いやいや。まあ、惚れさせなくとも〝仲間だ〟と思ってもらえさえすれば、そこに心の隙が生まれるからね。英雄の力を持ったこの人間を、危険もなく、アンデッドに変えてしまって……思うままに操れたっていうのにさ。ほんと、いつもお前は、余計な事ばかりしてくれるよな」

それはもはや哄笑《こうしょう》と言っていいほどの禍々《まがまが》しさを、クリスは口元に張り付けていた。

「…………」

対する同じ顔をした少女はただうつむいているばかりだった。視線をさ迷わせ、オドオドと、背中を丸める。ただそこに立っていることさえ申し訳ないと、そんなことを言い出しそうな雰囲気だ。

しかし、重すぎる荷物を何とか持ち上げるようにして、視線を上げたその女の子は、

「……もう、ここの人たちも、手遅れか」

ぐるりと視線を巡らせて、俺たちの顔を見た。

「……目を見れば、わかる。ヨルノヒトに、魅入られちゃって、るんだ。完全に、心が夜に沈むその前に、処分、しないと」

まるで長い間引きこもっていて言葉を話すこと自体が久しぶり——そんな風にさえ感じられるほど、女の子は言葉をつっかえつっかえさせながら言い、背中へ手を伸ばそうとしていた。

そこでようやく、クリスとよく似た子が背負っているものに俺は気づいた。

長い筒の銃だった。狩人《かりゅうど》が手にして獲物を追い詰めるような猟銃だ。しかし金や銀の装飾が鏤《ちりば》められたそれは、どこか格式の高さをうかがわせる作りをしていた。いや。気にす

べきはそこじゃない。

……処分？

今、この子はそう言ったのか？

「へぇ〜？　ふぅ〜ん？　その銃を持ってきているってことは、そういうこと、って、思ってもいいのかな？」クリスが俺よりも先にずいっと一歩、自分とよく似た少女へと踏み出した。「それってつまり、今、ここで、わたしとやり合おうって、そういうことだよねぇ？」

「…………」

クリスに睨《にら》まれた少女は息をのむ。

「な、なあ、クリス。これは、どういうことなんだ？」

俺はようやくそう問いかけた。

「あの子は、いったい……クリスちゃんによく似てるけど。どういう関係なのかな？」

ルカも続いてクリスを振り向く。

「そ、そうなのっ。さっきからあの子、ぶつぶつ言ってばかりでとっても変なの……」

ギンも不安そうにクリスを見ている。

「…………」

ユーリは言葉もなく、二人のクリスを交互に見つめているだけだった。

「ああ、まったく……。煩わしいったらないぜ」

クリスは首を振り、足元にため息を落とした。

「人間ってのは本当に、面倒だな。今の会話でなんとなくわかるでしょうに」

それでもわからないのなら教えてやると言って、クリスは嗤《わら》う。

「一緒に謝るだとか」目をすがめて俺を見る。「大きなお世話で自己陶酔」薄ら笑いでルカを見る。「わがまま勝手に手懐《てなず》けられた人間のいぬっころ」うんざりだと付け加えてギンを見る。「自分は愛されて当然という思い込み」唾棄するような視線でユーリを見る。

「世界が終わるっていうのに仲良しこよしだ。ああ、もう、ほとほとうんざりさせられる。胸やけで吐き気がしそうだぜ。ああ、ああっ、だから、わたしは……」

クリスは深い、魂の底から絞り出すような、とても深いため息をついて、こう言った。

「だからわたしは、人間のことが、大――っ嫌い、なんだよっ」


そう言うが、早いか――

クリスは、獲物に喰《く》らいつく猛獣のように牙を剝き、俺に飛びかかった。

「ダ、ダメっ」

少女の叫び声とそれはほとんど同時だった。銃声だ。クリスが俺に猛スピードで飛びかかるより早く、背負っていた猟銃を構えて引き金を引いたのだ。

「っ」

パン、と、乾いた音がした。

放たれた弾丸がクリスのこめかみを撃ち抜いたものだと、すぐには理解できなかった──真っ赤な血がはじけ飛ぶ。ビシャリと、俺の顔面に真っ赤な血が飛び散った。弾丸の勢いに吹き飛ばされたクリスの身体は、そのまま教室の窓ガラスを突き破り、外へと放り出されてしまった。

少女が素早く猟銃のストックを引いて、弾倉に次の弾丸を装塡《そうてん》させる。足元に空の薬きょうが落とされて、金属の転がる音がした。

「こ、ここ、これだから、不死者《ヨルノヒト》はっ」

喉元でズタボロになった言葉を乱暴に、舌足らずに吐き出して、俺たちを置いて走り去っていってしまった。

取り残された俺たちは呆然《ぼうぜん》とするばかりだった。

全員が顔を見合わせて、沈黙してしまっている。誰かが口火を切らなければ永遠に、このままだ。そう錯覚してしまうほど、教室の空気そのものが固まってしまったように感じられた。

俺は恐る恐る、ぶち破られた窓ガラスから下を覗き込んでみる。

ガラス片の残骸と、血痕がベッタリと残っているのが見えた。だが、クリスの姿はどこにもない。それに安心すべきなのか、それとも……。

「……空《そら》。顔が、血だらけです」

ユーリがメイド服のエプロンで、俺の顔に飛び散ったクリスの血を拭き取ってくれた。

「………」

ユーリはジッと俺を見ていた。

その瞳を見つめながら、俺は俺自身に問いかけている。

これからどうする？　俺たちは、なにができる？

俺はユーリに小さくうなずき返して、言う。

「クリスを捜さないと。……クリスにそっくりなあの子よりも先に」

それから、どうするつもりだ？

自分にそう問いかける。わからない。だが、クリスを見つけ出して事情を聞きたい。それくらいの権利はあるはずだ。

みんなにはここにいてもらい、教室を飛び出そうとした——しかしそんな俺を引き留める声があった。

「……ねえ空。ちょっと、あれを見て」

ギンだった。恐々と俺を呼ぶ。

しかしギンは俺の顔を見ていない。その視線の先を辿《たど》ってみると、満月が、あった――

ん？　満月、だって？

教室に取り付けられた時計を見るまでもなく今はまだ早朝だ。なぜ、月が出ている。

いや。驚くべきはそれだけじゃない。青い大気に染まった空は、まるで何者かが大きな絵筆で真っ黒なインクを塗り付けるように、ずずずずと、恐ろしい勢いで夜に書き換えられていく……。

あっという間に、快晴だった早朝の空は、星の瞬く夜空に変わった。

見渡す限り満天の星。流れ星が切り裂く夜の闇。丸くぽっかりと口を開けた、銀色のお月様。校舎にも宵闇が流れ込んでくる――教室は薄暗く、廊下にも闇が滲《にじ》んだ。世界はこれ以上ないってくらい、夜の底。朝の空気なんてそんなもの、カケラもなくなってしまっていた。

「どういうことだ。まだ、午前中もいいところじゃないか。それなのにもう、夜……？」

ここは俺にとって異世界だ。こういうこともあり得るのかと、三人を振り向いてみる。

「……すごく、寒いよ。ぼくは結構、寒さには強い方なんだけど。これはちょっと、凍えそうだ」

「お、おかしいのっ。夜になった途端、校舎の中にたくさん、たくさん、人の気配が……

っ」

やっぱりこれは異常事態だ。ルカもギンも混乱している。

しかしたった一人、ユーリだけが慌てる様子もなく、教室の窓から夜空を見上げていた。

「まずいですね。知らない間に、ヨルノヒトの領域に侵食されてしまっていたみたいです。本当に、ヨルノヒトは夜を自在に操れるんですね。初めて見ました」

吐きだす息を真っ白に煙らせながらそう言って、ユーリは俺を振り返る。

「クリスを捜さなきゃと言いましたが、逆です。クリスから今すぐ逃げた方がいい。……あの子の、クリスの狙いは、空。最初からあなただったから」

俺たちは教室を飛び出した。

クリスを捜すためじゃなく、一刻も早く、この学園から——いや、この夜の底から脱出するために。

「校庭を突っ切っていくのは危険です。目立ちすぎるし、四方が開けすぎていて、無防備すぎます。校門から外へ出るのは諦めて、列車で学園の敷地内から脱出しましょう」

夜に呑《の》まれた廊下で、俺たちの先頭を走るユーリが言った。

「吸血鬼は人を喰らう生き物だと噂《うわさ》は聞いていた。でも、噂はあくまで噂とも思っていたんです。だってクリスは人懐っこい性格だからつい無害だと思って。噂はやっぱり噂なんだなって、思って」

でもやっぱり真実だったんだと、ユーリは付け加えるようにして言う。

「噂通りなら、吸血鬼は……ヨルノヒトは、夜の中でこそその力を発揮する生き物です。警戒すべきはそんなクリスだけじゃないはずです……彼女に命を奪われたアンデッドたちが、そこら中の闇に潜んでいるはずだから」

「そうなの！　この臭い、なんなのっ。生ごみが腐ったような臭い！　そこら中の影になってるところからプンプン臭ってきているのっ」

ギンは耳と尻尾をビリビリと逆立てていた。

ギンのその声に呼び寄せられたわけではないだろうが……。

そこら中の闇が、それ自体がまるで生き物みたいにぞわぞわと蠢《うごめ》き始めていた——小さな叫び声。助けを求める声。泣き叫ぶ声。確実に〝何か〟がそこにいる。それも一人や二人ではない。数えきれないくらいの、大群が……。

「あっ」

短い悲鳴。ギンだ。走るのをやめて振り返る。するとギンが廊下に倒れてしまっていた。

「どうしたんだっ？」大丈夫かと俺は駆け寄る。

「う、ううっ。あ、足ッ、誰かに掴《つか》まれたのっ」

ギンの足を見る——なんだ、こいつ。ゾッとした俺は思わず眉根を寄せた。廊下の闇の中から腕が伸び、ギンの足を摑んでいたのだ。その腕はぎゅっと、力を込めてギンの足を握り込んだ。

「い、痛いっ」

またギンが悲鳴を上げた。

「狙いは俺の血なんじゃないのかっ」

急いで振り払おうとする——ダンッ、と。

俺が手を伸ばすよりも早く、ルカがその腕を勢いよく踏みつけた。

闇の中から「おおおおおお」と、地の底を這《は》いずるような低い声が響く。

その腕をすり潰そうとするように、踏みつけたままグリグリと乱暴に、念入りに、ルカは破壊した。

見上げると、ルカはたった今自分が踏みつけた腕を、冷たい目で見下ろしている。

こんな顔するんだなと少し意外で、少し、背中に冷たいものを感じてしまう。

「……たぶん、クリスのアンデッドです。そこら中にいます。闇の中に何十万と……。いったいどれだけの人間の命を奪ってきたのか」

ユーリは唇を嚙んでいた。しかしすぐさま背を向けて走り出す。

「早く汽車に乗り込みましょう。あそこにはあれがある。逃げるだけじゃなくて、身を護らないと……」

「うう。こんなのがうようよしてるなんて、キモイのっ」

「ギン。しっかり摑まってて」

泣きついてきたギンを抱き上げて、ルカはユーリの後を追って走り出した。

「…………」

振り向くと、闇の中から次々と〝何か〟が這い出てこようとしていた。

人の形をしているものだったり。そうでないものだったり。そもそもどんな形をしているのかもわからないものだったり。

こいつらが全員、俺の血を狙うクリスのアンデッドなら、俺が三人と一緒に行動するのは危険なんじゃないのか……。

「空！　何してるんですか！　早く、こっちへ……っ」立ち止まっている俺を振り返り、ユーリが珍しく大きな声を上げていた。

「そうなのっ！　ぼんやりしてたら臭い奴《やつ》らに食べられちゃうかもしんないのっ。私たちも空と一緒に……っ」ギンがルカに抱きかかえられたまま、こっちこっちと、俺に手招きしている。

今はぼんやり立ち止まっている方が、みんなを躊躇《ためら》わせて余計に危険だ。

とにかくここを離れるために、三人と一緒に俺は走り出した。

喫茶店に使おうとしていた教室は一階に位置している。

闇の中を蠢く者の呻《うめ》きや、伸びてくる無数の腕をかいくぐり……。

廊下を走り抜けていった俺たちは、そのまま地下へと続く階段を駆け下りた。階段が尽きた先の扉を開くと、巨大な駅の構内となっている地下施設が現れる。俺たちが先日ショッピングモールへ向かうために使った車両はもうない。魔導書の暴走により破壊されてしまってる。しかしそこら中にまだいくつか列車は停《と》まっているはずだが……。

そういえば、動力源となる鉱石がない。

俺たちには列車を走らせる手段がないことを、すっかり忘れてしまっていた。

「……あまり気は進まないですが、あれを使わせてもらいましょう」

ユーリが手にしていた杖《つえ》を掲げる。

その先に吊《つ》るされたランタンの青白い魔力の光が、真っ暗闇をぼんやりと照らし出す。見たこともない列車の姿が闇の中に浮かび上がった。

「さっきのあの子が乗って来た車両だと思います。ここまでやって来られたということは、燃料となるものはちゃんと積み込まれているはずです。勝手に使うのは盗むみたいで嫌ですが、緊急事態です。命には代えられません」

しかし問題はまだあった——いいや、新しい問題が、ランタンの光に照らされた闇の中に、浮き彫りとなる。

ここは微かな光も届かない学園地下の構内だ。闇しかない。つまり奴らの領域だ。そこには大勢の人ではない何かが蠢いていた。

まるでゾンビ映画のワンシーン。ユーリの掲げた青白い光に、一人、二人と、こちらを振り向くアンデッドたち。

「……こっちです！」ユーリが叫んで、動きの鈍いアンデッドの間を縫うように駆け出した。「あの列車にも確かあれがあるはずですっ」

ユーリの後を何とかついて行き、駆け込んだ近くの車両。俺は奴らが入ってこられないよう、入り口の扉を勢いよく閉めた。

わらわらと緩慢な動作で追いかけて来る奴らが、閉じた扉をバンバンと叩《たた》き始めている。その勢いは次第次第に増していき……。扉がミシミシと軋《きし》み始めていた。

「あ、あまり長くはもちそうにないよっ」

俺と一緒に扉を押さえるルカが声を上げた。

すぐにでも大量の奴らが車内に雪崩《なだ》れ込んでくるだろう。この列車は構内に放置されていたものの一つだ。動力源を持たない俺たちにはやはり動かすこともかなわない。これじゃあ袋のネズミもいいところ。こんなところに逃げ込んで、いったいどうするつもりだったんだろう。

「よかった。ちゃんとこの車両にもありました」

ふと、安堵《あんど》するユーリの声が背後に聞こえた。

扉を押さえながら振り返ってみる。ユーリが車内の暗闇に向かい、手にしたランタンを掲げているのが見えた。

その明かりが照らすものは……。

銃だ。

車内の壁に大小さまざまな夥《おびただ》しい数の銃が、まるで絵画を飾るようにしてずらりと掛けられ、並べられていた。

ユーリはランタンの光を、車両に取り付けられたランプにそっと近づける。すると、火種をわけるようにしてランプが明かりをともした。辺りが明るくなると、壁にかけられたものは銃だけじゃなく、たくさんの武器が置かれていることにも気づいた。

ここは、武器庫だ。ショッピングモールへ出かけて行ったときも、〝獣〟がいるからとユーリは装備を整えていた。

「魔弾専用の銃は魔法使いしか使えませんが、ふつうの弾丸を放てるふつうの銃もこの車両には積まれています。三人はそれで身を護《まも》ってください」

「空、これっ」ギンが適当に摑んだ一丁を俺に投げて寄こした。扉はルカに任せて俺はそれを受け取った。この銃で、今にも扉を突き破らんばかりに押し寄せる奴らを撃ち抜き、撃退する――が、どうすればいいんだ？　銃の扱いなんて当然知らない。

「使い方を見せます」

ユーリがそう言い、壁から取り外した一丁を手にする。

ショットガンに似た銃だ。ユーリにとって扱いなれた銃なのかもしれない。廃ビル街で降りたときも、ピースエンドと対峙《たいじ》したときも、同じ形の銃を持っていた。

足元に置かれた鋼鉄製の箱をユーリは開ける。そこには銃弾がぎっしりと詰められていた。おそらく魔法の詰め込まれた弾丸。魔弾だ。火薬の代わりにどんな魔法が込められているのだろうか。しかしユーリは魔法の種類をたしかめるような様子もないまま、小さな手で摑めるだけの弾丸を箱から取り出す。一発、一発、素早く込める。銃口付近にあるスライドを小気味いい音を立てて引き、弾丸の装塡《そうてん》を完了させる。手慣れたスムーズな流れだった。まったくの素人な俺でも扱いなれていることがわかる。

ユーリは、奴らがわらわらと群がって来る扉へ、向き直る。

「離れて」銃口を目線に対して水平に構える。「離れて、ください」

ほんの一瞬、あっけに取られたような顔をしたルカだが、すぐにユーリの意図を察した。扉を押さえる手を離し、そこから素早く飛び退《の》いた。

押さえがなくなった扉が開け放たれる。

唸《うな》り声《ごえ》と、血なまぐささと、獣臭さとを引き連れて、大勢の奴らが車内に押し寄せて来た……。

止まれの言葉も、命はないぞという警告も、何もない。ユーリは引き金を引き絞る。

ドン、と。

空気と一緒に腹の底を震わせる重低音が響いた。

銃口から放たれた魔法が炎の柱となり、押し寄せて来た奴らを一掃する。雪崩れ込んで来た十や二十じゃ足りないくらいの奴らもろとも、列車の扉と側面を丸くぶち抜き穿《うが》つようにして、大きな穴を空けてしまっていた。

「急ぎましょう。またすぐ押し寄せてきます」

ユーリの背中に続いて俺たちは列車から降り、クリスとよく似たあの子が乗って来た列車へと走って行った。

「あらあら。どこへ行こうというのかしら。地を這う小さな小さな、憐れで無力なゴミムシさんたち」

闇の向こうから声がした。

それは、暗闇の濃度をギュッと増幅させるかのような低い声だった。

「んー。と、いうか。まあここへ来るだろうなと予想して待っていたのよね。あの子の列車を目的にやって来るだろうなって。人間の考えることなんて、ほんと、虫や家畜よりも単純明快で、ちょっとかわいそうになっちゃうくらいだわ——ありがとう。わざわざ獲物の方からやって来てくれて。さあ、美味《おい》しい美味しい英雄の血を、わたしに、お腹《なか》一杯、喰わせてほしいな」

長々と垂れ流されたその声が、合図だ。

俺たちを包む闇の中から、再び蠢く奴ら《アンデッド》の無数の気配が立ち上る。唸り声とむせ返るような血の臭いだ。闇に輝く虚《うつ》ろな瞳は、十や二十じゃきかないくらい大勢だった。

「背中を合わせて丸まって、みんなで背後を守りましょう」

ユーリの声に合わせ、俺たち四人は背中合わせになり、手にした銃を闇の向こうに構える。

光源はユーリの杖にぶら下げられたランタンが一つきり。四方から一度に飛びかかられたら、終わりだ。

それぞれが向いた方向だけを集中して、護る。

手にした銃を握り締め、闇の向こうに銃口を突き付けた。

けれどギンもルカも、当然俺も、銃なんて充分に扱えない。アンデッドということは既に相手は死んでる。だからといって人の形をした何かを撃ち抜くのは、健全な心を持つなら誰だって躊躇《ためら》われるはずだ――それでも引き金を引くしかない、死にたくないのなら。

銃口から発せられる発火炎が、一瞬、辺りを照らし出す。その度に、まるで動画のコマ送りみたいに一瞬だけ、俺たちへ牙を剝き押し寄せて来るアンデッドたちの姿が見える。

闇の奥にはいったいどれだけの奴らが潜んでいるのか。

倒しても倒しても、奴らは次々押し寄せて来る……。

「このまま進みましょうっ。列車はすぐそこでしたっ。持ちこたえてください……っ」

ユーリと俺とルカの三人で作った円の真ん中にギンを囲う。そのままじりじりと、目的の車両があった方向へと俺たちは進んでいった。

「弾の補充は任せて。人間と違って暗くても手元はちゃんと見えてるの」

銃を撃つことができなかったギンは、弾丸を撃ち尽くした銃に弾を込めてくれている。

しかし車両から持ち出した弾丸にはもちろん限りがあった。魔法の込められた弾丸も持ち出せたのはせいぜい数発。乱射もできないので温存し、ユーリもふつうの銃と弾丸で、襲い来る奴らに応戦していた。もうダメだ、という場面には魔弾を使用。その度に辺りが轟音《ごうおん》と共に爆《は》ぜて散る。無数の腐った血と肉と骨とが雨となって俺たちに降り注いだ。

迫りくるアンデッドたちを払いのけ、何とか目的の車両にまでたどり着いた――俺は勢い良く、扉を閉める。ドアの手すりに銃を噛《か》ませてストッパーとした。これもいつ突破されるかわからない。アンデッドたちが緩慢な動作で、しかし確実に迫って来る。この列車が動くなら今すぐ走り出した方がいい。先頭の運転席へと俺たちは向かう。

「ユーリはこういうピンチのとき、ちょっと格好良くなるよな」俺は、客車の細い廊下で先頭を走るユーリの背中に声を掛けた。「ピースエンドに魔弾を撃ち込んだときも、ドアを蹴破って現れたのは格好良かったな」

「今回も慌てず、騒がず、冷静なの」ギンは、頬《ほお》についたアンデッドの血をゴシゴシ拭っていた。「私なんて怖くて動けなくなっちゃってたのに……。凄《すご》いって思うの」

「……そ、そうですか？　英雄と一緒に、たくさんの戦場を見てきましたから。そのせいかもしれません」

ほんの軽い雑談を交わし合い、どうにかこうにか、張り詰めた緊張を薄めようとする。

そうしてたどり着いた先頭車両。その運転席だ。

「……はぁ。やっと来たのね。遅いじゃない。待ちくたびれちゃった」

まるで玉座に腰掛ける王様のようなふてぶてしさで、クリスが俺たちが来るのを待ち構えていた。

それほど広くもない操縦室だ。その運転席に腰かけていたクリスは、こちらへクルリと向き直る。その口元には、たばこの箱くらいの小さな四角いマイクを添えていた。

さっき闇の中に響いた声だ。そのマイクを通して、俺たちに呼びかけていたようだった。

「ねえ、ちょっと。あなたそれでも英雄なんでしょう？　んん？　英雄の生まれ変わり、だったっけ？　まあどっちでもいいけどさ。こんな見え見えの罠《わな》にハマってどうするの？ほんとはわたしに血を吸ってほしいんじゃないかって勘違いしちゃいそうだよ」

悲しいものを見るような目だ。いや。矮小《わいしょう》なものを憐《あわ》れむような、目だ。

「…………」

俺は、クリスの挑発的な言葉には何も答える気になれなかった。ただジッと、彼女のことを見ている。

「……なによ。何か言ったらどう？」

クリスは目を細める。

心底不愉快だという顔だ。俺を視線だけで殺そうと言わんばかりの鋭さで睨《にら》みつけている。けれどやっぱり俺は、そんなクリスに何かを言う気にはなれず、沈黙。

「……そう。やっぱりダンマリなのね。せっかくなら一度は世界を救った英雄と、本気でやり合ってみるのも悪くないかもって期待してたんだけど。ねえ、空。わたしの英雄。それとも……」クリスはユーリに視線を移した。「それとも、英雄は、自分以外の誰かに危害が及ばなければ、本気が出せないのかしら？」

「……どういうことだ？」

　さすがに反応しないわけにはいかなかった。

　俺はクリスに向けた視線の先を、ほんの少し、鋭くさせた。

「ふん。少しはやる気になってくれたのかしら？」クリスはせせら笑うように口元を歪《ゆが》める。「吸血鬼は鼻が利くのよ。特に、血液と魔力のにおいに関しては。ずっと感じていたことではあるけれど。その暗い子ちゃんから、あなたと同じにおいがするのよね――」

「同じにおい？」

　クリスの言葉に首を傾げたのは俺ではなく、ギンだった。すぐにハッとした表情になる。

「そ、それってまさか、もう二人は、夜な夜なお布団の中で……っ」

「――魔力の話よ。ほんとあんたと話してると疲れるわ。こんな場面で何を言ってるの。空気ってやつを読みなさいよね」ほとほと呆《あき》れたというように、クリスは白々しい目でギンを見ていた。「その暗い子から、空と同じ魔力を感じるってことよ。それってつまり、英雄の魔力がその子にも宿っているってことよね？」

　英雄が書き残した〝希望の魔導書〟だ。

　その魔力を嗅ぎつけているということだろうか……。

「どういうわけだか知らないし、どういうわけだか知りたいと思えるほど好奇心が旺盛なわけでもないのよね。理屈はどうだっていいけれど……ただ、言えることは一つだけ。空じゃなくとも、その子の血を一滴残らず吸ったとしても、わたしはわたしの願いを叶えてあげられる。そう理解しても良さそうじゃない？」

クリスがそう言い終わると、そこら中の闇から無数の腕が伸びて来た。

「きゃ、ぅっ」

ユーリの悲鳴だ。

振り返る。腕の一つがユーリの長い髪を乱暴に摑《つか》んでいた。

驚いたユーリは手にしていた杖《つえ》と銃を落としてしまう。それを拾い上げた俺は、ユーリの髪を摑んだ腕に向けて引き金を引いた。

装塡されていたのは魔弾ではなくふつうの弾丸だ。だから魔法使いじゃない俺でも発砲できた。しかし腕はまだユーリの髪を摑んでいる。続けて二発、三発と、弾丸を叩《たた》き込むと、そこでようやく腕が千切れ飛ぶ。

「あ、ありがとうございます……」

ユーリはその場にへたり込み、長い髪の毛を撫《な》でていた。

手を差し伸べて、それを握ったユーリを引き立たせる。そして背後で邪悪そうな笑みで口元を歪ませたクリスを振り返った。思わず俺は視線を鋭くさせてしまう。

「あっはは。そうそう。その調子。いいかい？　お優しい英雄さん。よく聞きなさい。わたしを倒さなきゃ、君の大切な人が傷つくことになるんだぜ？　それでもいいの？」

クリスのその台詞《せりふ》はいくつも、いくつも、まるでエコーのように何重にも重なって聞こえて来ていた——口だ。おびただしい数の口が、クリスの背後に広がる闇の中で、浮かび上がっていたのだ。

鋭い牙を持つその無数の口は、クリスが喋《しゃべ》るのと合わせて同じように開閉し、同じような声と台詞とを響かせ、俺たちをせせら笑っている。

闇に浮かんだ口の数はぞわぞわと増えていき……。

「ほら。もう、この列車はわたしの口の中みたいなもんだよ。逃げ場なんてどこにもないね？」

気づけば列車の内装は全て消え、辺りは真っ暗闇に呑《の》まれてしまっていた。

板張りの床も暗闇に沈んで消失し、俺たちはまるで宇宙空間に放り出されたみたいだった。

「このまま英雄も、狼《おおかみ》ちゃんも、その付き添いも、そして英雄の愛する暗い子も、みんな一緒に、ボリボリと何口にもわけて食いちぎりながらいただいちゃおうね。一飲みになんて、してあげないよ？」

満天の星の代わりに、醜悪に笑う満天の口と口と口と口……ゲラゲラと、粗野な笑いを響かせる。

ギンは耳と尻尾を逆立たせ、言葉もなく息を呑む。ルカはそんなギンを強く抱きしめる。そして俺は、ユーリの手を握り締めていた。

「……やめろ」俺は、言う。ユーリと一緒に前を見つめながら。「やめろよクリス。必要なのは俺の血だろ？　狙うのは俺だけでいいはずだ」

「そうだねえ。確かにそうだよ。わたしはそれでもいいんだけどさあ」チラリとクリスは闇に浮かんだ口々を見る。「この子たちがそれで許してくれるかなあ。一度〝食べちゃっていいよ〟って許可出しちゃったんだもん。もう、主人のわたしでも止められるかどうか」

声が口々に大笑いする。ゲラゲラと笑い声が闇にこだまし、鼓膜をビリビリと震わせる。ひとしきり笑った後にピタリと、無数の口はその唇を閉ざして、沈黙。不気味な静寂が闇に広がる。

「空……」隣のユーリが、俺の腕の袖を指先でつまんだ。「あ、足元、見て、ください……」

促されるまま視線を落とし、ゾッとした。足元の闇が大きな唇に変わってしまっていた。

「……うん。そろそろ終わりでいいかな。いろいろ飽きてきちゃったしね。それじゃあ、覚悟は決まったかい？」

何十、何百、何千という口と口が、牙を剝《む》き出しにして俺たちに喰《く》らいつこうとしたとき——足元の大きな口が今まさに開こうとした、そのときだ——響き渡ったのは、俺たちの悲鳴でも、痛みに耐える苦痛のうめきでも、一思いに殺してくれという懇願の声でも、なかった。

闇を切り裂く破裂音。

銃声だ。そう理解するより早く、鮮血が飛び散った。闇の中でもはっきりわかるほど、赤い。クリスの額に小さな穴が穿《うが》たれたのだ。

次の瞬間パッと、辺りが明るくなった。

闇は消え去り、あたりは車内の風景に戻った。パチパチと明滅しながら、設置されたランプが光を灯《とも》している。

「は、離れて、くだ、さい……」

車両の出入り口だ。そこにクリスとよく似たあの子が立っていた——手には猟銃が握られており、こちらへ突き付けられたその銃口からは硝煙がゆらりとのぼっていた。

「う、うう。どうして……っ、やっぱり私じゃ、お前を殺せない……っ？」

「ああ。そうだな。お前じゃわたしを殺せない……わたしも不思議に思うよ」

頭を撃ち抜かれたクリスだったが、弾丸の衝撃に上体を反らしたまま、その体勢をゆっくりと持ち直す。

ぱっくりと割れた額が、まるで逆再生する動画みたいに、あっという間に回復していっていた。

しかし噴き出した流血までは頭の中に戻ることはない。自身の血にまみれた顔を、クリスは笑顔で歪ませて、言う。

「遅かったじゃないか。一応聞くけど、何をしに来た?」

ダンッ、と。

空気を引き裂く轟音。銃声だ。少女は返事をする代わりに、戸惑いもなく引き金を引いた。しかしクリスは首を微《かす》かに傾《かし》げるような動作で弾丸を避けた。

その弾丸は背後の闇に呑まれて消えた——

「……っ」

——少女の足元だ。

そこに張り付いた少女自身の影に、大きな口が現れる。その大きな前歯と唇を根こそぎ内側から吹き飛ばし現れた弾丸が、クリスとそっくりな顔をした少女へと襲い掛かった。

その弾丸を、少女は銃身を盾にしてすんでのところで防いだ。

「うん。中々いい反応じゃないか。彼によく訓練されてる証拠だな。だけど……。あきれ果てるな。この程度で、しかもこの場面で、まさか銃を落とすか?」

弾丸の衝撃で、少女の手から銃身が弾かれてしまっていた。

「っ」

少女が慌てて手を伸ばす。しかし銃は無情にも、闇に浮かんだ足元の口に飲み込まれてしまう。

「あ、あああ……っ」少女は顔を真っ青にして、叫ぶ。「お、おおお父さんの鉄砲がっ！」

銃を飲み込んだ口に飛びつこうとする。しかしがっちりと歯を閉じた口はそのままふっと、闇の中に姿を消してしまった。

ため息をついて、クリスは立ち上がる。

「……残念だよ。お前にはちょっとだけ期待していたから、こうしてお前が現れるまで食事を待っていたんだけどな」

「っ」

クリスに向き直った少女は、肩に下げたショルダーバッグに手を突っ込んだ。バッグから抜き出された手には弾丸が一つ、握り締められていた。

「銃もないのにどうするんだ？」

せせら笑うクリスだったが……。

少女は構わずその弾丸を足元に勢い良く投げつけた。

弾丸が破裂した。しかしそれは鉛で出来た弾頭を発射させるため、火薬が勢いよく破裂したわけではない――まるで、閃光弾《せんこうだん》だ。あまりに強烈な光の爆発。列車の床にたたきつけられたその弾丸は、真っ白な閃光を放ち、俺たちの視界を簡単に奪った。

「は、早くこっちへ！　一旦、た、た退避です！」

奪われた視界の向こうから少女の声がした。

手を引かれ、視界が利かない中を俺は走り出していた。


俺たちは放送室に逃げ込んだ。

さっきまでと同じくまるっきり袋のネズミだが、ここしか適当な隠れ場所を思いつけなかったのだ。クリスは目も耳も、五感の全てが人間の数倍は〝利く〟と言っていた。各自の自室はもちろんのこと、どこかの教室に身を潜めたとしてもすぐに見つかってしまうだろう。

ここもそう大差はない。これではまるで、子供のかくれんぼだ。

こんなところに隠れていても、ただの時間稼ぎにしかならない。

しかし今はそれでも良かった。とにかく話を聞きたい。

そのための時間が僅かでもあればいい。そう思っていた。

「……わ、私は、不死者を狩る者で……私の国では、狩人《ハンター》と、呼ばれています」

クリスに良く似た少女が話し始めた。声をひそめて、ぼそぼそと。

小さな放送室で身を寄せ合っている俺たちは、少女の声を聞き漏らさないよう、耳を澄ましている。

「わ、私の家系は、先祖代々、大昔から人に牙をむく不死者を狩って、生きてきました」

自身の生や欲望を謳歌《おうか》させるそのためだけに、他者の命を当然のように食い物とする――そのような存在を、闇夜に紛れて始末するのが役割。

国を治める王族から依頼を受けて、公安などには表だってできないような仕事を、法の埒外《らちがい》からこなすのだ。

そのための技術や知識、そして、狩人の仕事をこなすための資格もまた、代々受け継がれてきた。

少女はまだ修業中の身ではあるものの……。

それらを父親から受け取り、世界が終わろうとする中でも自身の仕事に誇りを持ちたいと、そう願っているとのことだった。

「え、永遠の命を持つ不死者にとって、私たちは、彼らの〝死〟、そのものだったんです」

自分の家系は彼らにとって、唯一の〝天敵〟なのだと少女は語る。

「私たちが、永遠に生き続けるあの存在を排除しなければ、彼らは、それこそ永遠にその数を増やしていくばかり。あ、あっという間に、こ、この惑星《ほし》は、彼らで一杯になってしまう――生き物には、命には、何者であっても、て、〝天敵〟が必要、なんです」

彼らは人間の所有する常識では語りようのない存在だった。

特定の姿形を持たず、何にでも姿を変えられる。遺伝子や、肉体を構成する細胞一つ一つに、固定化された情報を持たないが故に不死であり、不老でもある。闇の中で生命活動を維持することを主として、食事をすることなくとも肉体を永遠に維持できる。

人の血液を吸血すること。それを唯一の娯楽とすることが、その種の共通点だ。

果たして従来の規定上、生命体として定義していいのかどうか……。

とにかく自然界に生まれてくるものとしては規格外な存在だった。

と、そこまで話した少女だったが、視線をぐるぐるとさ迷わせはじめた。

「え、えっと、えと、ご、ごめんなさい。何だか、伝えなきゃならないことの順番が、こんがらがって、しまって……人と話すの、得意じゃなくて……な、なにが言いたいかと、いうと……う、ううう」

得意ではないらしい会話に、少女は少し混乱してしまっているのかもしれない。絡まってしまった話の道筋を、どう結論に導くか迷っているようだった。

「あ。そ、そういえば、まだ、自己紹介もしていませんでした。ちょっと焦りすぎ、ですよね……。ごめんなさい。わ、私の名前は、クリスです。クリス・ハートと、いいます」

今ここにいる自分が、本物のクリスだ。

少女はそう言い、胸に当てた手を握りしめていた。それは、俺たちが数日を過ごしたあのクリスは偽者ということだ。

「つまり君は、クリスを……いや。この学園に忍び込んできていたヨルノヒトを狩りにやってきたってことなのかな？」

学園祭に参加しにやって来たわけでは、当然なくて。

「はい。どこから、話せばいいのかな……。少し、長い話になってしまいます」

そう前置きをして、少女は――本物のクリスは、ぽつりと言った。

「わ、私は、遠い昔、英雄と一緒に〝獣の王〟と戦った兵の一人、でした……」

「え？」

ユーリが顔を上げ、少女を見つめた。

けれどすぐ怪訝《けげん》そうに首をかしげる。

ユーリが思い浮かべたのだろう疑問を、俺が代わりに口にした。

「英雄と戦った仲間の一人、か。それにしてはすごく、若そうに見えるというか……」

〝獣の王〟との戦争は少なくとも十数年は昔のことだと聞いている。

クリスはそれほど年齢を重ねているようには見えなかった。

「あ。い、いえ。英雄の仲間の一人、ではなくて……兵の一人、だったんです」

クリスは首を振りそう訂正した――つまり名もないただの一般兵。数千、数万といた、自主的に出兵してきた傭兵《ようへい》にすぎないのだとクリスは言った。前線に立つ英雄とその仲間たちと面識はない。当時、英雄の勇気に触発されて、ろくな訓練も積んでいない一般人が戦争に参加するのはさほど珍しいことではなかった。

狩人《ハンター》の家系に生まれたクリスは、そういった訓練を受けていない人間たちとも違ったが、それでもまだまだ子供ながらにして、この世界を〝獣の王〟から護るため、銃を手に取り、戦場へ向かったけれど……。

「は、恥ずかしながら、すぐに、獣たちの魔導兵器に、やられてしまって……。つい先日、目覚めたばかりなんです」

戦争に参加して最初に出撃することになった戦場でのことだ。

〝獣の王〟が使用した魔導兵器によって、クリスは大勢の戦友たちと共に、深い眠りにつかされていたのだという。

それは、全てを一瞬で凍《い》てつかせる強力な魔法の込められた破壊兵器で、まるっきり〝獣の王〟側の奇襲攻撃だったのだ。当時、集められたたくさんの兵士たちが隊列を組む中で、クリスもまた、決戦の合図が鳴り響くのを待っていた。

そこで、誰かが気づいた。

古い戦闘機がバリバリと、プロペラで大気を引き裂きながら、頭上を飛行している。

誰かが指を空高く指し、声を上げたときだった。

何機か並んで飛んでいた戦闘機の一つが、大きな黒い塊をクリスたちめがけて投下した。

戦闘機がプロペラの回転をあげ、猛スピードで飛び去っていき——空が、真っ白に、染まった――その瞬間を瞳に映してからつい数日前まで、クリスは分厚い氷の中に封じられていたのだということだった。

「く、口調がちょっと、おぼつかないのは……ひ、人見知りな、性格のせいでもあるけれど……え、えっと、ずっと、氷の中に閉じ込められていた後遺症、でも、あるんです。咽《のど》が低温で、焼けてしまってて……」

そのとき投下された兵器の影響は、巨大な都市を丸ごと一つ、氷漬けにするほど広範囲にわたっていた。命ある者も、そうでない者も、全てが氷に包まれた。

戦場に選ばれていた荒野や、その付近にあった都市は数年の間、人が立ち入ることもできないほどだった。

しかし氷の中に閉じ込められたクリスは、仮死状態に陥るでもなく意識がずっとあったのだという。凍てつく氷に閉じ込められて、成長も、生命活動も、全てが停止してしまっていたはずなのに……。

「心はずっと、目覚めたままでした。一瞬も、眠ることも、できなくて……ああ、あれは、ちょっとした地獄、でした」

ため息をついてクリスは語る。大人しくお父さんの言うことを聞いておけば良かった、と。

「私のお父さんは、私が戦争に行くことを、最後までずっと、反対していました……」

永遠を生きる不死なるものに死《終わり》を送る。それが自分たちの仕事だ。限りある命を生きるものを殺すそのために、射撃をはじめ様々な技術や知識を教え込んだわけじゃない。

クリスの父親はそう言って、娘を叱ったのだということだ。

「でも、私、昔からひどい、人見知りで。引きこもり気味で。そんな自分を、変えたくて……ううん。違い、ます」クリスは首を振り、ため息を落とすみたいにして、言った。「わ、私のお父さんは、凄《すご》いんだぞって、世界中に知ってほしかったんです」

クリスの父親は、若い頃は優秀な狩人《ハンター》だった。

しかし歳《とし》を重ねた現在は、人の命を喰らう不死者を狩ることも殆《ほとん》どなくなってしまっていたという。

長い歴史の中でクリスの家系は闇に紛れて生きてきた。どんなに人類のために不死者を狩ろうと、誰に賞賛されることもなかった。

「むしろ、死刑執行人のような私たちを、嫌悪する人たちまで、いたくらいです……。あなたたちの平和な生活を、裏で支えているのは、わ、私たちで……英雄でも、警察でも、ないんだって……言いたかった。子供の頃からずっと、悔しかったんです」

父親から教え込まれた狩人《ハンター》としての技術を人類のために役立てたい。〝獣の王〟を狩ることで、父親から受け継いだ力を証明したい。

「そうすれば、もう、誰も、お父さんのことを馬鹿にしたりしないはず……。そう、思いたかったんです」

だからクリスは、父親が強く引き留めるのにも耳を貸さず、兵士として名もない大勢の一人となった――けれどそのことを氷の中で後悔し続けていた。

帰りたい。ずっとそう願っていた。

今すぐ家に帰って、お父さんにごめんなさいと謝りたいと願っていた。お父さんの言う通りだ。私は……ううん、私たちはきっと、戦争にはまったく向いていなかったんだ。氷の中で眠れもしない覚醒し続ける意識の中、繰り返し、クリスはそう思ってばかりいた。凍てつく荒野に誰も踏み込むことができなかったこともあり、氷の中に閉じ込められたクリスは長い間、発見されることもなかった。

長い時の流れの中で、氷を形成していた魔力の効果が切れたのか……。

ふと溶け出した氷の中からようやくはい出したクリスは、そのまま文字通り這《は》うようにして、何日もかけ、何人もの優しい人に助けられ、家路を急いだ。そうしてようやくたどり着けた自分の家を見たときは涙がこぼれた。

お父さんに会えると思って、心から、うれしかった――でも、驚いた。

ようやく帰り着いたクリスは、本当に、心から驚いたのだ。

「……家に、私が、いたんです」

クリスはキツく歯を噛《か》みしめていた。

自分の父親が、自分とそっくりな顔をした何者かと、家族のようにして暮らしていたのだ……。

「一目見て吸血鬼だと、わかった。あ、あいつが私の姿に変わって、私のお父さんを欺《だま》してる」

奴《やつ》らは人の心を魅了して、人の心だけでなく、命そのものを操作する——さっき見たアンデッドのように、命を奪い、心も奪い、従順な奴隷に変えるのだ。

少女が家に駆け込むと、クリスは……いいや、吸血鬼は、「後もう少しだったのに」と、軽々しい捨て台詞《ぜりふ》を吐いて姿を消したのだということだった。

「……私たちの暮らす国は、大昔から、吸血鬼と対立していました。だから狩人《ハンター》なんていう職業が、存在、していたんです。現役ではなくとも、狩人《ハンター》の身分でありながら吸血鬼と一緒に暮らしていたお父さんは、今、投獄されてしまっています……」

人類の裏切り者として扱われているらしいクリスの父親には、もう処刑日まで決められてしまっているとのことだった。

その疑いを晴らすには、父親自身が、彼の主と思われるヨルノヒトを殺して証明してみせるしかない——自分の心は人間のままだということを。

「でも、お父さんは今、牢屋《ろうや》の中です。だから私が、お、お父さんの代わりに、あの吸血鬼を捕まえて……お父さんが処刑されるよりも前に、連れ帰らなきゃ、ならないんです」

「なるほど。……そういう事情があったんだな。教えてくれてありがとう」

ここまで話してくれたクリスに、俺はもう一度ありがとうと言い、うなずいた。

けれど、まだだ。まだ教えてほしいことがある。

「だったらあの吸血鬼は……ヨルノヒトはなぜ、俺の血を必要としていたのかな」

俺は、彼女に自分が英雄の生まれ変わりであることを簡単に説明した。

「どうしてあの不死者《ヨルノヒト》が、あなたの血を必要としているのか。そ、それは、わかりません。ごめんなさい」

「……そっか」

だったらやはり、それについては本人に問いかけるしかないのか……。

「まったく。余計なことをペラペラと良く喋《しゃべ》るじゃないか」

ふと、俺たちの頭上に、低いうなりにも似た声が降ってきた。

顔を上げる。

するとそこにはクリスがいた。いいや。違う。クリスの姿をした何者か《吸血鬼》が、立っていた
――放送室の天井に空いた穴の縁《ふち》だ。満天の星を背負うようにして、俺たちのことを見下ろしている。

「うれしそうに自分語りを垂れ流しちゃってさ。聞いてるこっちが恥ずかしくなる。その有様でどこが人見知りなのやら」

「……っ」

クリスは急いで身構える。

背中に手を伸ばす。しかしそこに背負っていた銃はない。クリスの手はむなしく空を摑むばかりだった。

名も知らない何かは、そんなクリスを冷たく一瞥《いちべつ》するのみだ。すぐに俺へと視線を落とした。

「今、わたしには、お前の中に流れる英雄の血がお腹一杯《なかいっぱい》必要だ。邪悪だった前世とはまったく違う。そんなお前から無理やりに、強引に、その血を奪うことは遠慮していたんだけどな」

「……え？　邪悪？」俺は首をかしげる。

「ああ。だからゆっくり時間をかけてその心を魅了してでも、あくまでも、お前の方から〝俺の血を是非とも吸い尽くしてください〟と懇願してくるような運びにしたかったんだが……残念だ」

俺に向かって何かは拳を突きつけた。

その拳を、何かはゆっくりと、開きはじめる——ふと、足下に違和感を覚えた。恐る恐る視線を下げる。ゾッとした。

……口だ。

大きな大きな口が、俺の足下に現れていた。

「英雄は色欲魔だったという噂《うわさ》だったからな。そこらの程度の低い男共が好みそうな〝かわいい女の子〟を演じてみせれば、こちらに同情でもして、いいや、欲情でもしてと言う方が正しいか？　ともかく自ら血を差し出してくれるとも期待していたんだけどね……。乱暴にするのは簡単だけど、こんな風に抵抗されるのはちょびっと面倒だからね」

道理も何もかもめちゃくちゃなことを口にして……やれやれと何かは、ため息。

そして拳を、ゆっくりと、開いていく――ゾワリと怖気《おぞけ》が走った。

嫌な予感だ。一秒先を覗《のぞ》き見るまでもなく、これから起ころうとしていることは簡単に察知できた。

「っ」

俺は、すぐさま隣のユーリを、そしてギンとルカとを、足下の口の上から突き飛ばす。

だが、それまでだ。残された時間では、そうするくらいが精一杯で……。

「自分の命より他人を護ることを優先するのか。君は、生まれ変わってから英雄《あいつ》とは真逆に育ってしまったんだな――つくづく吐き気がするよ」

何かの手が開ききるのと、同時だ。

ガパッ、と嫌な音を立て、足下の口が大きく開かれた。

「空……っ！」

最後に聞いたのは、こちらに駆け寄り手を伸ばす、ユーリの叫び声だった。

2

俺は闇の中にいる。

何もない、真っ暗な空間だ。上も下も、右も左も、わからない。そんな宇宙空間みたいな場所を漂っていた。

――君は本当に、変わってしまったんだな。

ふと闇の中で声がした。

――自分より他人の命を優先するなんて。わたしの知ってる邪悪な英雄ならきっと、そんなこと考えもしなかったんじゃないかな。

それはクリスの声だった。

いや。クリスだと思い込んでいた何かの声だ。

──ここはわたしの闇の中だよ。ああ、いや。わたしの腹の中と言った方がもしかすると正しいのかもね。

それはつまり……身体に触れてる闇から、今すぐ全身の血を吸い尽くされてしまってもおかしくないということだろうか。まるで胃袋に収められた獲物が、じわじわと、溶解されてしまうように……？

──なあ、新しい英雄。君は考えたりしないのかな？

呆《あき》れたような声がぞわりと響く。

──そうやって自分の命をかけて大切に想《おも》う者を護ろうと、君がいなくなってしまっては、仕方がないじゃないか。

「……何が言いたいんだ？」

──ははは。そんな怖い顔するなって。わたしはただ、事実を教えておいてあげようと思っただけさ。敵は、わたしだけじゃない。君の仲間たちの直《す》ぐ側にいるってことをね。

くすくすと、含み笑いが闇の中に響いている。

──ああ。冥土の土産に教えておいてあげようか。前世の君が残していった、最後の悪意についてだ。君は前世の記憶を都合よく忘れてしまっているようだからね。

何かがにやりと微笑む。

何も見えない闇の中であるはずなのに、その気配だけは濃厚に察することができてしまった。

――〝獣の王〟はまだ、生きている。

「……え？」

――英雄不在の世界の中ででも、その復活を、今か今かと待ち望んでいるんだよ。

ふふふ、と微かな笑い声がする。

――〝獣の王〟が復活を遂げたなら、今度こそ世界は……いいや。人類は、ほんの微かな希望ごと、根こそぎ奪われてしまうだろうね。あの暗い子ちゃんはその希望を繋ぎ止めたいがため、君を、この世界に召喚したんだろうけれど……。

――その召喚こそが、致命的。この世界の運命に止めを刺す、最初の一撃。その撃鉄を起こす行為に等しいものだったんだよ。

「どういう、ことだ……？」

〝獣の王〟がまだ生きている？

その存在は前世の俺が倒したことで、結果、一度は世界を救ったはずじゃなかったのか……？

「……だったらその〝獣の王〟は、いったい、今どこにいるっていうんだ」

それに、ユーリの召喚が最初の一撃だったとは、どういうことなんだ……。

——ああ、うん。そうだな。あえて言うなら、こういうことになるのかな。

周囲の闇がうごめいて、俺の胸元をちくりと突き刺す。

——〝獣の王〟は、ここにいる。その胸の痛みが王の証明。たぶん、そういうことになるんだろうよ。

「………」

胸を突き刺された痛みと共に、俺の胸に、とある情報が流れ込んできた。それは言葉よりも明確に、とある事実を俺の心に送り届けてしまった。

何かの言うとおりだ。

今教えられたものが事実であるなら、たしかに、ユーリの召喚は間違っていた。

俺は。いいや。俺たちは、出会うべきじゃなかったんだ。

そう理解させられた瞬間だった。俺の周囲に、大小様々な形をした口が現れた。

——どうだ？　冥土の土産にしちゃあ充分すぎるほどの大荷物だったろ？　それじゃあそろそろ、いいかな？　英雄の血をいただくとしようか。

「う、ううッ」

その一つが鋭い牙を俺の太ももに突き立てた。

それを合図に、数十、もしかしたら数百はあるかもしれない口々が、一斉に、俺へと襲いかかってくる。

「や、やめろ……っ」

俺は、溺れて底のない海でもがくように両手を振って、飛びかかってくる口という口を振り払おうとする。

しかしその手にも次々と口は食らいついてきた。

鋭い牙を持った口々がちまちまとついばむようにして、俺の身体にまとわりついてくる。

肉を思いきりつねられて、そのままちぎり取られるような激痛だった。

そんな痛みにもがく俺の視界に、何かキラリと光るものが映り込んだ。

あれは、銃だ。

クリスが影の中に落としてしまった猟銃。暗闇の中であるはずなのに、銀でできた仰々しい装飾の銃身が、キラリと光って見えたのだ。

銃弾なんかじゃ不死者である何かは殺せない。その様子はこの目で見ている。

それでもこの口たちだけにでも抵抗できる術がほしかった。

俺は、駆け出す足下があるのかどうかもわからない闇の中、その銃に飛びついた——

「…………」

瞬間。

闇の中をごろごろと転がりながら銃を手にした、その瞬間だった。

俺は息を呑《の》み、固まってしまう。

——おい。何を、ぼんやりしてるんだ？

苛立《いらだ》たしげな声がする。

——抵抗しない餌をついばんでもやりがいがないじゃないか。もっとさ、ほら、叫んだり、悲鳴を上げたりしてくれよ。わたしのかわいい口たちが、みんな揃《そろ》ってあくびしちゃうぞ。

そんな挑発の言葉も、もはや空々しく俺の心の中を通過していくばかりだった。

「……夢だ」

ぽつりと、俺は言った。

猟銃を拾い上げた瞬間だ。俺は、とても長い、一瞬の夢を見たのだった。

手にしたばかりの銃を、俺は足下に落とした。

そして、これみよがしに両手を挙げて、降伏の意思を知らせる。

「……わかったよ。クリス」今の俺にはそうとしか呼べない何か《・》に、呼びかける。「君のおかげで全部、思い出したよ。それに、おそらくは充分以上に、思い知らされもした——いいよ。クリス。約束、だったもんな」

俺は、ポケットに入れたままだった英雄のメガネを取り出した。

「思う存分、俺の血を吸ってくれ。それで君の気が済むのなら」

3

「ちょっと、ユーリ！　これからどうするつもりなのっ」

ギンの声を背中に受けながら、私は、ゆっくりと動き始めた列車の振動を全身で感じていた。

「空を助けに、行かないと……」

唇を噛んだ私は、振り返らずにそう答える。

「それは、わかるけど。私だってそうしなきゃって、思うけど。何か作戦があるの……？」

「…………」

その問いかけには答えられない。

ただ〝行かなくちゃ〟という思いにかられる私は、ギンとルカと向かい合わせの客席に腰掛けて、地下を進む真っ黒な車窓をじっと見ていた。

ガタンと一度、車体が大きく揺れた。

甲高い汽笛が鳴り響く。次第にスピードが増していき、列車は地下から地上へ滑り出る。

……青空だ。車窓を滑る風景には、雲ひとつない青空が広がっている。

「……太陽が、眩《まぶ》しいね。さっきまで夜だったのが嘘《うそ》みたいだ」

ギンの隣に座るルカがそう言い、車窓の向こうを覗き込んでいた。

空を飲み込んだ何かが学園から飛び去っていってから、〝夜〟も一緒にどこかへ消え去ったのだ。

――英雄はいただいたぞ。わたしの目的は英雄の血。それだけだ。あとは好きにすればいい。

何かはそう言い、放送室のある時計塔の屋根から飛び立った。

すると、夜のとばりそのものが彼女のマントであったかのように、空を飛び去る彼女の背中に引かれて晴れていった。

今、私たちを運ぶのは、クリスの乗ってきた列車だ。

石炭や薪《まき》をくべることで、その熱をエネルギーとして走る。魔力の結晶である鉱石を必要としない、昔ながらのタイプだ。

何かの行く先はわかっている。クリスの父親が暮らす国。そこに彼女の住処《すみか》があるという。

だからこうして、クリスの国へと、列車を走らせているけれど……。

もしかするとこれで、空とは逢えなくなるかもしれない？

そんな不安がふと芽生えてしまった。クロースや英雄《あの人》みたいに、もう二度と……。

私は手にした杖《つえ》を、ぎゅっとにぎりしめていた。

嫌だ。こんなさよなら、私は、絶対に嫌だよ……空。

涙だ。涙が次から次に溢れて来る。

おかしいな、と思う。私、こんなに涙もろかったっけ。

それにまだ、空と逢えなくなると決まったわけじゃないのに。

……どうせ一年後には、この世界は終わってしまうのに。

それなのに、本当に、おかしいな。

空ともっといろいろなことを話したかった。空と、もっといろいろなところへ行ってみたかった。ただ、もう少しだけ、一緒にいたい……こんなことを思うのは大げさなのかな。

袖でごしごしと目元を拭った。

——好きだっ！

放送室で、空がそう叫んでくれた。

——ユーリ！　君のことが、大好きなんだよ！

その声が、どうしてだろう。

今になって私の胸に蘇《よみがえ》り、何度も、何度も、繰り返し響いていた。

4

俺を腹の中に飲み込んだ何かは、夜空を引き連れ、猛スピードで移動する。

何かは今、巨大なビルくらいの大きさにまでふくらんだ、人型の影だった。影が一歩踏みきると、大きな湖くらいの距離を跳躍する。影に重みはないのだろう。ただ、静かに、影が通り過ぎた大地には少し強めの風が吹き抜けていくだけだ。

その影のあとを追うようにして、無数の星と満月とで飾られた夜空もまた、影が跳躍するのに合わせて移動する。

夜空が何かに力を与えているのだろうか。何かは闇の中でしか力を発揮できないがため、こうして自ら造り上げた装飾品のような星空を連れて、跳躍しているのかもしれない。

俺は、猛スピードで過ぎていく風景を、飲み込まれた影の中から俯瞰《ふかん》していた。

「……なあ、クリス。あとどれくらいで着くんだ？」

問いかけてみても返答はなかった。

俺の血を吸っていい。そう提案してからというもの、彼女はただの一言も話してくれなくなっていた。俺が一方的に話すだけだ。

「……俺さ、この世界にやって来てから、ちょっとした力が使えるようになったんだ」

前世の俺に関係した記憶を覗《のぞ》き見ることができる。その記憶が宿っているものに触れることによって。

それが、この世界に来て得られた俺の力だと、思っている。

「……銃だよ。さっき手にした猟銃だ」

あの銃身に触れた瞬間。

クロースの写真や、英雄のメガネに触れたときのように、俺の頭の中に流れ込んでくる記憶があった。

未《いま》だ一秒先の未来を覗き見ることはできないままだ。この世界にやって来るより以前から備わっていた力——というより、呪いと言った方が正しいだろうその力だって、自在に操れないどころか、なぜだか今は使えなくなってしまっている。

けれど、過去を覗くことはできた。そこにどのような理屈があるのかは、今のところよくわからないけれど……。

「あの銃に宿っていた君の記憶を覗いたよ。俺が何を観《み》たのかを、今からここで、語ってみてもいいかな？　君のお腹《なか》の中から、君のことを語るっていうのも、何だかおかしな感じだけどね」

ちょっと自嘲気味に俺はそう言ってみる。

けれどやっぱり、何かは何も答えない。沈黙が了解の代わりなのだと都合良く解釈しておこう。

俺は、語りはじめる――さて。長い、長い、君のこれまでの人生を、いったいどういう風にして言葉にしようか。

ある種の敬意さえ抱きながらも、俺はまず、何かに向かってこう言った。

「クリス。君は、嘘つきだな」

ずっと、違和感があったんだ……。

「人間が嫌いだなんて。どうしてそんな嘘、ついたんだ？」

5

――もしも明日、この世界が終わるとしたら。君は最後に何を願う？

遠い昔のことだ。

永遠に続くはずだった命の中で、一人ぼっちで生きることにほとほと飽きを感じはじめていたわたしに、そう問いかける人間がいた。一人ぼっちのまま永遠を生きるのはあまりに、寂しい。そう思っていたわたしに、偶然出会っただけであるはずのその人間は、こう言った。

——俺は、人間を一人残らず滅ぼしてしまいたいと願ってる。

そうなんだ。わたしも人間は嫌いだからそれもいい。

だけど、おかしいな。お前は〝獣の王〟を倒したからこそ、そうして人間たちの未来を延命させたからこそ、英雄と呼ばれて人間たちにもてはやされていたんじゃないのかな。

人間を区別できないわたしだけれど、お前は有名だから、それくらいのことは知ってるよ。

——ああ。欺《だま》されていたんだよ。

英雄は言った。

——俺には、元の世界に、好きな人がいた。

冷たい顔で、英雄が言った。

——その人にもう一度逢いたいと、願ってた。心から。

虚《うつ》ろな眼差しで英雄が、言った。

——〝獣の王〟を倒したら、その人と逢わせてもらえるはずだった。元の世界に戻してもらえる約束だった。本当はそういう契約だったんだよ。

心の泥沼に溺れそうになりながら、英雄は、言った。

――必死の思いで、この手で〝獣の王〟の命を奪った、その瞬間。全部、わかっちゃったんだ。

闇より深いほの暗さを、その瞳に映したまま、英雄は、言ったのだ。

――俺はこの手で、大好きだった人を殺しちゃったんだなって、わかった。

俺が、この手で、〝獣の王〟があの子だと知らずにあの子を殺す。そうなるように、と、ずっと、この世界に召喚されてからずっとだ。この世界の人間たちに、仕組まれていたんだよ。

……英雄《彼》にいったい何があったのかはわからない。

だけどこのときのわたしは、この人間のことをかわいそうだと、思ってしまったんだ。

それに一人ぼっちで生きるのには飽き飽きだ。だからわたしは――もしも明日、この世界が終わるとしたら、と……世界を破壊する〝死の魔法〟を、その呪文の言葉を、英雄と一緒に、唱えたのだった。

わたしって本当に、馬鹿だよなあ。

遠のいていく意識の中で、そのときのわたしは何度となくそう思っていた。

〝死の魔法〟を英雄と一緒に唱えた。そうすれば英雄は、今日からわたしも仲間だと言ってくれた。

たぶん、わたしは、うれしかったんだ。この世界に生まれてから今日までずっと一人ぼっちだったから……。仲間や、家族や、友人というものに、わたしはきっと憧れていたんだろうな。けれど本当に、わたしは馬鹿だ。英雄に必要なのはわたしじゃない。永遠に存在し続ける。そんなわたしの命だけだったんだ。

英雄の設計した〝死の魔法〟は、魔法と呼ぶにはあまりに壮大なものだった。

それゆえに、その魔法を発動させるには複雑な手順を踏む必要があった。まずは、この世界に存在する様々な種族の生命力が必要だったというのだ。長い、とても長い呪文の一部を、この世界に存在する全ての種族たちに、少しずつ唱えさせ、一つの呪文として完成させることが必要なようだった。それも全ての種族の雄と雌。男と女。それぞれ一個体ずつにだ。わたしたちには性別というものが存在しない。だからあともう一人、不死者《ヨルノヒト》に呪文を唱えさせなければならないだろうけど……。

だから、ただただ、単純に、不死者《ヨルノヒト》が呪文を唱える番であるだけで、わたしを仲間として、必要としていたわけではなかったんだ。全てわたしをその気にさせるための言葉であったに過ぎなかった。

死の呪文の一部を唱えた途端、英雄は、わたしに興味をなくしたように立ち上がる。呪文を唱えたわたしはそこで、おそらく生命力を奪われた。苦しい。痛い。意識が、遠のく。苦しみもがくわたしを、けれど英雄《かれ》は冷たい目で見下ろして……。

——……もしも運悪く生き残れてしまったそのときは俺の血を吸いに来い。そうすれば今、お前から奪った命の力を返してやれるし……望むなら、お前を人間にもしてやれる。永遠に生きる不死者《ヨルノヒト》。噂《うわさ》ではお前たちは永遠に生きることに苦しんでいるのだと聞く。こうして力を奪ったせめてもの償いだ。

英雄はそれだけ言って、わたしを置いて去って行ってしまった。


わたしって本当に、救いようのないくらい、馬鹿だよな。

人間の王だと言ってもいい存在——英雄にこうして利用されたんだ。もう二度と、人間を信じたりなんてしない。そう、思っていたけれど——

「……平気か？」

——わたしを抱き上げる大きな腕があったのだ。

「……珍しいな。不死者《ヨルノヒト》か。まだまだ子供だな」

それは年老いた人間の男だった。

背中に猟銃を背負っている。銀の装飾で飾られた立派な銃だ。こいつは狩人《ハンター》だとすぐにわかった。

今のわたしはどんな姿をしていただろう。不死者《ヨルノヒト》は特定の姿形をもたないただの闇。こうして人間に目視で認識できるということは、ヘドロのようにどろどろとした固形物だったかもしれないし、真っ黒なペンキを塗りたくった人型のマネキンのようでもあったのかもしれない。逃げなきゃ、と思った。今、狩人《ハンター》に襲われたならひとたまりもない。

その老人が、ズボンのポケットから取りだした鉱石を、わたしの口の中にねじ込んだ。

「……これは返す。もともとお前たちのものだ」

子供の拳くらいある石ころを、ゴクリと、強引に飲み込まされた。

するとみるみるわたしの中に、英雄に奪われたはずの命の力が満たされていく……。

「もう、大丈夫だな」狩人《ハンター》は、わたしの頭を一度だけやさしく撫でた。そしてふと、微笑《ほほえ》んで見せた。「……怖い奴《やつ》らに見つかるなよ。命を、大事にしてほしい」

そう言って、年老いた狩人《ハンター》は、わたしを振り返ることもなく歩いて行ってしまった。

ああ。わたしってどうしてこんなに馬鹿なんだろう。

あのまま闇の底に深く潜って、もう二度と誰とも関わることなく永遠に、一人で静かに過ごしておけば良いものを……。

わたしは、年老いた狩人《ハンター》のあとをついて行っていた。電信柱や、通行人や、建物の影に潜んで、音もなく後をつけた。

そうとは知らない狩人《ハンター》は、おそらく自宅なのだろうレンガ造りの小さな家にたどり着く。

ここはきっと、彼の家だ。彼はどうやら一人で暮らしているようだった。

彼の家がある国は、明けることのない夜と、深々と降り続ける雪の底に沈んだような冷たい場所だった。ここは不死者《ヨルノヒト》と人間とが争いながら暮らしていた国だと聞いたことがある。そんな冷たい国で彼はたった一人で暮らしていた。食事をするのも、小さな家を隅々まで掃除するのも、立派な銃を手入れするのも、古いテレビを付けっぱなしにして、間延びした時間を潰すのも、いつも、一人だ。彼を訪ねてくる人もいなかった。

……そっか。

あなたもわたしと同じで、一人ぼっちなんだね。

それからわたしは、小さな庭に面した窓から、彼の生活を覗き見るようになった。

彼は時々、深くため息をついていた。

小さな家にある小さな部屋だ。ベッドと勉強机とぬいぐるみ。子供部屋みたいなその部屋は物で溢れていたけれど……。しかし空っぽなその部屋を、彼は毎日丁寧に、隅々まで掃除する。そして毎夜、眠る前にその部屋を訪れて、ただ立ち尽くし、一人でぼんやりと過ごしていた。

机には彼に良く似た女の子が笑う写真が飾られていて……。

それを見つめて、彼はまた、ため息をつく。

彼はいつも寝床の中で泣いているように見えたのだ。嗚咽《おえつ》をもらすでもなくて、涙を流しているわけでもないけれど……。彼の心は、涙の気配で満ち満ちている。彼の毎日を覗き見ているわたしには、そう感じられてしかたがなかった。

写真の女の子に逢いたいのかな、と思った。

その心の隙を利用できそうだなとわたしは感じた。わたしは、写真の子とそっくりな姿になってみる。決まった姿形を持たないわたしだけれど、自在にどんな姿にでも一瞬で変われてしまう——恐る恐る、「ただいま」と言って、玄関の扉を開いてみた。

たしか、お家に帰ってきた人間は、大切な人にこう言うんだったよね……？

彼はわたしを強く、とにかく強く、抱きしめてくれた。今度はたしかに涙を流し、よかったと、小さくたった一言だけ口にした。

馬鹿な人間だなと思った。

わたしたち不死者《ヨルノヒト》はお前たち人間の心につけ込んで、その精神と命に至るまで存在の全てを蝕《むしば》み、支配する。お前の娘の姿をしてお前の心につけ入ろうと決めたんだ。

こうしてお前の心を魅了して、お前の存在を丸ごと喰らって、仲間《アンデッド》にしてやろう。

そうすればもう寂しくはないと思っていた。

まだまだ不死者《ヨルノヒト》としては子供なわたしだ。人間を仲間《アンデッド》にして傍に置くことは一度もしたことがなかった。墓場から遠い昔の人間の遺体を掘り起こし、自分の闇に取り込んで、話し相手を作ってみようとしたことはあったけど……。昔々の人間の骸骨に魂はすでになく、ただの人形と変わらなかった。

だから、年老いた狩人《ハンター》。お前がはじめてのわたしの奴隷《獲物》だ。

闇そのものでしかないわたしは、彼にきつく抱きしめられながら、ほの暗く微笑んでいたはずだ。

……抱きしめられて痛かった。息が止まって、苦しかった。

でも、おかしいな。嫌じゃなかった。

彼のさみしさが少しだけ、わたしの中に流れ込んでくる。その分だけ彼の心が軽くなるのを感じた気がしていた。

勇気を出して「ただいま」を言えて、よかった。

ふと、そんなことを思ってしまう。わたし、本当に馬鹿になっちゃったのかなあ。

……こいつをアンデッドにしてしまうのは簡単だ。いつでもできる。だから今はもう少し、このままでいい。

わたしは彼の胸の中でそう思っていた。

その日からわたしは彼の娘、クリスとして生きることになった。

朝になればご飯を作った。彼が起きてくるのを待って、一緒に食べた——美味《おい》しいなと彼は朴訥《ぼくとつ》に言った。

昼になるまでに家中を掃除した。その間に彼が作ってくれた昼食を、晴れた日は庭に置かれた椅子に並んで座って、二人で食べた——美味しいよと、わたしは笑顔で言った。

夜になると、明かりを消した部屋で一緒にテレビを見たり、ボードゲームをしてみたり、絵本を読んでみたりして……。

日ごとかわりばんこで作った夕飯を、やっぱり一緒に、わたしたちは食べたんだ——料理が上手になったなと彼は言い、わたしは、戦場でいろいろと学んだんだよと言い訳した。

彼と過ごした毎日の中でわかったことだ。彼の娘は戦争に行ったっきり戻ってこなくなったという。

それはもう、何年も前のこと。

彼は長い時間をたった一人で娘の帰りを待っていた。

英雄と〝獣の王〟が起こした戦争だ。彼の娘は「お父さんのすごさを、私たちを馬鹿にしたこの町の人たちに、わからせるんだっ」とそう言って、彼が止めるのも聞かずに家を飛び出していったのだという。

小さな子供部屋に飾られた写真に写った女の子。

食料の買い出しに行った近所の商店街で、聞いた――彼の娘は、〝獣の王〟の配下にあった不死者《ヨルノヒト》が使用した、凍《い》てつく魔導兵器によって消滅したのだという訃報が届いていたと。

良く無事に帰ってきたなと、出会う誰もにそう驚かれた。

彼以外の誰もが彼の娘は死んだと信じて疑わなかった。

戦場で見つかったのだという娘の銃《遺品》だけが帰ってきたある日。町の人たちはもう諦めろと何度となく彼に言った。

けれど彼は、娘の帰りを待ち続け……。

「……俺は間違っていなかった。ちゃんとこうして、お前は帰ってきてくれた。そうだよな？　クリス」

テレビを消して、暖炉の前のソファーで膝枕をしてもらいながら、今日あったことを聞いてもらって……それからおやすみなさいを言い合うその前に――彼はわたしにそう言った。ジッと、まっすぐにわたしの目を見つめながら。

「お前はちゃんと、生きていた。ここにこうしていてくれる。また以前のように二人で暮らせる。本当に。……本当に。俺にとってこんなに幸せなことはない」

うん。そういうことでいいんじゃないかなと、わたしは思う。

「お願いだ。もう二度と、危ないことはしないでくれ。俺は、お前のことが心配なんだよ」

……うん。

あなたを一人ぼっちにした馬鹿な娘はもういない。

それでいいんだ。


本当は、彼のことをアンデッドにして、無理やり仲間にしようと思っていた。

そのために娘に逢えなくなった彼の心の隙につけ込んで、心を日々の生活の中で少しずつ蝕《むしば》んで……彼が気づいたときにはもう遅い――彼は人間ではなくなり、わたしの仲間《奴隷》になっている。

そういうつもりで、わたしは彼の娘の姿を借りていた。

けれど気づいたときにはもう遅い。わたしの方が、彼との生活に、すっかり心を蝕まれてしまっていた。仲間じゃなくて、家族になれたかもしれない。そんな風に馬鹿なわたしは期待してしまっていたんだ。

そんな彼と二人きりで過ごしたのは思えばたった一年だ。

けれどそのたった一年間は、何百年、何千年と一人きりで生きてきたわたしのこれまでの人生の中で、もっとも幸せな日々だったと思うんだ——二人で欠かさず毎日食事するのも。何もない日に、ちょっと手を繋《つな》いでお出かけしてみたりするのも。町の人たちが、そんなわたしたちに笑顔で挨拶してくれるのも。大切なぬいぐるみを勝手に洗濯されたからと、どうでもいいことでケンカしてみたりするのも……。

何だか本当に、親子みたいだなと、そう思ってしまってたんだ。

誕生日にはきれいな真っ白なドレスを贈ってくれた。

彼は狩人《ハンター》の仕事はもう辞めたと言っていた。その理由は教えてくれなかったけど、むしろ彼は今まで集めた鉱石を不死者《ヨルノヒト》に返して回っていた。英雄に命を奪われ、息絶えそうになっていたわたしと出会ったのは、その旅の終わりのことだった。

町の人たちに紹介してもらった雪かきと、慣れない木こりの仕事をがんばって……。

娘の誕生日に贈り物をしたいんだと、彼が頭を下げて回っていたと町の人たちがわたしにこっそり教えてくれた。

これまで彼は、町外れの家に住み、今まで誰ともまともに関わることはなかった。昔から「あいつは何を考えてるかわからない」「怖い人かもしれない」と、不死者《ヨルノヒト》や悪人から町を護《まも》っていてくれているとは知りながらも、誰もが彼と距離を取っていた――だからそんな彼が頭を下げたことに、町の人たちは驚いた。

けれど誰もがみんな、彼に笑顔で協力してくれた。

世界が終わるとわかる前までは、大都市の高級ホテルや貴族たち専門として働いていた仕立屋が、無償でドレスを仕立ててくれたらしい。

それを知ったとき、わたしはきっと、この人の娘になれて良かったと思ったし、この町の人たちと知り合えて良かったなと――そんなことを思ってしまっていたのかもしれない。

……本当に。

心を奪おうと思っていた相手に、わたしの心は簡単に、奪われてしまっていた。

「ありがとうお父さん。町の人たちもみんな、ありがとう。ずっと、大切にするね」

わたしはきっと、自分がここにいてはいけない存在なのだということを忘れ、満面と笑ったに違いない。

小さな家に集まった町の人たちが、狭いリビングでぎゅうぎゅう詰めになりながら「おめでとう」と、「良く無事に帰ってきたな」と、笑顔を並べて、口々にそう言ってくれていた。わたしも思わず笑ってしまう。そういう一日があったことを、きっと、わたしは忘れられないまま生きていくんだろうなと思っていた。

けれど彼は、そんな中でもただ一人、笑わなかった。

わたしは彼と暮らす毎日の中、毎日毎日、笑ってばかりいたと思うけど……。

彼は、どうだろう。わたし《娘》と一緒に過ごした一年は、果たして幸せだっただろうか――思えば彼が笑った瞬間を見たことがない。路地裏の闇の中で、英雄に生命力を奪われ死に絶えようとしていたわたしを助けてくれた最初の日。あのとき彼は、わたしに微笑みかけてくれたけど……。

あれ以来、一度もだ。

わたしは彼が笑っているのを見たことがない。彼の笑顔をもう一度、見てみたい。そう願っていた。わたしね、お父さん。誰かに優しくされたのははじめてだった。誰かに贈り物をされるのなんて、本当に、生まれてはじめてだったんだよ――この世に生まれ落ちて数百年。ただの一度も、誰かに気にかけてもらったことなんてなかった。優しくされたことなんて、一瞬たりとも、なかったんだよ。同じ仲間であるはずの不死者《ヨルノヒト》の中ででも、なんとなく居場所がなくて。わたしは世界中の全てに嫌われていた。いろいろとうまく立ち回れない自分自身に一番、わたしは嫌われていたはずだ。

こんなどうしようもないわたしだから、一度優しくされたなら、それで、お終《しま》い。

わたしはもう、あなた《彼》のことが人生で一番、大切になってしまってる――不死者《ヨルノヒト》が単純にできているのか。それともわたしが特別、馬鹿なのか。理由なんてなんでもよかった。

わたしは彼と過ごす毎日の中、いつかあなたが笑ってくれますようにと祈ってた。

でもね。やっぱり。そんなのは、ダメだった。

……彼の死んだはずの本物の娘が帰ってきたのだ。

いつものように彼と朝ご飯を食べて、今日は、どうしようか、屋根に積もった雪を一緒に下ろそうかと、そんな話をしていたところだったと思う——突然、小さな家の玄関が開け放たれた。

「お、おお、おお父さん！　そいつっ、偽者、だっ！」

わたしと同じ顔をした女の子が、扉を開けると同時にそう言って、わたしに人差し指を突きつけていた。

わたしは、唖然《あぜん》とした。

この子は戦場で死んでしまったんじゃなかったのか……。

恐る恐る、わたしは彼を振り向いた。

彼は何も言わずわたしを見ていた。いつもと同じで、笑顔もないまま。

騒ぎを聞きつけたのか町の人たちも集まってくる。

誰もがみんなわたしを鋭い視線で睨《にら》み付けていた。

いやだ。そんな目で、わたしを見ないで——わたしはただ、あなたにもう一度、笑ってほしいだけなのに——わたしの身体はドロリと、ヘドロのような闇の塊に溶けてしまう。

そのままわたしは、彼の前から姿を消した。

軍服を着た人間たちが大勢押し寄せてきた。

世界が終わりに向かう中でもまだ国に仕えようだなんて、いろいろな意味で時代錯誤もいいところだけど……。

兵士たちが口々に、彼を責め立てるような言葉を叫んでいるのが聞こえてきていた。

その様子を、わたしは、庭に植えられた木の陰に身を潜めて見ていた。

「狩人《ハンター》のくせに、不死者《ヨルノヒト》と一緒に暮らしていたのか？」「まさか。お前はとっくに、不死者《ヨルノヒト》に魅入られてしまっていたんじゃないだろうな」「あの不死者《ヨルノヒト》の言いなりになって、ゆくゆくは、この町の人々をまるごと全部……」

兵士たちの銃口が彼を狙っていた。

気づけばわたしは、潜んでいた影の中から飛び出していた。

今まさに、彼に向かって引き金を引こうとしていた兵士たちを、闇の一部で作った鋭い鎌や鉈《なた》といった刃物を振り回し、バラバラにしてしまう。生き残った兵士たちの半分は悲鳴を上げて逃走し、もう半分は目を血走らせ、わたしへ銃口を突きつけた。

――何をしている！　早くそいつを撃ち殺せ！　お前は狩人《ハンター》なんだろっ⁉

兵士たちが彼に向かって叫んでる。

——それともお前はやっぱり、そいつの仲間《アンデッド》だったのかっ⁉

兵士たちの敵意に満ちた視線。

その矛先が、わたしから彼へと集められていた。

集まっていた町の人たちも、恐怖に染まった瞳の色でわたしを見ていた。昨日までやさしかった人たちも、みんな。

けれど彼は弾丸をわたしに撃ち込むことはなかった。彼が狩人《ハンター》として使っていた銃は、暖炉の横に立てかけられて、埃《ほこり》を被ったままになっている。なにを、している。早くわたしを撃ち殺せ。じゃないとあなたが、殺される。不死者を殺す方法を知っているからこその狩人《ハンター》だ。そうだろう？

焦れたわたしは、帰ってきたばかりの彼の娘に、闇《身体》を絡ませ自由を奪った。闇《身体》の一部を刃物に変えて、娘の喉元に突き立てようとしてみせる。

「お、お父、さん……っ」

娘が助けを求めて手を伸ばす。

とたん、彼の目が鋭くなった。

はじめてだ。

はじめて、彼に敵意を持って睨み付けられた……心のどこかがズキリとした。

――もしも明日、この世界が終わるとしたら。君は最後に何を願う？

微かな胸の痛みと共に、英雄から問いかけられた言葉がなぜか思い出された。

あんな奴《やつ》のことなんか、ほんの少しだけだって考えたくなかったのに……一瞬、隙が生じたのかもしれない。

兵士の誰かが、発砲。その弾丸はわたしの闇身体《からだ》を撃ち抜いた。ああ。本当に。こんな程度で死ねるなら、とっくの昔に一人ぼっちで朽ち果てている――わたしには、彼に突き刺された視線の鋭さの方が、よっぽど痛い。

わたしは彼の視線から逃げ出すように、闇に紛れた。


それから彼は、この町を支配する王族の住む古城へ連行され、そのまま投獄された。

彼はこれからいろいろな拷問にかけられる。そして不死者《わたし》の支配下にあるかどうかを徹底的に調べられるのだという――お前のせいだと、わたしを追ってきた彼の娘が叫んでいた。お前のせいで、お父さんが、殺されてしまうっ。

彼はどんなに脅され、強要されようと、最後までわたしを撃ち殺そうとはしなかった。娘を人質に取った瞬間。その瞳を鋭くしただけだった。そんな態度のせいで、ますます彼がわたしの奴隷《アンデッド》であるという疑惑が増していったのだ。どうして？　どうしてわたしを、殺してくれないんだろう。彼は、これからどんな酷《ひど》いことを、されるのだろう。今すぐ助けに行きたい。もしかしたらわたしたち二人は協力し合って、彼を助けに向かうことくらいはできたかもしれない。

けれどわたしは、彼が閉じ込められている古城へ侵入することができなかったし、彼の娘は、そもそも囚《とら》われの彼を救出できるほどの実力を持っていなかった——つまりただの足手まといだ。

古城の中はどこもかしこも、強力な電灯が灯《とも》されている。不死者《ヨルノヒト》の侵入対策だ。闇がなければ存在できないわたしが這入《はい》り込める隙間はどこにもなくて……囚われてしまった彼に死刑宣告が下されたのは、彼が囚われてすぐのことだった。彼はあと一カ月ほどで処刑される。その間に彼はその手でわたしを殺して、自分がわたしのアンデッドではないことを証明しなければならない。死刑を免れる方法はそれしかなかった。

「せ、せっかく、無事に、帰って来られたのに……こんなのって、ない」お願い、と彼の娘はわたしに懇願する。「お、お父さんのために、い、今、今ここで、死んでよ……っ」

ああ。わたしだってそうしたい。

わたしはもう長い間生きすぎた。彼を助けられるのなら、この命を捧《ささ》げることも怖くはないけど……。

銃声が何度も、何度も、響き渡る。彼の娘がわたしに向かって弾丸を撃ち込む音だ。

けれど、ごめんね。君じゃわたしを殺せないんだ。たとえ特別な弾丸だとしても……どうしても、ダメなんだ。

彼の娘は、膝からくずおれてその場で涙を流すばかりだった。

「お、お前を殺せる特別な弾丸は、もう、お父さんしか、作り方を知らないんだ――でもっ、お、お父さんは、その弾丸をもうずっと、作ってなくて……っ」

ああ、そうか。彼はわたしを殺さないんじゃない。ただ、殺せないだけなんじゃないのかな。わたしを殺せる特別な弾丸が、もう、どこにもないために。ともすればそれを作り出すための材料も、底をついてしまっているために。

だったらどうする？

死ねないわたしはどうやって、彼を救うんだ……？

終わる世界を救う方法がないのと同じように、ただわたしは絶望するだけだったけど……。

とある夜のことだ。町にある古い電波塔が、微弱な電波を拾い上げた――……英雄が、帰ってきました。だからまだ、希望はあります。

その声で、英雄の言葉がまた、わたしの中で蘇《よみがえ》る。

〝もしも運悪く生き残ってしまったら〟〝俺の血を吸いに来い〟〝望むなら、お前を人間にもしてやれる〟

わたしは、彼のために死ねるかもしれない。もし人間になれるなら、特別な弾丸がなくとも、ふつうの弾丸ででも……。

電波を発している場所を探して、わたしは、飛び出した。

6

そこまで話し終えたところで、俺は辺りを見回した。

さっきまで闇の中だったはずの辺りの景色が、見覚えのある部屋の中に変わってしまっていたからだ——ここは、不死者《ヨルノヒト》である何かが、彼とたった一年間を過ごした小さな家のリビングだ。

暖炉の前のソファに、俺は腰掛けている。

「ごめんな。本当に。大昔の英雄《俺》が、酷いことをしてしまった」

暖炉の中で揺れる炎を見つめながら、俺は独り言のように呟《つぶや》いた。

その隣に影が現れる。

それはクリスの姿になって、俺と一緒に暖炉の炎をジッと見つめた。

「なあ、クリス」そうとしか呼べない隣の存在に、俺は語りかける。「君に俺の血を吸わせたら、鉱石の作り方を教えてくれると言ってたよな？」

「言ったね。お腹一杯《なかいっぱい》、英雄《君》の血を吸わせてくれたら、代わりに教えるとそう言った」

クリスの姿をした何かはうなずいた。

「……君らもあの鉱石が必要みたいだったからね。その作り方を教えると言ったら、わたしに協力くらいはしてくれるかなと思ったんだ」

俺たちは学園祭に必要なものを集められる町へ向かいたかった。しかし、鉱石を新たに入手しなければ列車を動かすことができなかった。まあ結局はそこに出かける必要もなく、出来合いのもので間に合わせることができてしまったのだけど……。

魔力が結晶化したものであるという鉱石を得る方法が、あんなことだったとは、思っていなかった。

結論から言うと、魔力の塊である鉱石は不死者《ヨルノヒト》の命そのものだったんだ。

不死者《ヨルノヒト》は、何かしらの事故か災害に巻き込まれ、生命活動の維持を危ぶまれるほどの損傷を負ってしまったその際に、自らの命を結晶化させることで力を蓄え、再び目覚めるそのときまで長い眠りに就くのだ——それを偶然にも拾った人間が、自分たちの生活に利用できることを知ってしまった。電気やガスや魔力など比べものにならないほど、持続的な生活エネルギーとして活用できる。

最初は人類も、偶然手に入る結晶を珍しがるだけだった。

しかし遥《はる》か遠い昔の人類は、いつからかこの希少な結晶《鉱石》を偶然からではなく、意図して入手することを考えはじめた。

人間は長い研究の末、ついには不死者《ヨルノヒト》に致命傷を与えることで結晶化させることを成功させた。その方法とは、黄金で作り上げた特別な銃弾で、不死者《ヨルノヒト》の額を撃ち抜くことだ——すると彼らの命は結晶化して、鉱石となって残るのだ。その役割を代々引き継いだ人間を狩人《ハンター》と人々は呼んだ。

魔力の結晶体である鉱石は、不死者《ヨルノヒト》の命そのもので……。

狩人《ハンター》は不死者《ヨルノヒト》を金の弾丸で殺しているのではなく、不死者《ヨルノヒト》の命を石ころの中に封じているに過ぎない。鉱石となった不死者《ヨルノヒト》も、まだ石ころの中で生きている。封じられた魔力を吸い尽くされたところで、ようやく、不死者《ヨルノヒト》は死ぬことができるのだ。この世界の人々は知らず知らずのうちに、命をたくさんたくさん食い潰しながら生きながらえている。

その事実を知るのはこの国の人と、狩人《ハンター》と、ごく一部の人間だけだ。家畜が精肉にされる現場をわざわざ進んで知らされることがないように、当然のようにその事実は隠された。

世界中の誰もが「便利な物があるものだ」としか感じていない。

狩人《ハンター》を育成し、不死者《ヨルノヒト》と敵対し続けてきた彼《か》の国は、そうして栄えていったのだ。

しかし世界が終わるとわかってから人々は鉱石を求めなくなった。

先のない未来にいくら金銀財宝を抱え込んでいようとまったく意味をなさない。

そう、思われていたけれど……。

「鉱石があればもしかすると、人類は救われるかもしれない。そんな希望を唱える人物が現れたんだ」

何かは、真冬に吐息を煙らせるようにそっと言った。

「真夜中の国を統治している王様は、〝獣の王〟と戦った英雄の仲間の一人で……。同時に凄腕《すごうで》の技術者だ。自国の国民全員を搭乗させられるほど大きなロケットを建造し、この星を脱出しようと計画してるらしいんだ」

そのロケットを空高く飛ばすには、大量の力の宿った鉱石が必要だった。列車を走らせるよりもずっと強力な鉱石《魔力》が……。

「けれど、お父さんはいつの日からか、不死者《ヨルノヒト》を殺して鉱石を得る狩人《ハンター》の仕事をしなくなった」

お父さん以外の狩人《ハンター》も同様だとクリスは言う。

真夜中の国に存在していた数少ない狩人《ハンター》の全員が、不死者《ヨルノヒト》に銃口を向けることができなくなってしまっていた。

「これはわたしの予想だけどね」と何かは前置きをして、言う。「わたしたち不死者《ヨルノヒト》はみんな、みんな、きっと世界で一番の寂《さみ》しがり屋な存在なんだよ。だからね。一度この人だと想ってしまった人間を、絶対に、わたしたちは忘れられなくなってしまうんだ」

不死者《ヨルノヒト》は、一度でも自分に優しくしてくれた人間の生活に取り入って……。その人間に、自分を大好きになってもらえるよう、いろいろがんばる――戦争に行ったっきり帰ってこなくなった娘の姿をしてみたりして。

そうすることで不死者《ヨルノヒト》は、人間の心を意のままに操れるようになるのだということだった――いいや。それは何も、特別な力によってではないという。人間であっても、そうじゃない生き物であっても、誰もが大切にしたいと願う者のために生きたいと願ってしまう。そこに特別な魔法や魔術など必要ない。

愛は、呪いだ。

どんな魔法や魔術より強力に、相手も、自分も、その心を縛り付けられてしまうから……。

「優しい心のせいで抵抗できなくなった狩人《ハンター》たち全員が、自分にとって特別になってしまった不死者《ヨルノヒト》を連れて逃げ出した。その誰もがきっと、たとえ世界が終わってしまおうと、愛するヒトの命を奪うことはないだろう」

不死者《ヨルノヒト》は人間から優しさをもらい続けることで、いつしか不死者ではなくなってしまう生き物でもあるという。

「愛する存在と同じになりたい。姿形だけじゃなく、生き方そのものも。あなたと同じ時間の中で、あなたと生きて、あなたと死にたい。そう考えるのはきっと、不自然なことじゃないと思うんだ」

苦笑いを浮かべる彼女に俺は、適切な言葉が見当たらずにいる。

「つまり、わたしたち不死者《ヨルノヒト》を殺す方法は、もう一つ。愛することだ、と……そう言い換えることもできるんじゃないかと思ってる。それが終わりの始まり。あなたと、ユーリ。二人と一緒だ」

「…………」

「だけどね。わかってるんだ。わたしのことを好きになってくれる人間なんて、この世界のどこにもいないってわかってるから……。そんなわたしの命に制限をかけるには、英雄の血がどうしても必要だった。あなたの血があれば、不死者《ヨルノヒト》を鉱石に封じ込める特別な弾丸がなくても、ふつうの弾丸ででも彼はわたしを殺せるようになる。わたしに致命傷を与えることで、わたしの命を鉱石にすることだって、できるはずなんだ」

彼の処刑を止めるため？

「なあクリス。どうしてそこまで彼を特別に思うんだ？」

「一度優しくされたならそれでお終《しま》い。わたしたちはそういう生き物……そう言ったじゃん？　あなたたちには理解できないと思うけど、わたしたちは心の底から、大馬鹿なんだよ」

不死者《ヨルノヒト》はもう殆《ほとん》ど生き残っていない。誰もが人間に恋して、誰もが人間みたいに、なってしまった。きっとこの世界のどこかで、大好きな人と残り一年という最後の時間を大切に過ごしてる。だからわたしの命が最後の一つだ、とクリスは言った。

「そっか。君の気持ちはわかったよ」ただの人間でしかない俺に理解できる範囲でだけど。

「でもさ、クリス。わざわざ悪役めいたことをしなくても、ちゃんと事情を説明していてくれたら、もっといろいろとスムーズだったんじゃないのかな」

「そうかな。ちゃんと話していたら君はわたしに絶対、血を吸わせてなんてくれなくなってたと思うよ」彼女はにこりと微笑《ほほえ》んだ。「だって、人間はこの世界で一番、優しい生き物だから。わたしが嫌な奴《やつ》じゃないと、悪い奴じゃないとさ、心置きなくぶっ殺せないでしょ？」

「………………」

「本当に、本当に、君たち人間ってさ、世話がかかって仕方がないよね——まあ、だけどさ」

そんなところがね、と彼女は言って、微笑んだ。

「わたしは、人間《あなたたち》のそんなところが、世界で一番……大好きなんだよ」

だからさよなら、と彼女は続けて言った。

「さよなら、英雄。英雄《君》に奪われたものを一滴残らず返してもらう。もしも死んでしまったとしたら、ごめんね。そのときは過去の自分自身を恨んでよ——わたしはね、たとえこの世界が終わるとしても、世界中の誰を敵に回したとしても、彼だけ幸せにできればそれでいいんだ」

微笑む彼女の鋭い牙が、俺の首筋に突き立てられた。

7

ガタン、と。

一度大きく揺れて、列車が停まる——私は外へ飛び出した。

「ユーリ！」

ルカが背後で叫んでいる。

「目的地はまだまだ遠いよっ。歩いて行くなんて、無茶《むちゃ》だ……！」

わかってる。ルカの言うとおりだ。

けれど、立ち止まってる余裕も時間もない。私は一人でも、行かなくちゃ。

攫《さら》われていった空を追いかけて飛び乗った列車だったけれど、燃料が尽きてしまったようで、数時間走ったところで停車してしまっていたのだ。

「ど、どうしよう。早く戻らないと、お、お父さんが……処刑、されてしまう」

クリスが涙目でそんなことを言っていた。

「きっと不死者《あいつ》も知らない、だろうけど……今日が、お父さんの処刑日、なんだ……。予定が、早まっちゃって。う、うう。ね、燃料になりそうなもの、探さなきゃ」

急いで飛び出してきたのかもしれないが——早く帰らなきゃならないのなら、せめて往復できるくらいの燃料は載せておいてほしかった。

そんな不満を口にしたところで、現状が何か一つでも変わることなんてない。だから私は列車を飛び出した——とにかく前へ、前へ、進みたかったんだ。銃や杖《つえ》や宝石などなど、武器に使えそうなものを全て詰め込んだ鞄《かばん》はぱんぱんに膨らんで、一人で抱えて行くには重すぎた。ずしりと肩に紐《ひも》が食い込む。思わず足下に鞄を落としてしまった。荷物を減らすことさえもはやもどかしい。鞄を引きずってでも進まなきゃ。

「気持ちはわかるけど、クリスが言ってたように、列車を動かせる方法を探そう」

ふと、鞄が軽くなった。振り返るとルカとギンが、鞄の底を支えてくれていた。

「心配しないでとは言えないけど……空はきっと無事なの。だって、ほら。空って運だけは良さそうだし。英雄の生まれ変わりなんだし……」

ギンが不安そうな顔でそう言っていた。

二人とも私を勇気づけようと、励まそうとしてくれるけど……。

空が連れ去られていってしまってから、私の心は毎秒、毎秒、苦しくなっていっている。さよならは、嫌だ。心が何度も叫んでいる。とにかく今は少しでも、空に近づいていたかった。

「れ、列車の燃料は、そこら辺の木を割って、薪《まき》にして、釜にくべられたらいいけど……」クリスは途方に暮れたように周りを見回していた。「ここには、ま、薪にできそうな木が一本も、生えて、ない……」

ここは青々とした背の低い草の生えそろう草原だった。

辺りを見回してみても風になびく草と、綿毛を空に舞わせるかわいい小さな花くらいしか見えなかった。

「どこか近くに町とかないかな？」ルカはできるだけ遠くを見ようと背伸びをしている。

「そこで燃料になりそうなものをもらえたりとかできたらいいけど……」

「あ、あそこに古いお城がありますね」私が指さした先は、草原の丘の向こうだ。ぼんやりと陽炎《かげろう》みたいに揺らめくお城の姿がある。「少し遠いですが、あそこまでなら歩いても、なんとか……」

「あそこは、わ、私たちの暮らす町を統治する、王様の城で……。お父さんが、閉じ込められている場所です」

クリスが飛び去って行ったのは、彼女の根城があるのだろうと目される真夜中の国だ。そう予想して私たちは列車に飛び乗ったけれど……もしかして、という予感めいたものが私の中に生まれ始める。

「ねえねえルカ。お願い、肩車してっ」ギンが両手を広げてぴょんぴょんと飛び跳ねていた。「ちょっと何か気配がするのっ。もしかしたら近くに誰かいるのかもっ」

「え？　人の気配がするってこと？」ルカが首を傾《かし》げる。

「うん。そうなのっ。その人に助けてもらえるかもしれないのっ。だから早く、肩車っ」

ギンは戸惑うルカの身体によじ登り……。

「あっ」

すぐに声をあげて、こう言った。

「あそこに誰か、倒れてるっ」

「…………」

それは、ただの予感だ。確証があるわけでは当然ないけど、もしかしたら……。

ギンが指をさした方向に急いで駆けてみると——やっぱりだ。

「っ」

私は、鞄を放り出して駆け出した。そこに倒れていたのは間違いなく空だった。

「空っ、ねえ、空……起きて、くださいっ」

抱き起こした空は、ぐったりとしたまま目を覚まさない。首筋には何かにかじりつかれたような歯形があった。そこから血が流れ出ている。まるでその小さな傷口から、命そのものがこぼれ落ちていっているようで……。

どうしよう。すごく、冷たい。

「う、ううっ」

……涙だ。

どうしてだろう。涙が一瞬で溢れてきた。

自分の気持ちも、涙の意味も、何もかもわからない――だけど今、自分がどうしようもなく悲しいと感じていることだけは、本当だ。

クロースも、英雄も、空も、いなくなってしまうなら……。

こんな世界。

こんな人生。

もう、いらない。

冷たくなった空を思いきり、私は抱きしめた。

8

何かに強く包み込まれて、俺は、目を覚ました。

「……ご、ふっ」

「空っ、よかった……っ」

抱きしめてくれていたのはユーリだった。

「よかった……本当に……身体がすごく、冷たくて……もう、目を、覚まさないんじゃないかって……」

ユーリは涙をぼろぼろとこぼし、ぼんやりと瞼《まぶた》を開いた俺の顔を覗き込んでいる。

何だかこの世界に召喚されたばかりの頃にも、同じような場面があったよなと、そんなことを思ってしまう。

あのときも、今も、遠のいていた意識をたぐり寄せてくれたのが君で良かった……。

そう思う反面。

最初にこうして、俺の名前を呼んでくれたのが君だったからこそ、最初から、希望なん

てどこにもなかったんだ……。

――〝獣の王〟はここにいる。

何かが俺の胸を小さく突き刺してそう言っていたのが、どうしたって頭の中を駆け抜けていく……。

俺は首を振った。今はとにかく目の前の問題に集中すべきだ。

「……あの城だ」ユーリの胸元から飛び起きて、俺は、指をさした。「あそこにクリスと何か、二人のお父さんは閉じ込められてる。何かはあそこに向かっていったんだ……」

俺は、暗闇の中で何かに血を吸われたときのことを思い出している――チクリと、首筋に微かな痛みが走った。

俺の命はここまでだ。そう覚悟はしていた。前世の英雄《俺》がユーリや、彼女にしたことを思えば尚更《なおさら》に、俺はここで殺されてしまってもいたしかたない。そう諦めることも当然で……。

「うええ。人間の血はやっぱり不味《まず》いなあ。英雄の血となると尚更だよ」

俺の首筋に牙を突き立てた彼女は、血を半分も吸わずに唇を離した――本当に、心から、美味《おい》しくないものを口にしてしまった、というような渋い顔をして。

「でもまあこれで、わたしも人間に少しは近づけたかな？」

暖炉の前でクルリと何かは回ってみせる。

「あなたの目を覗き込んだとき、魔力なんてまったく感じないって言ったけど……。よかった。あなたの血には特別な魔力がこもってた。うん。たしかに、返してもらったよ」

これでもう、誰にも愛されることがなくても、ふつうの人間みたいにわたしは死ねる。

そうだよね？

そう言って何かは微笑む。

「……俺の血、一滴残らず吸い尽くすんじゃなかったのか？」

「そうだね。最初はそのつもりだったよ？　だってさ。英雄には酷《ひど》い意地悪されちゃったんだもん。その仕返しくらいしないとさ、ムカついちゃって仕方がなかったんだよ」

それに俺の血を全部飲まないで、本当に君はふつうの人間になれたのか？　俺にはとてもそうは見えないが……。

「ほんの数日の間だったけど、君や、君たちと暮らした時間はとても楽しかったんだ。ずっとほしかった仲間ができた。そんな風に勘違いできちゃうくらい、楽しかったし、うれしかったんだ。側で暮らしていて思ったよ。今の君は、悪役めいていたかつての英雄《あいつ》とはもう違う」

「…………」

「ねえ、英雄。上手《うま》くやれるよう祈っていてね」

「……なにを？」

「わたしはこれから、お父さんに殺されに行こうと思ってる」

そうしてお父さん《彼》は、頭の固い人間の大人たちに、不死者《ヨルノヒト》の従者ではないと証明できる。そうして、本当の娘との暮らしを取り戻してほしいとも、願ってる。

「お父さんに殺されたわたしの命は鉱石になるのかな。そこに込められたわたしの命が、ロケットを飛ばすこともあるのかな」どうでもいいよそんなこと、と何かは肩をすくめる。

「わたしはお父さんに笑っていてもらいたいんだ。わたしが最後に願うのは、たったそれだけなんだよ」

彼の側には本物の娘がちゃんといる。だからもう、わたしは要らない――わたしは、あの人のためだったら、あの人自身に憎まれてしまっても、きっと平気だ。

「……だからさ、英雄。お願い。心優しいお父さんがわたしを殺すことを躊躇《ためら》わないように……ちゃんと最後まで、お父さん《あの人》に憎まれる邪悪な何かを演じられるように……弱いわたしの心が、急に悲しくなって、涙がこぼれたりしないように。お願いだよ。そっと祈っていてくれたら、うれしいな」

「…………」

「……そしてわたしも祈ってる。君とユーリが、幸せな結末を迎えられるようにって」

何かは悲しそうに微笑み、そっとため息をつくようにして、こう言った。

「世界は終わる。先はない。それでも人は、恋をする――だからこそ君は、あの子《ユーリ》とはもう二度と、逢わない方がいい。君があの子を特別に想《おも》えば想うほどにね」

そうして俺は、瞬く夜空を引き連れて飛行する何かの体内から吐き出されてしまった――比較的柔らかな草原に放り出されたのは不幸中の幸いか。それともわざとここを狙って、俺を体外に落としたのか。邪悪になり切れない何かの優しさゆえなのか。そして何かは、愛するお父《彼》さんの手によって、殺されてしまう。彼女がそれを望んだ。それを邪魔する権利なんて、俺にはないのだろうけど……。

君の計画は間違いなく失敗することを俺は知ってしまってる。

なぜなら君のお父《彼》さんの銃に宿っていた記憶には続きがあって――それを君に伝えるより前に、俺は、君の体内《闇》の中から外へ放り出されてしまった。

「ど、どうして、お父さんの居場所をあなたが、知ってるんですか……？」

老人《彼》の本当の娘が、クリスが、不審そうに目を細めていた。

そんな彼女だけじゃなくこの場にいる全員を、たった一言で納得させられるような便利な言葉は持ち合わせていないけど……。

「行こう。走りながらできる限りの説明はする」

立ち上がり、走り出そうとしたところでフラリとしてしまう。

貧血だ。一滴残らずとは言わずとも、まあまあな量を吸血されてしまった。さすがに足下がおぼつかない。

「空……」

ユーリの心配そうな声がした。

「そんな状態で……どうしても、行かなきゃダメなんですか？」

「あ、ああ……」

ユーリに呼びかけられて……呼吸が止まるかと、思った。

本当は、抱きしめていてくれたユーリを抱き返し、ありがとうと、たった一言だけでも伝えるべきなんだ——けれど今の俺には、そうできない。〝獣の王〟が、ここにいる。俺たちのことをジッと見ている。

「ごめん。俺にとってはもう、あの子も同じなんだ——ルカや、ギン。そしてユーリ。三人と同じくらい大事にしたい仲間だと、そう、思いたいんだ」

俺たちが古城へとたどり着いたときにはもう、処刑は始まってしまっていた。

閉ざされた城門の前だ。ちらほらと集まっている人たちに囲まれて、クリスにそっくりな顔のままでいる何かと、それに対面して立つ初老の男性が、一人。その手には銀の装飾を鏤《ちりば》めた猟銃が握られている。銃口はしっかりと、何かの額へと突きつけられていた。

そんな二人を見守るのは、処刑を見学にでも来たのかもしれない野次馬《やじうま》めいた人たちだけではなくて……。

おそらくは、この城の主だ。

長い灰色の髪をポニーテールにまとめた女性だった。感情の読めない虚《うつ》ろな瞳。不健康そうな白い肌。煤《すす》だらけでボロボロの作業着に細い身体を包んでいる。火のついたたばこを咥《くわ》え、いかめしい顔で両腕を組んでいた。わかりやすく王冠を被っているでもなく、名もない技術系の作業員といった風体だ。一見するだけではとても〝城の主〟であるようには見えない。ともすれば両脇を固めるように立っている軍服の男たちに、あっという間にひねり潰されてしまっても不思議はなかった。

それでも、その身に纏《まと》う沈黙の威圧感とでも言おうか……。

言葉はなくとも、わかる——明らかに周りの人間は彼女の一挙手一投足を気にしている。そんな周囲の人間に気を遣わせている気配から、この場所を支配するボスであることは一目瞭然だった。

そんな彼女は気だるげな様子で城壁に背中をもたせ掛け、二人のことを無言で見つめていた。

なにをしている、と誰かが苛立《いらだ》たしげに言った。

早くそいつを撃ち殺せ、と誰かがはやし立てた。

歓声を受け止める舞台上の役者でも気取ったように、何かはニヤリと口角を吊り上げた。

「ああ、そうさ。奴《やつ》らの言うとおりだ。わたしは、お前の娘も遠いところへ攫ってやったぞ」と、ありもしない嘘《うそ》を吐いている。「廃墟《はいきょ》と化した学園の一室に閉じ込めてしまってる。食料も、水もなく、おまけにわたしの使役するアンデッドが側に控えてる。わたしが遠隔操作で〝ゴーサイン〟を出すだけだ。たったそれだけで、わたしのかわいいアンデッドが、お前の娘を引き裂くだろうさ」

何かは邪悪に……たぶん、彼女なりに、最凶に邪悪に、微笑《ほほえ》んで見せていた。

「…………」

引き金に置かれた老人の指先に、グッと……力を込めたのが遠目でもわかった。

ダメだっ、と俺は叫びたかった。

けれど、おかしい。声が出ない。どころか、唇がのり付けされたみたいに固く閉ざされてしまってる。掻《か》きむしってみるも無駄だ。唇はぴったりと、くっついてしまっていた。

そこでふと、頭上に星の瞬《またた》きが現れた——星空だ。光り輝く満天の星と、作り物めいた大きな大きな満月だ。

ざわざわと辺りがざわめく。

夜を生きる何かが、その力を存分に発揮できるようになる範囲内。今ここは彼女の領域だ。ちらりと、彼女が俺に目配せをした——ああ、そうか。何かは俺がやって来たことに気づいていたようだ。叫べないのは、声を封じられてしまっているのは、彼女に血を吸われてしまった俺だから、こうして意思を支配されてしまっているのか……。

　まさに文字通りの口止めだ。〝余計な口出しをするんじゃない〟と、そういうことだ。

　これではまったくのでくの坊。目の前の出来事をただ見守ることしかできないのか……。

「はぁ」

　老人はため息をついた。

「……わかった。望みどおり、殺してやろう」

　うなずいた老人に、何かは今にも泣きそうな顔をして、微笑んだけど……。

「……ただし」老人が、言った。「今ここで俺が殺すのは、死にたがりのお前じゃない」

「え？」

　ポカンとするクリスだ。

　そして老人は、引き金に置いた指先に、力を込めたまま、言った。

「——ごめんな、クリス。全部、馬鹿なお父さんが悪かった」

　一瞬だ。

　ほんの瞬きほどの一瞬だけ、辺りの空気が止まったような気がした。

「最初から全部わかっていたさ。お前は、路地裏で弱っていた不死者《ヨルノヒト》の子供だろう？」と、老人は突きつけていた銃口を、足下へ下ろした。

「…………」

何かは何が起きているのかわからない、といった表情だった――ああ、そうだ。彼は最初から全部、知っていた。帰ってきた娘が偽者であるどころか、自分たちの敵であるはずの不死者《ヨルノヒト》だったということを。

何かの体内だろう闇の中で見つけた猟銃。それは娘のクリスが持ち出した老人《彼》の所有物で……。そこに宿っていた老人《彼》の記憶も、俺は、覗き見た。

娘が〝獣の王〟との戦争に向かうため、家を飛び出していってからというもの、彼はずっと自分自身を責め続けてきた。

なぜもっと父親らしくできなかったのか――たとえ思春期まっただ中な娘に嫌われてしまおうとも、それでも構わないからと、強い態度で娘を引き留めてやれなかったんだろう。娘が死んだのは自分のせいだと、彼はずっと自分を責め続けてきた。

彼は、世界が終わるより先に、自分を終わらせてしまおうと思っていた。

そんなときに「ただいま」と言って、彼の許《もと》へ帰ってきたのが、娘の姿をした何かだった。

「……訃報が届いても娘の帰りを信じて待ち続けていた、と。町の人たちは俺のことをそう評価しているらしいが、違う。娘のことは、きっと、とっくに諦めてしまっていたんだよ」老人は足下に視線を逸《そ》らしたまま、何かに語りかけている。「ただただ、ひたすらに、自分自身に失望し、一人ぼっちになってしまった自分の未来に、絶望していたに過ぎないんだ。それすらも周りに上手に伝えることができなかったに、過ぎないんだよ」

彼《彼》は生来、他者と関わることが苦手だった。

そのくせ他人に〝嫌われること〟を何より恐れた――いつも〝嫌われたくない〟とびくびくとし、〝人に嫌われてしまったら、この世界に居場所はない〟と信じ込んでいた。人の顔色ばかりを想像しては、勝手に息苦しくなり、生きづらさを感じてばかりの日々だった。

誰かと関わり合って生きることを早々に諦めて、たった一人でも生きていけるよう狩人《ハンター》となり腕を磨いた。狩りは孤独な生業だ。命を奪うこの職業は敬遠されがちではあるけれど、もとより誰にも興味も持たれず、誰にも愛されることのない人生だった。自分はこれでいいと思っていた。

そんな中で、まさか、自分の人生に〝恋をする〟だなんて、そんな言葉が舞い降りるとは、思ってもみなかった。

「……不死者《ヨルノヒト》だよ。人と上手に関われない俺は、ずっと昔、不死者《ヨルノヒト》に恋してしまった。本当は、その命を撃ち抜いて、魔力を封じた鉱石にしなきゃならないはずの対象なのに」

不死者《ヨルノヒト》と恋をして、一緒に生活するようになり、子供までできてしまって……。

「彼女と生きて、わかった。自分がずっとほしかったのは家族なんだと、わかったんだ。人が苦手だからと一人ぼっちで生きていくことじゃなく、世界でたった一人だけでいい、何があっても側にいてくれる。そう信じられる人がほしかったんだ」

しかし彼女はあっけなく彼と娘を残してこの世を去った。

愛は、呪いだ。その不死者《ヨルノヒト》は、彼と一緒に生活をしていく中で不死者ではなくなっていた――そんな彼女だから、英雄と〝獣の王〟との戦争に巻き込まれてしまえば、ひとたまりもなかった。

「お願い。私の後を追いかけてこようとか。そんな馬鹿なことだけは、考えないでね」彼女は最期にそう彼に言った。「娘と……クリスと、この世界が終わる最後の日まで、私が側でちゃんと見てると思って、二人で仲良く生きていってくれたら、うれしいな」

彼女が残した言葉を守っていきたいと老人《彼》は願っていた。

狩人《ハンター》の仕事など彼女と出逢《であ》い、子をなしてからは一度もしていなかった。不死者《ヨルノヒト》に弾丸を撃ち込むなんてこと、もう、とてもじゃないができなかったんだ――そんな彼のことを人々は〝職務を果たせ〟と口々に責め立てる。そうできないお前に、この世界のどこにも居場所はないぞと。それでも構わないと彼は思っていた。彼女は死んで、不死者《ヨルノヒト》と人間との混血である娘しかそばにいないが……。一人ぼっちで〝他人は嫌いだ〟と拗《す》ねていた頃よりずっといい。誰に憎まれ、誹《そし》られようと、娘のためにごくふつうに働いて、残り少ない世界を最後の日まで生きていこうと思っていた。

けれど娘は何を言われても黙っている父親に耐えかねたのだろう。

「お、お父さんが、本当はすごいところを、証明、するんだっ」と言って、「お母さんを殺した〝獣の王〟に、復讐《ふくしゅう》、するんだっ」とそう言って、家を飛び出していってしまった。

「不死者《ヨルノヒト》と一度恋仲になった俺だ。数年間だったが、夫婦として不死者《ヨルノヒト》と一緒に生活をしていた、俺なんだ。お前の正体に気づくのは、それほど苦労しなかったさ」

たとえば一緒にご飯を食べるとき。

「お前は好き嫌いもなく、俺の作った美味《おい》しくもない料理をよろこんで食べてくれたな」

本当の娘《クリス》は好き嫌いが多くて困っていた。

たとえば燦々《さんさん》ときらめく太陽の下、手を繋《つな》いで一緒に散歩した日のことだ。

「お前はすれ違う人たちみんなに、明るく笑って挨拶していたな」

本当の娘《クリス》はいつも私の背中に隠れてビクビクしていた。

たとえば一緒に古い映画を観《み》たときだ。

「お前はどんな作品を観ても身体全体を弾ませるみたいに笑って、泣いて、怒っていたな。一緒に過ごした時間は本当に、楽しかったよ」

本当の娘《クリス》はゾンビモノの映画しか観ないから、中々どうして、趣味が合わなかったんだ。

「それにな。娘のクリスは氷漬けになった影響でうまく喋《しゃべ》れなくなったと言うが、あの子は昔っからああだったよ。俺によく似て人付き合いが本当に下手だった。だけどお前は、まるで歌うような綺麗《きれい》な声で、俺に話しかけてくれていた」

それだけで、充分だ。お前が娘とは違う何かなんだと気づくのは、俺としては当然だった。

老人《彼》はそう言い、静かな表情で何かを見つめている。

「クリス。お前と一緒の時間は本当に、楽しかったんだ。お前の正体が何であろうと俺は構わなかった。どんなに邪悪な企《たくら》みを持っていたとしても、やっぱり、それでも俺は構わなかったんだ」

素直でかわいい娘のクリスと、我がままでつい甘やかしてしまいたくなる娘のクリス。どちらも愛《いと》しく、どちらもかわいい。

「どちらも俺にとってはもう既に、大切にしたい家族だったから……。ごめんな。もしかしたらお前を騙《だま》していたのと同じなのかもしれないな」

お前は誰だ？　と。

そういう風に問いかける機会は、いくらでもあったはずなのに。どうしても、言い出せなかった。

「もし一言でも口にしてしまえば、とたんに、お前は俺の前から姿を消してしまうんじゃないかと思って怖かった」

世界が終わるその瞬間。

誰もが隣に大切に想いたい人といるだろうはずなのに……。

自分は、たった一人でいなきゃならない。そんな未来をつい想像してしまい……。

とにかく怖くて、しかたがなかった。

「いつかこんな風にして、俺の側にいることでお前がつらい思いをするだろうなと、予想くらいはしていたはずなのに。それなのに……」

どうしても〝逃げろ〟と言ってやれなかった。

まだまだ、ずっと、あわよくば永遠に、かわいい娘と一緒の生活を続けていたかった……馬鹿だよな、と老人《彼》はため息をついた。

「こんなにお前を大切だと想いたいと願うのは、俺の心はもう既に、不死者《ヨルノヒト》であるお前に捕らわれてしまっているのかな。それでもいいさ。今の俺がこう感じているのは確かなんだ。たとえ本当の娘じゃなかったとしても。俺はもう、お前のことが、この世界の行く末なんかよりもずっと、ずっと、大切だ」

老人がそう言い終わるまで、何かはジッと彼を見ていた。

けれど何かは唇を噛《か》み、視線を下げる。

「わたしも、あなたと同じだ。わたしと一緒にいるのがバレてしまったら、あなたまで、嫌われてしまう。そんなのは絶対、嫌だったのに……。いつかこうして、あなたに迷惑がかかると想像くらいできたのに。それでも、あなたの側から離れていけなかった」

「………」

「ねえ、お父さん」

「ああ、なんだ。クリス」

「どうしても、どうしても、わたしを殺してくれないの……？」

「ああ」

「わたしを殺してくれないと、ここにいる全員をあっという間に肉の塊にするからな——って、そういう風に脅しても？」

「ああ。娘のお前たち以外の誰かがどうなろうと知ったことじゃない」

どうして、と何かは言った。

「わたしは、平気なのに。世界中を敵にしてしまったとしても、よかった。あなたが無事でいられるのならそれでいいと、思ってたんだよ」

「そうか」

「うん、そうだよ。たとえあなたにだって嫌われてしまったとしてもよかった。この世界が終わる最後の日、あなたが笑っていられるのなら、それでいいと思っていたんだよ」

「……そうか。やっぱりな」

「え？」

「寂《さみ》しがり屋で、不器用で、嫌われたって構わないと言うくせに、本当は、何より嫌われることを怖いと思ってしまってる……そうだよな？」

「………」

ああ、やっぱりな、と彼は何度でも言う。

「やっぱりお前は、俺の娘だ。ほら。お前はこんなにも、俺に似てる」

そう言って彼は小さく、けれど確かに、微笑《ほほえ》んだ。

「………」

その微かな笑顔をジッと見つめていた何かは……。

「ああ。どうしよう」ふと、ため息をついて、「わたしの願い、叶っちゃったかな」と、囁《ささや》いた。

「もしも明日、この世界が終わるとしたら――わたしはあなたに、もう一度だけ、笑ってほしかった。あなたの家族に、なりたかった。それがわたしの、最後の願いだったんだよ」

だからもう、これ以上は何も要らない。

そう言った何かもまた、老人《彼》と同じように微笑んでいた。

……老人《彼》は、ため息をつく。

「これもまた親子げんかの一種、だったのかな。とにかくそれも一区切りと言えたらいいが……」

老人は、ざわつく辺りの人たちをぐるりと見回す。

古城の主は二人を見つめる視線を鋭くさせていた。兵士たちも銃を構え、二人を警戒しはじめている。ここにいる誰もがみんな、ここから無事に二人を帰す気など更々ない。そんな様子だった。

老人は再びため息をついた。

「ごめんな。クリス。……お前も知っているだろうが、俺は、本当にどうしようもないくらい、口下手だ。人と上手に関わっていけない性分だ。こんな場面に至っても、お前にあげられる父親らしい言葉の一つも、思い浮かべることができない。だから……」

彼は銃口を再び上げる。

「……だから、せめて、お前に未来を残したい。それが俺の願いだ」

古城の主へと銃口を突きつけて、彼はそう言った。

9

「ダメだ……！」

何かの心模様でも表すように、夜空がすーっと晴れていき、そこでようやく自由になった口で、俺は叫んだ。

老人《彼》の猟銃から記憶を覗《のぞ》いた俺は、老人《彼》が何を考えているのかわかっていた。老人《彼》の狙いは最初から一人だけ。古城の主だ。

「やめてくださいっ。その人に挑んでも、たぶん、あなたは引き金を引けない……っ」

だからこそ何かと一緒に逃げてほしいと、俺はそう叫びたかった。

俺がこうして駆けつけてきたのは、何かが組み上げた自身を犠牲にするための稚拙な企みを止めたかったからじゃない。その計画はどうしたってうまくいかないことはわかってた。老人《彼》は最初から何かの正体に気づいていたし、どんなに彼のことを想おうと、何かが邪悪になりきれないだろうことも、簡単に想像できた。

俺が止めたかったのは、何かではなく老人《彼》の方だ。

老人《彼》が今、銃口を突き付けている相手。その人物は一国の主であるというだけじゃない。

英雄と共に〝獣の王〟と戦った過去を持ち……。

苛烈な戦争を生き残った末に、巨大なロケットを建造することで再び人類を救おうとする現在を持つ……。

狩人《ハンター》として一角《ひとかど》であろうとも、ふつうの人間が太刀打ちできる相手ではなくて……。

たったそれだけであるのならまだしも、だ。老人《彼》はこの人物には絶対に勝てないわけがある。

老人《彼》は銃を突きつけたまま言う。

「お前は、俺を餌に使ってこの子をおびき寄せたつもりかもしれないが。まんまとおびき寄せられたのはこの子だけじゃない。お前も、同じだ」

「…………」

古城の主は何も答えず、ただ老人《彼》を見つめる眼差しを冷たくするばかりだった。

「期日までに不死者《ヨルノヒト》を連れてこなければ、俺のことを処刑すると娘に言ったな？　不死者《このこ》がこうしてお前の挑発に乗ってやって来なければ、お前は、この城のどこにあるのかもわからない研究所に籠ったきりで、姿を見せもしなかった。けれど、今はどうだ？　俺の弾丸の射程内。この距離ならば絶対に、お前の眉間を外すことはない」

「……ふぅ」

やれやれというように古城の主は首を振る。ポニーテールにまとめた長い毛先が振り子のように揺れていた。

「私が処刑の見物にこうして現れる保証など、いったいどこにあったというんだ。それに、お前の娘と不死者《そのこ》がここに揃《そろ》う保証だってなかっただろう。もしお前の目論見《もくろみ》が全て外れてしまっていたら、お前はどうするつもりだったんだ？」

「娘たちと手を組んで城中をくまなく捜して、お前の額に弾丸をくれてやっていただろうな」

「……つまり、お前の目的は最初から私を殺すことだったと、そういうことなのか？　その子を護るために？　まったく。極めて非効率的だし、あまりにも稚拙だな。その行き当たりばったりな無計画っぷり。呆《あき》れ果《は》てるぞ」

古城の主は組んでいた腕を解き、老人《彼》と何か、二人の方へゆっくりと歩を進めはじめた。

「非効率？　お前をここで撃ち殺しておかないと、この子の鉱石《命》を狙って、お前たちはどこまでも追ってくる。建造中らしいロケットを飛ばすのに必要なんだろう？　今ここでお前を殺してしまおうと考えるのは、至極自然な成り行きだと思うがな」

そこで老人《彼》はチラリと俺に視線を寄越《よこ》し、また古城の主へ視線を戻した。

「……娘たちと逃亡生活を送るのは、お前を撃ち殺してからでも遅くない。いや。より安全を期するのであれば、最大の脅威であるお前をここで処分しておくことこそが最善だ
――どうして、なんだ」

老人《彼》は眉根を寄せる。

「どうして、俺たちの生活を土足で踏み荒らすような真似《まね》をするんだ。俺たちはごくふつうに生きていたいだけだった。どうせ世界は終わるんだ。放って置いてくれたら良かったんだよ……俺たちのことなんて」

「私こそどうしてだと問いたいな。まるで私たちが邪悪であるかのような言いぐさじゃな

いか――私は、自国の国民たちの命を救いたいと願ってる。大勢の命と未来が私の両肩にはのし掛かっているんだ。ああ、そうだ。そのためにその子の鉱石《命》が必要なんだよ。何千、何万という命を救うため、命をたった一つ差し出せと言っているにすぎない。たしかにその不死者《ヨルノヒト》をおびき寄せるため、お前を利用したとも言えようが……いったいどちらが正義なのか。いったいどちらが、悪なのか。一を犠牲に百を救う。そういう価値観を所有する私にとって、そんなのは語るべくもなく明白だ。しかも……」

古城の主は長台詞《ながぜりふ》をそらんじる役者のようにそう言うと、老人《彼》の隣に寄り添うようにして立つ何かを見た。

「……しかもそれは、人間ですらない。人間にとってみれば命を鉱石に変えて消費するだけの存在だ。家畜や虫と変わりはしない。そんなモノのためにお前は何千、何万という人間の命を犠牲にするのか？」

「ああ」

老人《彼》はうなずくことに躊躇《ためら》わなかった。

「名前も知らない。どこの誰ともわからない。そんな何千、何万という赤の他人なんかより、俺は、この子たちと残り少ない明日を生きることを選びたい――その他大勢にとって邪悪だろうと知ったことか。俺は、たとえ人類の願いや期待を裏切ってでも。たとえ、アンデッドになってしまったとしても。娘たちの味方でいたいと願ってる」

「そうか。お前とは意見が合わないな」

古城の主はため息をつく。そして首を傾《かし》げ、言った。

「ああ。そういえば、お前はさっきこう言っていたな――私をここで撃ち殺し、処分すると。たとえ私がここで朽ち果てようと、私を慕う兵たちがお前を世界の果てまで追い詰めるだろうが……それくらいの覚悟はあるということなのだろうが――やれやれだ。私を殺すと言ったその言葉、決して、忘れるなよ」

古城の主はそこでふと、何か大切なことを思い出したというように、もう一度首をかしげた。

「ところで一つ確認しておきたい。その銃に込められた弾丸は、不死者《ヨルノヒト》を撃ち抜き、鉱石に封じられる特別製か？」

「……違う。お前を撃ち殺すのに、特別な弾丸は必要ないだろう。特別な弾丸はとっくに作るのをやめてしまったよ」

「そうか。それもそうだな。もし特別な弾丸がまだ残っていたとしても、まかり間違い、暴発でもして、お前の大切な不死者《そのこ》を撃ち抜いてしまっては問題だろうからな――まったく」

古城の主がそう言い終わるのと同時だった。

「世話のかかる奴《やつ》だな。それじゃあ私を殺せやしないじゃないか」

……夜だ。

再び俺たちの頭上に、満天の星と、大きな大きな満月がぽっかりと浮かんだ、漆黒の帳《とばり》が満ち始めていた。

老人《彼》を護りたい何かが立ち上がり……。

古城の主を、そして集まっている野次馬《やじうま》たちを、自らの闇に住まわせた鋭い牙の口々に囓《かじ》らせようとしている——わけでは、なかった。

「え……な、なに、これ……」

何かもここにいる人間たちと同様以上に、驚いた顔で、夜空を見上げていたのだ。

「これは……こんなのは、わたしの星空じゃ、ない」

満天にきらめいていた星々が、一斉に、夜空に光の尾を引いて流れはじめた。まるでパノラマ写真のような光景を描く夜空に息を呑む……いったい何が起きているのか。それを理解できているのはおそらく、この場にいる者の中では俺と、あともう一人だけだ……。

「クリス。銃の準備はできてるか？」

俺はそう問いかける。

「う、うん。できてる」老人《彼》の本物の娘であるクリスが、胸元にギュッと猟銃を抱きしめてうなずいた。「何が起きてるか、わからないけど——わ、私が、絶対、お父さんを助けて……みせるっ」

クリスは銃を構えて駆け出した。

「三人はここにいてくれっ」

ユーリたちにそれだけ言って、俺もクリスの後を追って走り出す――なあ、おい。俺はなぜ、ここにいる？　俺に何ができるのか。一秒先も見えなくなって、英雄でもないただの人。だからこそ俺は、あの場所へ走って行かなきゃならない。

「う、ううう動くなっ！　この銃には特別な弾丸が、こ、込められてる、ぞっ」

クリスは銃口を突きつける。

その相手は――古城の主だ。今、星空を頭上に飾り立てている張本人。灰色の長髪をポニーテールにまとめたさっきまでの姿は既にない。どろどろと、ヘドロのような漆黒色の人型の何かにその姿は溶けていた。そして両脇に立つ兵士も、まるでゾンビのような様相に変わってしまってる。アンデッドだ。闇の底から次々と腕を伸ばして、古城の主の従者たちが這《は》い出てきていた。

しかし古城の主はクリスには目も向けず、老人の《彼》ことだけじっと見ていた。

「もう一度問うぞ。その銃に込められている弾丸は黄金でできた特別製か？　違うのなら、さあ、弾丸を特別なものに込め直せ。もう作ってはいないと言ったが、一発くらい残ってるんじゃないか？　お前たち狩人《ハンター》にしか製造方法を伝えられていない特別な弾丸だよ。さもないと私を殺すどころか、鉱石の中に閉じ込めることもできないぞ。もし本当に一発も残っていないなら……お前にはもう用はない。娘たちもろとも、今ここで喰《く》らい尽くしてやろう」

「…………」

たとえ娘たちを盾にしても、不死者《ヨルノヒト》に心を奪われてしまった彼だから……。

ダメだ。古城の主を殺すことはもうできない。

老人《彼》の頭の中には愛してしまった不死者《ヨルノヒト》との日々が駆け巡っているのかもしれない……。

引き金に置かれた指先の力が抜けた。

そんな老人《彼》の姿を見て、古城の主はため息をついた。

「ぐだぐだと迂遠《うえん》なことはもうよそう。私の目的は一つきり……。その子もろとも、私の命を撃ち抜いて、結晶化させてほしかった」

古城の主のその声は、夜を冷たく凍らせるようだった。

「私の命を結晶化させた鉱石だけじゃ、大勢を乗せた巨大なロケットを飛ばすにはとても足りないとわかったんだ。だからその子の命も必要なんだよ。私たち不死者は不死者だからこそ自殺もできない。同類を殺す方法も、そのために必要な弾丸の製造方法も、やっぱり知らない。どんなに研究を重ねてみてもそれを作り出すこともできなかった。それに……」

老人《彼》を視線で射貫《いぬ》くように、古城の主は目を細めた。

「……それに、特別な弾丸を撃ち放てるのは、狩人《ハンター》の血を引く人間だけだ。魔法使いにしか魔弾を込めた銃を扱えないように。たとえ特別な弾丸があってもなくても、お前たち狩人《ハンター》の血を引く者にしか、私たちの命を結晶化させることはかなえられないんだよ――この場はお前を処刑するために用意した場所じゃない。私の命を、国民たちに捧《ささ》げるための場所なんだ」

だからお前がその手で私の国の人々を救ってやってくれと言い、古城の主は、集まってきている人々の顔を見回す。

「世界を救いたいだなんて傲慢なことは考えない。今、この手の届く限りの人間たちだけでいい。私の愛した国民たちだ。彼らを助けられるなら、他の誰もに憎まれてしまってもいい。私もお前と同じだよ。他の誰にとって邪悪であっても、構わないんだ――だから大人しく、その子を殺せ。私を、殺せ。自分たちの未来のために」

そうできないというのなら、と古城の主は闇の奥にひそめた瞳を細めた。

「どんな手段を使ってでも、そうしたくなるように、してやるだけだ――ちまちまと手を回すような面倒な真似は、もうやめだ」

言い終わるやいなや、古城の主はクリスと何かを睨《にら》み付けた。

すると、闇の底から這《は》いずり出てくるアンデッドたちが、二人に群がりはじめる。振り返るとユーリたちにもアンデッドが迫ろうとしていた。

俺は急いで三人の許《もと》へ引き返そうとするも……。

「……そこの少年。何者かは知らないが、どういうつもりでここにいるのかも、どうでもいいが――私のアンデッドたちにほんの少しでも傷を付けてみろ。彼らは私の愛しい国民のなれの果て。お前たちの連れらしいその三人がどんな目に遭うか。覚悟を持って行動することだ」

「だったらこのまま指をくわえて見てろと言うのか……」

俺は思わず、古城の主を睨《にら》み付けてしまう。

「ああ、そうだ。彼らは死してなお闇の中でこうしてずっと、いつまでも、私の側にいてくれる者たちだ。そんな家族同然であるはずの彼らを盾にするような邪悪な私を止めたければ、今すぐだ。私を今すぐ撃ち抜いて、この命を結晶化させるしかないだろうな……」

「わ、私だっ。私のことを、忘れるんじゃ、ない……っ」

僅かな躊躇いも見せることなく、クリスは古城の主に向かって引き金を引き絞った。闇夜を切り裂く甲高い銃声。その弾丸は不死者《ヨルノヒト》の命を結晶化させる黄金でできた特別製。クリスは特別な弾丸を持っていた。父親が遥《はる》か昔に作ったものだ。家の武器庫に眠っていた数発を、彼女はこっそり持ち出していた。父親本人が何かを撃ち抜かねば処刑を回避させられない。だからここまで温存していたものだった。

その弾丸は古城の主の眉間を鋭く貫いた。

しかし古城の主は平然と立ったままだ。ただ、クリスを見つめている。その視線はどこか悲しいものを見るようでもあった。

「ど、どう、どうして……っ」クリスは眉根を寄せる。「どうして私はっ、何かを撃ち抜いても、古城《こい》の主《つ》を撃ち抜いても、私は、どちらも封じることが、できないんだ……っ」

悲鳴をあげるように叫ぶクリスに、

「……お前が、不死者《ヨルノヒト》と人間の混血だからだ」

と、老人《彼》がうつむいたまま、言う。

「黄金の弾丸を撃ち放てる狩人《ハンター》としての血筋ではあるが、弾丸の効果を十分には発揮できないんだ」

それは、つまり……。

「ああ。もう、この世界にはお前しか、いないんだよ。私たちのことを結晶化させられる人間は」

古城の主が老人へ、囁くように言葉を向けた。

「私を殺せる弾丸は、本当に、お前のかわいい娘が持ってきてくれたらしいな。舞台は整ってしまってる。そうだよな？」

クリスは鞄《かばん》をぎゅっと握り込んだ。その中にまだ特別な弾丸は数発残されている。しかし、いや、だからこそ老人《彼》は、再び沈黙してしまう。そんな老人《彼》に苛立《いらだ》つように——ともすれば奮い立たせるようにして、古城の主は、自ら飾り立てた星空を見上げてこう言った。

「お前には何がなんでも、私に特別な弾丸を撃ち込んでもらう」

夜空に光の尾を引く星の一つが、地上にこぼれ落ちてきた――轟音《ごうおん》が鳴り響く。古城の塔の一つに着弾。爆音と共に塔が崩れる。その瓦礫《がれき》が俺たちの頭上に降り注いでくる。

「次はこの広場に流星を落とす。そうなる前に私を止めなければ、不死者である私とその子と、私のアンデッドたち以外は塵《ちり》も残らず吹き飛ぶだろうな。混血らしいお前の娘も同様だ。それでもいいのか？」

再び古城の主は頭上を見上げた。また一つ、夜空を流れる星が、地上に接近してきていた。

「……どうしてそこまでして、お前は、この国の人たちを助けようとするんだ」

老人《彼》が重い沈黙を手放して、そう問いかける。

「ああ。そうだな。全て……」古城の主は再び星空を見上げる。「全て、私の責任だからだよ」

彼女の視線の先には、飾りの星空であるはずなのに、一年後、この世界を破壊する運命を引き連れた巨大な惑星《ほし》の光が瞬いている。

「この世界が終わる原因を作ったのは、私たち、なんだ」

そこでふと、満天の星に飾られた夜空に映像が浮かび上がった。

――なあ、ライフライト。一つお願いがあるんだ。

英雄だ。そして、古城の主だ。

二人は英雄の自室であった学園の〝第一理事長室〟で向かい合っている。ライフライトと呼ばれた古城の主は、煤《すす》で汚れた作業着ではなく、漆黒色のドレスを纏《まと》っていた。灰色の長い髪も綺麗《きれい》に梳《と》かされ、小さな花の飾りで一つにまとめられている。彼女はまるで、眩《まぶ》しいものでも見るように英雄を見つめていた。

――この魔導書にある呪文を一緒に唱えてもらえないかな。

差し出された魔導書の開かれた一ページ。そこに記された魔法の呪文を、彼女は何一つ疑問に思うことなく、英雄と共に唱えた。英雄と一緒にいられるこの時間。一秒一秒。彼女にはそれがこの上なく幸せなことのように思えていて……。

その呪文にいったいどういう意味があったのか。

彼女はそれを、考えようとも思わなかったのだ。

「あの頃の私は、英雄に必要とされたことがただただうれしかったんだ。魔法使いではないし、魔術師でもない。ただの技術者。戦闘要員ではなく、ただ武器を用意したり整備したり。主に後方支援として、英雄と〝獣の王〟との戦争に参加したにすぎない私だ。そんな末端の私のことなんか、覚えていてくれたことが、うれしかった――見ろよ。英雄に呼び出され、よろこびいさんで駆けつけた。そんな滑稽な私の姿を。好きな人にお願いされそんな彼女の気持ちを、おそらくはわかっていて、英雄は利用したのだろう。

「あのとき英雄と唱えたあの呪文は、この世界を破壊するために組み上げられた死の魔法を発動するための、トリガーだったんだ——まさか、だよな。まさか人類を救ったはずの英雄が、同じその手で、世界を壊してしまおうと考えているだなんて。そんなこと、想像だってしていなかった」

彼女がそれを知ったのは、英雄がこの世を去ってしばらく経《た》ってからのことだ。

巨大な惑星《ほし》がこの世界を破壊するため接近してきていることと、世界の終わりの宣告が、世界中に向けて放送されたときのことだった。

誰もが英雄の存在を渇望する中で、ふと彼女は、英雄とあのとき一緒に唱えた呪文の意味が気に掛かった。彼女は技術者だ。

彼女は英雄の自室である〝第一理事長室〟の蔵書を読みあさり……。

結果、自分が英雄と共に唱えた呪文の意味を、彼女は知ったのだということだった。

俺は何かの記憶でも同じような場面を覗き見たことを思い出す——世界中に存在する種族の男と女。雄と雌。対となるそれぞれが呪文を唱える必要がある死の魔法。まるでノアの箱舟だ。意図するものは救済ではなく破壊であるため、まるで真逆のものだともいえるだろうが……。

しかし今、俺の胸を占めているのはそれだけじゃなかった。

俺は、恐る恐る、ユーリのことを振り返った。

「………………」

……まさかこんな形で、という思いだった。

できればずっと秘密にしておきたいと思っていた。クロースが言っていたように、人間が明日を生きるには、誰しも希望が必要で——英雄がこの世界を救う方法を残していてくれるかもしれない。その事実が、ユーリの希望で在り続けていてほしいと願っていた。いつかは話さなきゃならない場面が来るのかもしれない。けれど少なくとも今はまだ早すぎる。

そう、思っていたのに……。

しかしここからではユーリの顔を窺《うかが》えない。距離があることもあったし、俺たちの間にはアンデッドたちがひしめいている。そして立ちはだかる古城の主は——ライフライトと英雄に名付けられたのだろう、不死者《ヨルノヒト》は、語る。

「せめて、自国の人間だけは全て救える。そんな巨大さを持つロケットの建造を目指したのも、そのロケットを飛ばすために必要なエネルギーとして、自分の鉱石《命》を捧《ささ》げようと決めたのも。全部、自分のしてしまったことへの罪滅ぼしだ」

決して叶うことはないとわかっていたのに。

それでも、淡い恋心だなんてくだらないものに踊らされてしまっていた……。

「そんな、愚かだった過去の自分の行いへの、贖罪《しょくざい》なんだよ」

私の恋心がこの世界を壊してしまう……。

そう独りごちるように、彼女は最後に、そう言った。

「……さあ。もう、いいだろう。今すぐ私を止めてくれ。さもないと――」

彼女は夜空を見上げる。

「――何度でも言うぞ。ここにいる不死者以外の命は全て、塵と化す。私に弾丸を撃ち込む以外に術はない。くだらない作戦を立てるより、最初からこうすればよかったんだな」

夜空を流れる流星の一つが、猛スピードで地上に接近してきていた――その軌道の行き着く先は複雑な計算をせずとも、こうして見上げているだけで、わかる。処刑場として設けられていた城門前のこの広場だ。

流星はそれ程の大きさではないようだが……。

どうする。

ど、どこへ逃げる……？

広場の全てを呑《の》み込んでしまうほど大きな流星ではない。退避場所を間違えなければもしかしたら助かるかもしれない――このまま古城の中へ逃げ込むか。それとも、できるだけ遠く、この場から死にものぐるいで走って逃げるか。どちらが正しい？　それともどちらも正しくないのか。

アンデッドに囲まれたユーリたちを見る。三人とも夜空を見上げ固まってしまっていた。そして何かは未《いま》だ、意識が抜け落ちたような表情で、うつむいてしまっている。このままだとみんな、あっという間に灰になる。

一秒だ、と思う。

こんな場面でこそ一秒先が見えないで、どうする……。

いいや。一秒程度じゃとても足りない。今こそもっと、もっと、先の未来を覗《のぞ》き見ることが必要だ。

……魔法を使おうとし、意識を集中する。

ずっと練習してきた自分の魔法。この瞳に宿っているらしい英雄の魔力だ。

しかし、やっぱり、ダメだ。

どうしても未来視の魔法を使える気配が、まったくといっていい程しないのだ——まさかな、と思った。いや。デジャヴのような一秒先の未来視をすることがなくなってからというもの……。ずっとだ。ずっと俺の中に〝まさか〟という思いがあった。

ユーリの姿が見えなくなってしまったとき。俺は〝森の奥の小さな家へ行け〟という、おそらくは英雄の意思だろうものを拒否した。

あの瞬間から、俺と英雄は、決定的に決別してしまったのかもしれない。

つまり英雄《あいつ》は、自分の言うことを聞かなかった俺に対してへそを曲げてしまっているということか……？

だから力を貸さないと、そういうことなのか……？

だから、俺が持って生まれたらしい魔力をも、根こそぎ封じてしまっていると、そういうことなのか……？

だとしたら前世の俺は、あまりにもガキすぎる……っ。

おい英雄っ、と俺は叫んだ。

「なにを、ふて腐れてやがるんだっ。このままユーリに痛い思いをさせて、いいのかっ——いいやっ、このまま俺が死んだらっ、お前は復活できなくなるっ。それはお前もまずいはずだぞっ」

そう叫んだ瞬間だった——……

広場に着弾する流星。

轟音と共に土埃《つちぼこり》が舞い上がり……。

数人のバラバラになった遺体もまた、宙を舞い……。

しかしそこに軍服の兵や、ここに集まっていた人々の遺体《もの》はない……。

俺と、ユーリと、ギンと、ルカ。そしてクリスの遺体《もの》だけだった。

古城の主は老人と、兵士と、集まってきた人々を、自身の闇の中へ避難させていた。

そして蘇生《そせい》したユーリだけが、俺を抱きしめて、泣いている——そんな数秒先の未来を、彼が覗き見た——……瞬間。


俺は、走り出す。

たった今見せられた光景では、流星は広場のちょうど真ん中に落下していた。ものの数秒後の光景だ。たった一秒しか猶予がないわけではないだけまだマシだが、それでも、数秒。時間がなさ過ぎる。見上げた空にきらめく光が、あっという間に接近してきている——未来視の中で理解させられたのは、落下地点と、逃げ場はないのだという事実だけ。

けれど、それだけわかれば充分だ。俺たちも古城の主と同じようにするだけだ。

「闇の中だっ」ふさぎ込むようにうつむいた何かの肩を掴《つか》んで、俺は、叫んだ。「俺たちを呑《の》み込んでくれ！　俺を呑み込んで空を駆けていたんだ、それくらい、できるだろっ」

「…………」

一瞬、何を言われたのかわからなかったのか、ぽかんとしたままだった何かの瞳に——みるみると意思が戻ってくる。そして、俺の顔と頭上の光とを交互に見て、すぐにうなずく。俺たちの足下に大きな口が現れた。流星が落下する直前に、俺たちは闇の底に呑み込まれた。

深い海中の底へぶくぶくと沈み込んでいくような感覚だった。

ここはおそらく何かの体内だ――ユーリとルカとギン、クリスもいた。

闇の底へ沈みながら見上げると、水面の代わりに地上の光景が揺らめいていて――まもなくズドン、と大きな音を立て、流星が広場に落下した。

「……少年。お前はいったい、何者だ」

一呼吸つくまもなく、闇の中に声が響いた。

「今、一瞬だけだが、英雄《あの人》と同じ魔力の気配を感じたぞ。……まさか。お前が英雄《あの人》の生まれ変わり？」

「ああ。そういうことになってるみたいだ。……すみませんでした」

俺は頭を下げた。真っ暗闇だ。どこへ向けていいのかもわからないが、それでも俺は頭を下げた――遠い過去を生きていた自分自身の代わりに。

「英雄があなたに、とても酷《ひど》いことをしてしまって……。本当に、すみませんでした」

――う、ううう っ。

闇の中に何かのうめき声が響いた。

びりびりと、何かの身体の一部であろう闇を引き裂き、そこから古城の主が姿を見せた。

「つい数日前だ。たまたま拾った電波の中に、英雄《あの人》が帰ってきただとか、そんな戯《ざ》れ言《ごと》が交じっていたが……まさか、あの放送は本当だったということなのか？　ただの悪戯《いたずら》だと思っていたが……」

　引き裂いた闇の向こうから、古城の主がこちらへ這入《はい》ってきた。たった一人だ。兵士も、集まってきていた人たちも、老人《彼》もいない。その全員を、彼女は自身の闇の中に呑み込んで、流星から護《まも》っていた。

「ああ、そうか。生まれ変わりがこうして存在しているということは……わかってはいたが、やっぱり英雄《あの人》は、もう、死んでしまったんだな」

　古城の主は目を細めていた――その表情には見覚えがあった。クロースだ。この世界に召喚された最初の日。クロースが俺に向けた眼差しととても良く似ていた。

「少年。お前が英雄《あの人》の生まれ変わりだというのなら……なあ、英雄。教えてくれよ」

　どうしてなんだ、と古城の主が俺に問いかける。

「どうして私に、死の魔法を、唱えさせたんだ……。教えてくれ。あなたは知っていたはずじゃないか。私が、私の国の人々を、どれだけ大切に思っていたのかを……」

　あなたのことをどれほど大切に、想っていたのかを……。

「そんな私の心を利用するようにして、どうして、あなたは……っ」

　古城の主は顔を両手で覆い隠した。

指の間から大粒の涙が滲《にじ》んでこぼれる——ぽたりと、涙の粒が彼女の足下に落ちる度、闇の中に彼女の記憶が響き渡るようだった。

遥《はる》か昔のことだ。

古城がまだまだ真新しく、大勢の人々が出入りしていた時代——姿も心も持たないただの闇だった彼女は、国中の誰もに愛され、慕われていたその城の主と、たった一つ契約を交わした。密《ひそ》かに重い病を患っていた城の主がこの世を去ったあと、彼女が城の主の姿を借りて生き続け、国民たちの未来を守り続ける。その代わり、国民たちの信頼と愛情を、彼女は一身に集めることができる——他の不死者《ヨルノヒト》と同様に、永遠の命を孤独の中で生きてきた彼女は、誰かに愛されることを強く望んで生きていた。重い病を患っていた城の主は、自分がこの世を去った後、王位を継承するに相応《ふさわ》しい者がいないことから、国民たちの未来を案じていた。

二人の目的は合致した。

城の主が誰にも知られずこの世を去った後、彼女がその後を引き継いだ——最初はただ〝愛されたい〟だけだった。しかし、一度優しさに触れたなら、愛されることを知ってしまったら、その者たちに心を奪われるしかなくなる不死者《ヨルノヒト》故なのか。彼女にとって、国の人々が生きる意味そのものに変わるのにそう時間はかからなかった。

だから〝獣の王〟が現れたとき、率先して戦争に参加する決意をした。

その事実を全て、英雄にだけは話していた。

それは彼女と英雄だけの秘密となった。前戦に立つではなく後方支援として戦争に参加した彼女と英雄は、よく二人きりで最新の武器開発などについて話し合うことが多かった。

いつしか武器や作戦についてだけでなく、個人的な会話を楽しむようになっていた。彼女は英雄に、自分のことを愛してくれる国民や、美しい町や自然についてたくさん話した。彼らを護れるのなら永遠の命を差し出すのも惜しくない。そんな風に理想を語ったこともあった。その全てを笑顔で聞いてくれる英雄と話ができる時間を心待ちにするようになった。

そうして彼女はいつしか、愛されるだけじゃなく、自分も誰かを心から愛してみたいと思いはじめ……。

彼女は英雄に、恋をしたのだ。

それなのに……。

「ひどい。こんなの。あまりにも、ひどいじゃないか……」

顔をあげる。その頬《ほお》はまっ赤な血の涙で濡《ぬ》れていた。

「お前は、私に、私の愛する者たちを皆殺しにさせるため、あの呪文を唱えさせたのか

「……？」

彼女は、自分自身の言葉に射貫《いぬ》かれる激痛に、必死になって耐えるみたいにして胸元を押さえつけている。

「あんなにも、あんなにも、私は、国民やこの国の町や自然を愛しているのだと話したじゃないか。私のことを愛してくれる者たち全てを護りたいのだと……そう、言ったじゃないか……っ」

彼女が叫ぶのとほとんど同時だった。頭上の地面から、まるで、水面に幾つもでたらめに撃ち込まれた弾丸みたいに、流星が降り注いできた。

ただ自由落下するように闇の中に沈んでいくだけの俺たちだ。その流星の嵐を避けることもままならない。

「……っ」

俺は、側のユーリに手を伸ばす。彼女を抱き寄せて盾になろうとした。けれど流星が少しでもこの身をかすろうものなら、いくら盾になったところで無意味だ。二人もろともバラバラに壊されてしまう。古城の主《彼女》を止めるしかなかった——ああ、そうだ。それこそが、今、俺がここにやって来た理由だ。

俺は、古城の主《彼女》と前世の自分に関係があったことを知っていた。

銀の猟銃だ。あの銃は、城の主が狩人《ハンター》の家系に代々受け継がせていたものだった。まだまだ城が真新しかった時代から、その銃は城の王室に飾られていた。狩人《ハンター》が現役を退けば王室にその銃を返却するのが習わしだ。

そして、古城の主である彼女――ライフライトが、まだ若い頃の老人《彼》に、狩人《ハンター》の称号と共に贈ったものでもあった。

そのようにして代々、前世の英雄《俺》に関する記憶がそこには宿り続けている。その片隅を俺は覗き見た。古城の主《彼女》が前世の俺に恋心を抱いたこと。前世の俺が、古城の主《彼女》の心を利用してしまったこと。それらの断片をだ。

古城の主《彼女》を止めることができるのは、もう、英雄《俺》しかいない――はずなんだ。だからこうして、俺は、この場にやって来なければならなかった。

「おい。英雄。聞いてるか？　ここまではおおよそ想像通りだ。ここからだ。ここからは、悔しいけれど……不本意ではあるけれど、お前に頼るしか、ないんだ」

魂の深いところに向けて俺は囁《ささや》いている。

しかし英雄《あいつ》からの反応は何もない。

ああ。くそ。またこうして英雄《あいつ》の力を借りなきゃならないのか。英雄《あいつ》に力を貸してくださいと、懇願しなきゃならないのか。

自分の無力さに嫌気も差すが――いいや、これは、違うな。

英雄《あいつ》にこびへつらって、力を借りようとしているわけじゃない。むしろこっちが、英雄《あいつ》に施してやっているんだ。

「勘違いするなよ英雄っ」俺は、自分自身に向かって、叫んだ。「俺は、英雄《おまえ》に謝罪の場を与えてやると言ってるんだっ。少しでも古城の主《かのじょ》に悪いことをしたと思うなら。そんな心がまだ、お前にあるなら……今すぐ出てこいっ。彼女に誠心誠意、謝罪しろっ」

さもないとっ、と俺は叫んだ。

「さもないとお前は永遠に、来世も、そのまた来世も、永久に——人の心を忘れたただの獣だっ。ただの、負け犬だっ。俺は英雄《おまえ》を心から、軽蔑するぞっ」

その叫びは闇の底にただ虚《むな》しく呑《の》み込まれ——

「あ、ううっ」

降り注ぐ流星群が、ユーリのすぐ側を掠《かす》めていって——

ユーリの短い悲鳴と、まっ赤な血が闇の中に飛び散った——瞬間。

——まったく。好き放題言ってくれるな。

頭の中で声がした。

続けてゾワリと身体に、そして心に悪寒が走った。

たちまち意識が遠のき、肉体を何者かに乗っ取られてしまう感覚があった。

──悪かった。ライフライト。本当に、申し訳なかった。

泣き濡《ぬ》れる古城の主《彼女》の頬に、英雄は手を伸ばした。

──稚拙な言い訳でしかないが、今も、昔も、俺の心は、俺自身の憎悪に呪われてしまっていて……もう、自分でもどうすることもできなかったんだ。

古城の主《彼女》は目を丸くしている。震える瞳で英雄をただ、見つめていた。

──悪かった。君の気持ちを知っていて、俺は、自分の憎悪に君の存在を利用した。

──この世界を破壊してしまいたい。全ての人間たちに鉄槌《てっつい》を下したい。それだけが俺の悲願だったんだ。君を含めた他の誰の心を犠牲にしても構わないと、思っていた。

「本当に……英雄《あなた》なの？」

と、古城の主は……ライフライトは言った。

──ああ。

たったそれだけ言って、英雄はうなずく。

そんな英雄に、

「好きだった……」

と、ライフライトは言った。

「私、あなたのことが、本当に大好き、だったんだよ……」

と、ライフライトは、頬に添えられた英雄の指先に触れた。

「私のことを、愛してくれる。そんな私の国の人たちを愛《いと》しく思うのと同じくらい……私は、あなたのことを、愛してた」

だからもう、私は、あなたの言うことだけは信じられない。

ライフライトは英雄を見つめる瞳に涙を浮かべた。

——ああ。信じてもらえるはずはないと思う。けど、後悔してる。もしも時間が戻るなら、と何度となく考えてる。もしも時間を巻き戻せるなら、俺は、たぶん……。

「ううん。時間は元には戻らない。もしもだなんて考えるのは、時間に支配されたこの世界で最も無意味で愚かなことだよ」目の前の現実がただ一つの答えなんだとライフライトは微笑《ほほえ》んだ。「——ねえ、英雄。そういう風にやってしまったことを後悔するだけなら、きっと、あなたはどんなに時間を戻しても同じことをする。自分の愛しい者のためなら何度だって、あなたは私を、私たちを犠牲にする。絶対にそうなると、私にはわかるんだ。そんなあなただから、私はあなたを好きになったんだと思うから。だから……」

本当に、本当に、悪かったと思っているなら……。

「お願いします」と、古城の主は言った。「どうか私の命を、お願いだから、今すぐ鉱石にして……私が犯した罪を、償わせてほしい。私の命で、私の愛した国民たちを、救ってあげてほしい。あなたにならそれくらい、簡単にできるよね？」

「………」

何かの闇の底から地上へ戻った。俺の手の中にはハンドボールくらいの大きさの鉱石があった。

まっ赤な色をした鉱石だった。ライフライトが「私を鉱石にして」と願い、英雄が「わかった」とうなずいた、瞬間だ。彼女の命は結晶化して、この手の中に収まっていた――狩人《ハンター》でもない英雄が、しかも特別な弾丸を撃ち込むでもなく、ライフライトを結晶化させてしまった。

それは魔法なのか、魔術なのか、何者でもない平凡な俺には皆目見当もつかないが……。

彼女の命の欠片《かけら》でロケットは飛ぶのだろうか。けれど彼女はこれでは足りないと言っていた。だから何かの命も必要なのだと……。

しかしこの鉱石があれば、俺は、俺の手の届く範囲内の人たちは助けられるかもしれない。放送室の装置を使って。

「空……」

ユーリの声がした。振り返る。そこにいたユーリは不安そうな、悲しそうな、けれどみんなが無事でいられたことを喜ぶような、複雑な表情だった。俺も同じだ。心の中はとにかく様々な感情が複雑に入り組んでしまっていた。

まず何を口にすべきなのだろう。

悩みながらも、俺は言った。

「英雄のことだけど……」

ごめんと謝るべきなのか？

黙っていて悪かったと、そう頭を下げるべきなのか……？

いや。英雄がこの世界を壊そうとしていた事実を、俺が既に知っていたということまではまだユーリも知らない。だからそれを謝っても意味がないんじゃ……。

ぐちゃぐちゃと思考を絡めてしまっていた俺に、ユーリは首を振った。

「……たしかに、古城の主《彼女》が言っていたことが本当ならショックだし……どうして……と、混乱もしてしまいます。何もかもわからないことだらけです」

真実をたしかめる相手も、もう、どこにもいないから……。

目を伏せたユーリはそう小さく付け加えるように言った。

けれどすぐに視線をあげて、俺をまっすぐに見た。

「けど、今の私はそんなことより、あなたが……空が、無事で良かった。そう思っています」

ユーリは、微笑む。

「空が攫《さら》われていってしまってから、思ったんです……」

「……え？」

「もう二度と私は空と逢えなくなるかもしれない。もう二度と、空と、話すこともできなくなるかもしれない……そう思ったら……胸がすごく、痛くて、苦しかった」

「………」

「……空は、私に好きだと言ってくれました。あのときは自分の気持ちがわからなかったけど、今ならわかる気がします。もしかしたら私も、空のこと……」

まずい。

俺の胸がドキリと飛び跳ねる——けれどそれは決して心地の好《よ》いものではなかった。彼女にここから先を口にさせてはいけない。

「………」

しかしユーリは俺が止めるまでもなく、その先を口にしようとした唇を結んでいた。その顔は、まっ赤だ。

ニヤニヤと意地悪そうな顔で、ギンが俺たちを見ていたのに気づいたみたいだ。

「あ、あの、話の続きは、学園に戻ってから聞いてもらえますか？」

「あ、ああ。うん」

わかった、と言ってうなずく俺に、ユーリは「……いつもの時間。放送室で、待っています」と小さく言った。

その声を受け止めた俺の心には、〝……私の恋心が世界を壊す〟と嘆いていた古城の主《ライフライト》の声が響いていた。

第三章 それでも人は恋をする

1

私は、突き刺すような胸の痛みで目を覚ました。

学生寮の自室だ。

クリスや、クリスが大事に想《おも》う老人《彼》や、古城の主《ライフライト》とのことを終え、学園に戻ってきた次の日のことだった。

まるで悪夢を見た後みたいに寝具が汗で濡《ぬ》れていた。

……風邪でも引いたのかな。

お風呂は嫌いだけど、さすがに汗みずくのままでは居心地が悪い。クロースも今の私を見たら呆れるだろうか。こんなになるまでお風呂に入ろうと思わないだなんて、と。

「あ……」

ベッドから起き出そうとしたが、床に着けた片足に力が入らなかった。そのまま私は倒れ込む。

身体が熱い。呼吸が苦しい。身体の節々が軋《きし》んで痛い。頭がガンガンと、割れるように痛み出す。

おかしいな。本当に、風邪だろうか。

でも、私、これまで風邪なんてひいたことあったっけ……。

風邪を引くと、身体は熱を帯び、呼吸は苦しく、身体中《からだじゅう》の関節がぎしぎし軋み、酷《ひど》い頭痛に襲われる——そんな知識があるだけだ。

その苦しみの中、ふと、思い浮かぶ顔があった。

「空《そら》……」

あなたが助けに来てくれたときのことを思い出す。

「助けて、空……」

あなたが、誰にも忘れられてしまった私を、見つけ出してくれたときのことを思い出す。

「苦しいよ……空」

泣いてばかりいた私の手を、空が握ってくれたことを、思い出す——そして私に〝好きだ！〟と言ってくれた日のことを、私は何度だって、思い出してしまうんだ。

放送室で告白してくれたあの日。

あのときの私は、〝好き〟という気持ちがわからなかった。

ううん。違う。

空を好きだと思う気持ちの種類が、わからなかったんだ——空は、ずっとその成長を見守ってきた男の子だ。胸《ここ》にあるのは家族愛なのか。友情なのか。それとも本当に、恋愛感情だったのか。自分の胸に問いかけてみても、ダメだった。長い間ただ生きているだけ。きっとまだまだ子供な私。そんな私には、わからないことだらけだったけど……。

空がクリスに攫われていってしまってから、私はようやく気づけたのかもしれない。もう二度と逢《あ》えないとわかった瞬間。その人のことが、自分にとって、どれほど〝特別〟だったのかに気づいてしまう——そんな後悔に満ちた悲しい物語を、いつだったか、英雄が読み聞かせてくれたことがある。クロースも、英雄も、もう二度と、逢えない。二人と過ごした時間は宝物。空も私にとって〝特別〟になってしまうのかな……。そう思った瞬間だと思う。ズキリと、胸が突き刺されるように、痛んだ。

ああ、ダメだ。

意識が、どんどん、遠のいていく……。

そんな私を抱き起こす手があった。

……空？

僅かな期待を込めて、重い瞼《まぶた》を何とか開いた。

「ちょっとユーリっ、どうしたのっ？」

ギンだった。ぼんやりとする視界には、真っ青になったギンの顔が映っていた。

そんなに驚くほど、今の私は〝大丈夫じゃなさそう〟に見えるのかな……。

ギンは私を一生懸命抱き起こし、何とかベッドに横たえてくれた。それからドタバタといろいろな人が部屋を出入りする気配があった。冷たいタオルがほてったおでこに当てられる。誰かが繰り返し、繰り返し、私の頬《ほお》を撫《な》でてくれていた。

「……ユーリ。大丈夫なの？」

誰かが泣きそうな声で言った。

「……ねえ、空。これは本当に、ただの体調不良なのかな。ユーリの頬や、額に浮かんでるこの模様。これって、何なのかな」

誰かが不安そうに声をひそめて言った。

「…………」

誰かの思い詰めたような沈黙が、苦しい空気を更に重く、塗り固めていくようだった。

ごめんなさい。

……〝いつもの時間に、放送室で〟

そう約束したけれど。

今の私は、こんなだから。

いつもの待ち合わせ場所には、行けそうになくて……。

「空……」

もうろうとする意識の中で、私は、手を伸ばす――空にこの手を握ってほしかった。そうしたら、たぶん、すぐにでも私は元気になれる。

そんな気がしていたけれど……。

私の声は、捨てられて弱り切った子猫の鳴き声みたいに小さくて、きっと、誰にも届かず消えてしまった。

「……俺は、元の世界に戻らなきゃならない」

私に〝好きだ〟と言ってくれたその声が、ざわつく他の二人に向かい、続けてこう言ったのだった。

「……思い出したんだ。俺、元の世界に好きな人が、いたんだよ——その人に今すぐ、俺は、逢いに行きたいんだ」

私が今、一番聞きたいと願っていたはずのその声が……たぶん、今は一番聞きたくないことを、話していた。

2

翌日。

一晩、夢も見ないでたっぷり寝ると、身体はすっかり良くなっていた。

……いや。

まだ少しふらつくし、胸が苦しい感覚は残ってる。

昨日耳にした言葉を思い出せば、胸の奥がズキズキ痛んだ——〝元の世界に好きな人が、いたんだ〟〝その人に今すぐ、俺は、逢いに行きたい〟

星降る夜空を英雄と二人で見上げた。そんな遠いあの日の夜をも思い出さされてしまう。

列車の屋根に二人でのぼり、流れ星を見つけた英雄《あの人》は、私にこう言ったんだ——〝元の世界に好きな人がいた〟〝けど、その人にはもう二度と、逢えない〟

私はごそごそとベッドから起き出した。

着替えを済ませ、髪を整え、鏡に映った自分に少し、微笑みかけてみる。うん。平気。

何があっても私はきっと、大丈夫。あなたがそれを望むなら、笑顔で元の世界へ送り出してあげるのが、一番だ。

呼吸を整え、部屋を出た。

「あっ、もう身体は平気なの？」

学生寮の廊下だ。ちょうど同じようなタイミングで、隣の部屋から顔を出したギンが駆け寄ってきた。

「はい。もう、平気です。昨日は騒がせてしまってすみませんでした……」

「ううん。そんなの全然いいんだよ。こんなに元気になってくれたなら、私も看病しがいがあったの」

ギンが満面の笑みを見せた。耳と尻尾がピコピコとせわしなく動いている。

「そうだね。ギンは徹夜で一生懸命、ユーリの看病してたもんね。偉いなって思うよ」

ルカが穏やかに微笑《ほほえ》んだ。

よく見るとギンの目元には薄らとクマができていた。

ごめんなさい。何かできっとお礼をします。そう言う私に、ギンはだったら今度、一緒にお弁当もって散歩に行ってほしいと誘ってくれた。

「お弁当は私が大好きなものだけたくさん詰め込んでくれたらうれしいの。そろそろ春だし、お花もたくさん咲く頃だから。ぽかぽかな日に女の子だけでお散歩するの。きっととっても楽しいの」

笑顔で言うギンは、かわいいデザインのメイド服姿だった。そういう私も、用意されていた同じ衣装に着替えている。

今日は学園祭の続きをやることになっていた。

本来の開催日であった先日は、いろいろあって途中でうやむやになってしまったから。

誰か一人でも遊びに来てくれるかな？　そうなるとっても素敵だね。

そんなことを話しながら、私たちは喫茶店の準備が整えられている教室へと向かった。


教室には空がいた。

思わず私は顔を逸《そ》らしてしまう。昨日、熱にうなされている中で聞いたのは、本当に空の声だったのかな――〝思い出したんだ〟〝元の世界に帰らなきゃならない〟〝元の世界に、好きな人が、いたんだ〟

うなされていた中で聞いた言葉だ。

一言一句正確に記憶できているとは言えなくて……。

でも、あれは聞き間違いでも、悪い夢だったというわけでもなく、本当のことだったなら……。

「…………」

私は空の顔をまっすぐ見ることが、できない。

そこでようやく私は、教室に空以外にもう一人、誰かがいることに気づいた。

真っ白なドレスに身を包んだ女の子だ。

メイド服姿の私たちとは違い、まるでお姫さまか、職人が丁寧に手作りしたお人形が身につけているような、繊細なデザインの洋服だ。

その子はおはようと私たちに言って、スカートの裾を持ち上げてお辞儀した。

ぽかんとする私たちに、女の子はふふふと唇を緩ませる。

「わたしだよ、わたし。クリスだよ……あ、いやいや、クリスの姿を借りてた何かだよ」

悪戯《いたずら》が成功してはしゃいでる——そんな無邪気な笑顔を見せて、「顔は、わたしと同じ不死者《ヨルノヒト》が使っていた、老人《彼》の奥さんと同じもの」リビングに飾ってあった写真を見たんだと照れくさそうにして、何かはクルリとその場で回転し、「この服は、老人《彼》がわたしの誕生日に贈ってくれたもの」クリス《本当の娘》と顔も着ているものも同じだとややこしいから、これからはこの姿がわたしだよと、姿も存在の大きさも、何もかもを自在に変化させられる闇そのものである何かは、そう言った。

「んー？　じゃあお名前は？」ギンが首をかしげた。「やっぱり名前も変えちゃうの？」

「うん。そうだね。不死者《ヨルノヒト》だから、ヨルなんだって。今さっき空に新しく付けてもらったんだ」

うれしそうに何かは……ヨルは、微笑む。

「え～。なんだかすっごい安直なの。ちゃんと真剣に考えてあげたの？」

ギンは唇を尖《とが》らせる。

苦笑いを浮かべた空の代わりに、ヨルが首を振りながら答えた。

「そうかな？　わたし、すっごく気に入ってるよ」

ヨルは胸に手を当てた。そして大好きな歌の、大好きな一節を発表するみたいにして、こう言った。

「わたしはただそこにあるだけの闇だったから。ずっと一人ぼっち、だったから。あまり名前の存在意義というか。意味がよくわからなかった。でもね。あなたたち人間と関われるようになってから、わかったよ。大切な人に名前を呼んでもらうのは、なんだかとっても、胸の辺りがそわそわして。すごく、うれしくなれることなんだって」

でも。この服は真っ白すぎて、夜色の名前なわたしには似合わないかな……。

ぽつりとそう呟《つぶや》いたヨルがもう一度、その場でクルリと回った。

スカートがふわりと膨らみ、長い髪の毛先も綺麗《きれい》に躍った。

再び私たちに正面を向けたとき、ヨルの服は真っ白から真っ黒へと変わっていた。

「やっぱりわたしにはこの色が一番なんじゃないかなって思うんだ。空はどうかな？」

「うん。そうだね。似合ってると思うよ」空はうなずいた。「ゴシックロリータっていうのかな？　そんな感じでとてもいいよ」

「ゴシック……？」

「とってもかわいい。そういう意味だよ」

空がそう言ってもう一度うなずくと、ヨルは照れくさそうに頬を淡く染めていた。

「はーっ。まったくとんでもないのっ」

ギンが唾棄すべきものでも見るように空を睨《にら》みつけた。

「こうやって英雄はどんどんかわいい女の子をはべらせていっていたんだねっ。今も、前世も、変わっていないのっ」

私は絶対、あなたのものになんかならないんだからっ、と言って、ギンは顔をしかめて空に向かって舌を出していた。

「ううん。どんなに空が優しくしてくれたとしても、わたしの心はずっと老人《彼》のものだよ。今ここにいるのは、老人《彼》のそばにいるとやっぱり迷惑をかけるだろうし……。本当の娘との時間も邪魔したくないから」

心はずっと老人《彼》のすぐそばにあるんだよと、顔をほころばせてヨルはこう言った。

「さあさあ。学園祭のはじまりだね。今日も一日、おはようからおやすみまで、たくさんの素敵で飾れる時間でありますように。がんばっていきましょう」

――学園祭を開く目的は変わっていない。

楽しそうなことをしている気配を察した人たちが学園に集まってきて……。

その中に〝鉱石〟を作り出せる人間がいたらいい。

学園祭開催の動機はそんな希望を持ってのことだった。

〝魔力の結晶化した鉱石〟は、永遠の時間を生きる〝不死者《ヨルノヒト》〟の命そのものだ。それを知ってしまった私たちだから、今回は〝鉱石の作り方〟を知っている人間を求めているのではなく、ただただ、人材を求めてのことだった。

この世界を救う方法を一緒に考えられる。そんな知識や経験や技術を持った誰かが来てくれる。一人では無理だけど、ここに居る全員と一緒に、世界の希望について話し合える人間が来てくれる。そんな奇跡を願ってた。

古城の主《ライフライト》の命が結晶化したものは彼女の城に置いてきた。彼女が命をかけてでも護りたいと願った人々のために使われるべきものだと、私たちの意見が一致した結果だ。

つまり今の私たちには、ひとかけらも希望が残されていない状態だった──私の中に眠る〝希望の魔導書〟以外には。

だから〝魔道書〟の存在を知る者がこう考えるのは、それはあまりに当然なことでもあったのかもしれなかった。

チャイムが鳴った。

学園祭開始時刻に合わせてあったその音色と共に、甲高い汽笛の音が校舎を揺らし……。

まもなく現れたその人物は、銀色の銃口を私に突きつけ、こう言った。

「……悪いな。俺の愛する娘たちの未来のために、今、ここで、死んでくれ」

3

仕切り直した学園祭にやって来た最初のお客さん――それは、クリスのお父さんだった。

いや。彼はお客さんではなく、狩人《ハンター》として、死ねない私に死を届けるためにやって来た。

世界を救う、そのために。

「英雄の〝魔導書〟をその身に宿すのは、お前だな？」

彼は私に銃口を突きつけ、目を細めている。

「銀色の長い髪。そして、まっ赤な瞳。この場に教えられた特徴と合うのはお前しかいないが……。名前はユーリで、間違いないな？」

「は、はい……」

思わずうなずいてしまった私に、老人《彼》は「そうか」とため息をついた。

「先日のことだ。英雄の仲間だったピースエンドと名乗る人物が、不死者を殺す方法を知る俺に連絡してきたことがあったんだ。ユーリという名の死ねない少女の肉体に、英雄がこの世界を救う方法を記した〝魔導書〟が封じられていると」

「……あなたは世界が終わることに興味はないと言ってませんでしたか？」

空がそう問いかける。

老人《彼》はヨルをちらりと一瞥《いちべつ》し、答える。

「ああ。世界の行く末そのものに興味はないが……俺は、娘たちの未来を救いたい。申し訳ないがそれ以外の全てを犠牲にしても構わないと思ってる」

「お父さん……」

「すまんな。父親だなんて生き物は、たとえ娘に嫌われてしまっても、娘の未来が幸せであってほしいと願うものなんだ」

ヨルの視線を感じたのだろう。静かに答える老人《彼》だったが、引き金に置いた指先に力を込めるか否か、悩んでいるようでもあった。

「……魔導書の封印には、それを解こうとする者を自動で排除する防衛システムがあると聞いている。英雄の作ったものが平凡なものであるはずもない。弾丸をこの少女へ向けて、不用意に撃ち込むのは、果たして……」

老人《彼》は、どこか長いせりふをそらんじるような口調で独り言をこぼしている。

少しの間、沈黙が横たわる。

逡巡《しゅんじゅん》を重ねたのだろう老人《彼》は、苦い表情で銃口を下ろした。

「……やはり、ダメだな。もし魔導書の封印が暴走し、娘に危害があってしまっては元も子もない」ヨルにもう一度視線を向け、こちらに向き直った老人は問いかける。「ここにはとある装置があると聞く。魔力の結晶体である鉱石を使うことで、別の世界と繋がれる。英雄が遺《のこ》したらしい装置だ。それは、事実か？」

いったいどこでそれを知ったのか、放送室の装置のことを言っているのだろう。

「ライフライトの願いは彼女の国の人々をロケットに乗せて、この星から退避させることだ。けれど、彼女の鉱石《命》だけではロケットは飛ばせない。むろん、俺の娘を犠牲に差し出す気などあるはずもない。だから、ユーリ。もう、お前を殺す他に道はないと思っていたが……。噂《うわさ》どおりの装置がここにはあるのか？」

老人《彼》の問いかけに答える者はいなかった。

その沈黙を嫌うようにして、老人《彼》は空へ視線を向けた。

「少年。取引をしないか？」

「……取引、ですか？」空が首を傾《かし》げ、老人《彼》がうなずく。

「ああ。英雄の生まれ変わりらしい、少年。娘から聞いたぞ。お前は、元の世界に戻りたいらしいな？」

老人《彼》のその問いかけにより、私の中でフラッシュバックするものがあった——謎の高熱と体調不良で、ベッドの中で朦朧《もうろう》としていたときのことだ。そのとき聞いた空の言葉を思い出してしまう。

——思い出したんだ。俺、元の世界に好きな人が、いたんだよ。

その言葉は遠い昔、満天の星の下、英雄《あの人》が私に言ったものと同じだった。

——その人に、逢いたい。元の世界に、戻りたい。

聞き間違いかと思っていた。そう期待もしていた。けれど昨日の夜、空が口にしたあの言葉はやっぱり、本当だったんだ。

そう思うと、ズキリとまた、私の胸の奥が軋《きし》むように痛んだ。

「少年。俺とお前は、協力し合えるんじゃないか？」

老人《彼》は再び銃を持ち上げた。

しかし今度は私にではなく、空へとその銃口を突きつけている。

「俺は娘たちの未来を護りたい。お前は、元の世界に戻りたい。どちらも大切な者のために行動したいと願っている。さあ。装置のある場所へ案内しろ。お前の帰りを待つ者がいるのなら、お前もここで犬死にするわけにはいかないだろう？」

ズキズキと、胸の痛みが増していく……。

やっぱり空は英雄《あの人》と同じ魂の持ち主だ。私の知らない誰かのことを、想ってる──涙がにじんだ。そんな場合じゃないとわかっているのに……ダメだ。ぽろぽろと、涙がこぼれた。呼吸が苦しい。視界がぼんやりと、しはじめる。

それに……。

「なに、これ……」

私の両腕に、光り輝く紋様が浮かび上がっているのに気づいた。いいや。たぶんこれは、両腕だけじゃない。全身に広がっている。その紋様が、まるで、鋭い刃物で深く切り裂かれた傷のように、灼熱《しやくねつ》と激痛を帯び始めていた。私は思わずその場にへたり込んでしまう。

「空……」

助けて、とそう言いたかった。

どうしてだか、激痛の張り付いた全身よりも、押し寄せる不安と寂しさで、私の心はすっかり弱ってしまっていた。

けど、空はもう、私のことを振り向いてはくれなかった。

4

……私の身体、いったい、どうなってしまったんだろう。

私は、誰かが運んでくれた自室のベッドでふと目覚めた。

けれど身体は思うように動いてくれない。頭はぼんやりとして、意識もまだハッキリとしない。重い両腕を何とか持ち上げてみる。紋様は消えていた。痛みも今はもうない。

そんな私の様子を見に、入れ替わり立ち替わり、部屋にやって来てくれる人たちがいた。

放送室の装置がなくなってしまっていると誰かが言った。

空もいなくなってしまったと、誰かが悔しそうに言った。

「あの装置は鉱石が保有する魔力量に限らず、他の世界と繋がる機能は、一つの鉱石につき一度だけしか起動できない。一度に移動させられる人数にも限りがあるみたいだ。多くても三、四人が限界。だから、ここにいる全員を移動させるのは無理だろうし、一つの国の人間全員をとなれば、到底、不可能。あの装置を修理したのはぼくだから、そうだとわかるよ。だから……」

だから空は、自分だけでも元の世界に戻るため、私たちを置いて行ってしまった……？

本当に？

そんなこと、信じたくない――ズキズキとまた胸が痛み始める。

空に逢いたい、と胸の痛みが叫んでいた。

放送室で待っていますと約束をした。もしまた放送室で空と待ち合わせられたなら、あのとき〝好きだ〟と言ってくれた言葉に、もう一度、返事をするつもりだったけど……。

私はどう答えるつもりだったんだろう。自分の気持ちなのに、よく、わからない。

空には元の世界に好きな人がいる。その人に逢いたいと願ってる。

……私は、そんな空の未来を応援するべきだ。

このままさよならもなく別れるくらいがちょうどいいのかもしれない。

ずっと彼の成長を見守ってきた。私は空の家族として……ううん、空のお姉さんとして、彼が進みたいと願う道を祝福すべきなんだ。

けれど……。

このままさよならするのは、嫌だなと、思ってしまった。

ふと、また紋様が浮かび上がった。

全身が悲鳴を上げるように痛みだす。空のことを想《おも》うと紋様が浮かび上がるような気がしてる。そこに刻まれる激痛も、空の顔を思い出す度、どんどんと増していくような気がしてる。ねえ、空。このまま空《あなた》のいない世界で朝を迎えて、一人ぼっちで目を覚まし……

私は平気で、いられるのかな。

そんな不安に蓋をするみたいに瞼《まぶた》を閉じた。

今夜は静かだ。虫の鳴く声も聞こえない。風が木立の枝を揺する音さえもまったくない。

ただ、時間ばかりが過ぎていく。それでいいんだと、思っていたのに——……ふと、誰かが部屋の扉を開く。そんな気配があった。

そして眠る私を、誰かが抱き起こしてくれる手があった。

ああ。

この手があなたのものだったらいいなと、願ってる。

薄らと瞼を開き、次第次第に視界のピントが合いはじめ……。

映り込んでいたその顔に、私は、呼吸が止まる思いだった。

……英雄《あの人》だ。

空の代わりに、英雄《あの人》が、私に逢いにやって来た。

英雄《あの人》は抱き起こした私に、静かに、まるで子守歌でも歌うようにして語りかけていた
——ごめんなと、英雄《あの人》は繰り返している。

ユーリ。

君には謝らなきゃならないことばかりだ。

俺に、失望したよな。

古城の主、ライフライトが言っていたのは本当だ。

俺は、君やクロース、二人の暮らしているこの世界を壊そうと決めた。自分の目的を果たすため、あらゆるものを利用した。

英雄として後悔は尽きない。しかし、たった一人の男としては、微塵《みじん》も後悔はない。

だがこの一言だけはどうしても、君に伝えたいと思っていたんだ。

……聞いてくれユーリ。

これから君がどんなに一人ぼっちだと思えても。どんなに、つらくて悲しい毎日に、打ちのめされてしまうようなことがあったとしても。

大丈夫だ。

何があっても、平気だよ。

たとえ空《あいつ》がお前を置いていったとしても……。

俺だけはいつも、こうして、君の側にいる。

そうして英雄《あの人》は私の頬《ほお》にそっと触れ、淡く顔をほころばせ、言った。

──好きだ。ユーリ。

──君のことを、この世界の何よりも、誰よりも、愛してる。


ああ、そうか。

もしも明日、この世界が終わるとしたら……。

今夜、英雄《あなた》がくれたその言葉は、最後に私がほしいと願っていたものだ。遠い昔の私は、英雄《あなた》に、たった一言だけでいい。好きだと言ってほしかった。

最後の願いを、私は、叶《かな》えられたのかもしれない。

すーっと紋様が消えていく。

その激痛もなくなっていく。

いつまでもぼんやりと、朧気《おぼろげ》な意識の中。

……私は夢を見ていたのか。

それとも、熱にうなされて幻を見ただけなのか。

今の私には何もわからないけど……。

おかしいな。

ようやく、願いが叶ったはずなのに。

求めていたものがようやく与えられたはずなのに。

私、変だよ。

……空。

今、目の前にいてくれる英雄《あなた》に、ありがとうと言って微笑むことがどうしても、私にはできなかった。

5

俺は、学園の地下にある駅のホームに立っていた。

「……本当に出て行っちゃうの？」

ギンがしょんぼりとして俺を見上げていた。

「ああ。理由はまだ上手《うま》く説明できないけど、俺はユーリの傍にいちゃいけないんだ」

俺はつとめて明るい口調を意識して、荷物で一杯になった重い鞄《かばん》を勢いよく背負いあげてみせた。いつかちゃんと説明する。それまで待っていてほしい。

「だからって、なにも、あんな風にしなくてもよかったんじゃ……」

ルカは複雑そうな表情だった。

そうだな。俺も、そう思うよ。

けど今の俺には現状を上手に説明する言葉を思いつけないのと同様に、ああする以外に、現状を上手く切り抜ける方法を思いつけなかったんだ。

汽笛が鳴った。

魔力ではなく、石炭や木炭などの熱量で走る、昔ながらの列車だ。

俺は、閉ざされた出入り口の扉の前に立っている。

そこにはめられたガラスに英雄《あいつ》の顔が映り込んでいた。

真っ白な髪に、精悍《せいかん》な顔つき。いつだったか写真の中で見た英雄《彼》の姿だ——ドロリと、ガラスに映ったその姿が崩れる。ヘドロのようなものがベチャリと俺の足下に落ちた。みるみるうちにそれは人の形に姿を変える。漆黒のドレスに長い髪。ヨルだ。

そして、ガラスに映り込んでいた英雄はもういない。代わりに俺の姿が映っていた。

隣に立つヨルの不安そうな、心配そうな視線には気づかない振りをした。

俺は、まっすぐ前だけを見ている。ガラスに映った自分の姿だけ、ジッと見ている。そして俺は、独りごちるように言う。

「今はちゃんと説明できないけど……。一つだけ言えることがあるとしたら、俺は、ユーリを好きになるべきじゃなかったんだ」

——世界は終わる。先はない。それでも人は、恋をする。


ふと思い出してしまったその言葉に突き刺され、俺の胸はズキリと痛んだ。

それは、ヨルをまだ何かと呼んでいたときだ。

彼女の闇の中に呑《の》み込まれ、この胸をチクリと刺されたときのこと。

俺は彼女に世界の秘密の一端を思い知らされた。


——〝獣の王〟は、ここにいる。


ズキズキと痛む俺の胸を指し示し、あのときヨルはそう言っていた。

しかしそれは、たとえばこの肉体に〝獣の王〟が眠っているだとか、そういう直接的な意味ではなかった。

この胸に宿っているのは、かつて英雄と呼ばれた人物と同じ魂が一つだけ。

そしてその魂が、次の〝獣の王〟であるユーリに恋してしまう。

そういう風に仕組まれてしまった心が一つ、あるだけだった。何かは俺にあのとき言ったのだ。

——英雄の愛する人物は、英雄と同じ世界から、無理やり連れてこられた女の子。そうとは知らず戦った英雄は、世界の果てに追い詰めた〝獣の王〟をその手で殺した。その瞬間。〝獣の王〟がずっと逢いたいと願っていた女の子だったということを、世界の人々が自分には隠した上で、その命を刈り取らせたのだということを知る。

英雄はこの世界の人々に復讐《ふくしゅう》を誓った。

同時に、英雄は、自分と同等以上の力を持った〝獣の王〟の復活を望んだ。

ユーリの中に宿ったものは希望の魔導書なんかじゃない。そこに記されているものは世界を救う方法ではなくて、英雄が殺してしまった〝獣の王〟の魂が、複雑な魔法のレシピと、解読困難な暗号めいた魔術の図式として、複雑怪奇に記述されたものだった。

英雄の計画通り〝獣の王〟が復活したなら、俺の中に眠る英雄は、そのとき本格的に目を覚まし……。

この宇宙のみならず、この世に存在する並行世界や異世界の全てを破壊しつくし、人類の〝逃げ場〟を奪い去ることを計画していた。

英雄は、徹底的に人間たちを消滅させようとしていたという。

その前に人間が思いつくだろう希望を根こそぎ奪い、絶望を贈りたかったのではないかと想像する。この星だけでなくこの世界だけでなく、宇宙が丸ごと消えてなくなってしまうなら――ライフライトがロケットを建造し、この星から国民たちを逃がそうとしていたことも、〝獣の王〟が復活を遂げたなら意味を成さなくなってしまう。

そして……。

そして、ユーリの中の〝獣の王〟が復活するための条件は、たった一つだ。

――ユーリが誰かのことを好きになったとき。誰かが、ユーリのことを好きになったとき。〝獣の王〟はユーリの中から復活し、そして全ての世界は終わりを迎える。前世の君はそういう風に、彼女の中に宿った魔導書を……いや。〝獣の王〟の記述書と言った方が正しいかな。とにかくそういう風に、前世の君は設定していたんだよ。

たとえ世界が終わりに向かおうと。

明日全てが終わるとわかっていても。

人は、恋することを止められない。側にいてほしいと願う誰かを、世界の運命なんかより、大事にしたいと願うもの。

だからね、とあのとき何か《ヨル》は俺に言ったのだ。

――馬鹿みたいな話だけどね。到底、笑い話にもなりようがないけどね。君たち二人の〝恋〟が、この世界どころか、現存する全ての世界の行く末を示してる。そう言ってしまってもいいんじゃないかと思うんだ。


なぜ世界の人々は英雄を陥れる必要があったのか。

なぜ、この世界の人々は、英雄の思い人を〝獣の王〟と偽る必要があったのか。

……なぜ、英雄ではなく〝獣の王〟は、この世界を滅ぼそうと侵略を考えたのか。

そこまではヨルにもわからない。

ただ気まぐれに、英雄が、街角の路地裏で息絶えそうになっていた彼女に、自身の目論《もくろ》見《み》の一端を話して聞かせたに過ぎない。死の呪文を唱えさせたことに、ほんの少しの罪悪感が英雄の胸には芽吹いていたのかもしれない。


けれど……。


苦しむユーリの姿を見て確信した。ヨルに教えてもらったことはきっと事実だ。ユーリの中で〝獣の王〟が目覚めようとしている。

だから俺がユーリのことを心から好きだと想《おも》うほど。

俺が、彼女に幸せでいてほしいと願うほど……。

これだけは確かだと言えることが一つある。

もしも明日、この世界が終わるとしても。

俺は……。

いいや。

俺たちは、互いを好きになることだけは、あってはならなかったんだ。

ユーリを好きだと想うと胸が苦しい。

ズキズキと軋《きし》むこの痛みこそが〝獣の王〟の復活に繋がっていた。何《ヨル》かが言っていたように、ズキズキと痛む胸《ここ》にこそ、〝獣の王〟が潜んでいると確かに言えるし、俺たちのすぐそばに〝獣の王〟は潜んでいたのだと、そう言えるのだ。

「……ユーリの身体《からだ》の変化を見たろ？」

俺はガラスに映った自分の姿を見ながら、みんなに言う。

「……身体中《じゆう》に呪文のような痕が浮かんでた。あのまま放っておいたら、どうなってたのかな。たぶん、ユーリはユーリじゃなくなってしまってたんじゃないかと思う」

……ユーリの魂はこの世界から姿を消して、復活した〝獣の王〟に、存在の全てを乗っ取られてしまっていたんじゃないかと思う。そして俺も、同じだ。英雄《あいつ》が今ここで復活し、俺たちの存在や人生だけでなく、俺たちの〝恋〟をも乗っ取ってしまう。そんな未来が待っていたに違いない。

「だからって、空。君は、ぼくらのことを見捨ててしまって、放送室の装置を持ち出して、逃げてしまったということにするなんて。ヨルの力を借りて、英雄の姿になって、ユーリに優しい声をかけるだなんて。そんなこと、本当に、必要だったのかな」

ルカがうつむいてそうこぼしていた。

「まあ、うん。そうだよな」まったく下手なやり方だよな。けど、馬鹿な俺には、急ごしらえではこれ以上の方法を思い浮かべられなくて……。「学園祭の最後のイベントだ。みんなで一緒に、俺の考えた演劇をしてくれた。即席だったのもあって、すっごく稚拙な脚本だけどね。そう思ってくれたらうれしいな」

と。

俺はそう、自分を納得させていたはずだけど……。

どうしようか。

ちょっと、笑顔でいることが難しい。

ユーリのことを思うと、ダメだな。どうしたってズキリと胸が痛むんだ。

「……………」

「……空？」

異変を感じたのか、ヨルが俺の顔を覗き込んでいる。

ああ、うん。

ちょっと恥ずかしいから、決して言葉にはしないけど……。

君たちは凄《すご》いな、と俺は思ってしまうんだ。

一度優しくされたらそれでお終《しま》い。その人間のことを絶対に忘れられなくなってしまう。

ヨルはそう言っていた。だからたとえ、愛《いと》しく思うその人に、嫌われ、憎まれ、誹《そし》られようと、不死者《ヨルノヒト》は、大切に想いたい人間の幸せだけを願ってしまう。そういう生き物なのだと、教えてくれた。

これは、そんな君たちを見習ってみたつもりではあったんだ。

俺はユーリを失いたくなかった。

たとえどんなことがあったとしても、彼女が無事に、この世界で生きていてさえくれればそれでいいと思っていた。

そのためならば、たとえ、ユーリ自身に嫌われてしまったとしても——放送室の装置を持ち出して、俺が、自分だけ助かることを考えるような悲しい人物だったと、思われて……そんな情けない姿を見せて、ユーリに愛想を尽かされてしまったとしても——それで構わないはずだった……。

ああ、そうだ。

万が一にでも彼女が俺に恋する可能性など、俺がこの手で、根こそぎ潰せばいいだけの話だったんだ。

ユーリのことを失うくらいならそれでいい。愛する者を陰から支え続ける君たち不死者《ヨルノヒト》のように、たとえ、ユーリの傍にいられなくなっても、彼女の幸せだけを望み続けて生きていたいと、願ってた。

今回の稚拙な演劇は全て、そのために用意したものではあったけど……。

「でも……」

俺は、ダメだな。

いざとなると、思っていたよりずっとつらいと感じていた。

恋敵と睨《にら》んでいた英雄に、ユーリの思いを譲ってしまったような気がして……。

いいや。

違うな。

英雄《あいつ》のことなどどうでもよかった。俺はきっと、これからもずっと、いつまでもずっと、たとえもう二度と逢えなくなるとしても、大好きでい続けるだろう彼女に、嫌われてしまったかもしれないと思うと……。

本当は今すぐ引き返して、ユーリの手を握りたかった。

ユーリは俺の名前を呼んでいた。英雄じゃない。苦しみながらも俺のことを、俺だけのことを求め、手を伸ばしていてくれたのに。

どうしよう。

……どうしよう。

本当に、これでよかったのかな。

俺は、叫び出したい気持ちをこらえるのに、必死だ。

大好きな人に嫌われてしまう人生なんて、本当に、生きていく価値はあるのかな。とてもじゃないけど「これでよかった」だなんて、言えそうに、ない。自分で企《たくら》んだことなのにどうしようもなく、どうしようもなく、胸が、心が、苦しかった。

「大丈夫」ふと、ヨルが俺に身体を寄せてきた。「……大丈夫だよ、英雄。あなたが優しい人だってこと、わたしは知ってる」

「うん。そうだよ」ギンがうなずき、そっと俺の手を取った。「私も、ちゃんとあなたのことを知ってるよ。誰も、あなたのことを嫌いになんてならないよ。だからもう、お願い。泣かないで」

……大丈夫。ありがとう。こんなことくらいで泣いてはいないよ。うん。きっとね。

俺はパッと二人から離れ、笑顔を向けた。

「少しだけ留守にする。世界が終わるより前に、絶対に、新しい希望を持って戻ってくる。

だからその間、ユーリのことよろしくな」

そして俺は列車に飛び乗った。

列車はすぐに走り出す。客席に座り、流れはじめた車窓の景色を眺める。

ユーリのことをどうしたって忘れられない俺だから……。

今は、どうしても、彼女の傍にはいられない。

彼女に恋してしまえば世界が終わる。彼女が俺の想いに応えてしまえば、全てが終わる。

けれど決して、この世界も、そしてユーリの心も、諦めてしまったわけじゃない。


――空。君は、ユーリのためだけの英雄に、きっとなれる。

クロースがくれたその言葉を、俺は、目には見えないお守りのようにそっと、胸に納めていようと決めていた。

そして、ヨルとギン。

二人が別れ際にくれた言葉も同じように、心の奥に、大事にしまっておこう。

そう思うと少しだけ……あともう少しだけ、一人でも俺はがんばれる。

そんな気がしていた。

「……もう二度とあんな茶番はごめんだぞ」共犯者として、一番の憎まれ役を演じてくれた老人がやって来て、俺の隣に腰掛けた。「まあ、娘たちの一件で迷惑をかけてしまったからな。これくらいのことで恩を返せるのなら構わないが」

これからどうするか考えているのか？　と老人《彼》は言った。

わからないな、と俺は正直に答えた。

みんなには新しい希望を持って帰ってくると約束したが……。

行き先はわからないし、新しい希望だなんて、そんなものどう探せばいいのか見当もつかない。

けれどこの広い世界のどこかに希望は必ずあるはずだと信じたい。今は、それくらいしか言えなかった。

列車が地上に出た。

車窓には晴れ渡る青空が映る。

その空には世界の終わりをもたらす瞬《またた》きが、俺の心など知ったことかと言わんばかりに、今もきらめき続けている。

もしも明日、この世界が終わるとしたら……。

俺は最後に何を願うのか。

世界が終わるまでおよそ一年。

君と恋することが終わりの始まり——それでも俺は、ユーリ。最後に君と、恋がしたいと願ってる。

そんな小さな願いが叶《かな》えられる日を夢に見ながら……。

俺は、寡黙な老人と二人きり、新しい希望を探して旅に出た。

[エピローグ]

……私は、夢を見ていた。

英雄《あの人》が逢いに来てくれる夢。

幸せな夢だった。

そのはずなのに。

……おかしいな。

私の胸は重くて、苦しい。


〝好きだ。ユーリ〟

夢の中で聞いた英雄《あの人》の言葉が、何度でも、何度だって、私の心を撫《な》でているけど……。

〝君のことを、この世界の何よりも、誰よりも――……〟


……それから英雄《あの人》は何て言ったっけ。

おかしいな。思い出せない。何もかも、わからないんだ。

世界を救わなくてもいい、ただ隣で笑っていてほしい、あなたが今日まで生きていてくれて、よかった――世界が終わる最後の日、そう想い合いたいと願うのは、誰だったのか……ああ、夢が、途切れる。目が覚める。心が息を吹き返す。そんな気配が、重くて苦しいばっかりの胸の中に、満ち始めたときだった。

——ねえ、教えてクロース。


夢の終わりに、ふと、遠いいつかの記憶が胸に芽吹いた。

——ふつうの女の子として生きていくって、それって、どういうことだと思う？

「恋することだ」と、クロースは私の問いに答えてくれたはずだった。

——恋って、なに？

首をかしげた私に、「それはお前自身が見つけろよ」とそう言って、クロースは笑顔を見せてくれていた。


……ねえ、教えてクロース。

私の知りたかったものは本当に恋すること、だったのかな。

英雄《あの人》に〝好きだ〟と言ってもらえるだけで、本当に、よかったのかな。


——元の世界に好きな人がいたんだ。けれどその人とはもう二度と、逢《あ》えない。

英雄《あの人》と同じように空《そら》もまた、元の世界に想いを残してしまってる。その想いを掴《つか》みたいと願うから、空は、元の世界に戻ることを決めたのだろう——いいのかな、と私は思う。私は、空の想いを応援すべきだ。そんな気持ちに間違いはないと信じてるけど……。


このまま空とさよならしてしまって、本当に、いいのかな。

世界は終わる。寿命はおよそ一年だ。ここでさよならしてしまったら、もう二度と私は空に逢えなくなる。それでもいいの？　と、私は私の心に何度となく問いかける。

けれど、わからないんだ。

誰か教えて、と私は祈る。

空にどんな言葉をかけていいのか——私は、どうしたいと願ってるのか。わからない。何もかもがわからない。

確かなのは空に好きな人がいた、という言葉が心に鋭く突き刺さり……。

ズキズキ、ズキズキ、痛むということ。

なぜか涙がじんわり滲《にじ》んで、止まらなくなるということだ。

この痛みを致命傷にしてしまうくらいなら……。

私はこのまま何もせず、何も、知らない振りをして、眠りの底へ沈み込んでしまった方がきっといい。

心にたくさんのため息が満たされた。

……そのときだった。

「私は、後悔してるんだ」

ふと、夢の終わりのその中で、優しい誰かの声を聞いた気がして、息を呑む。

「英雄《あいつ》が〝いってきます〟とそう言って、〝獣の王〟の古城へとたった一人で向かったあの日。その背中を引き留められなかったことを、いつまでもずっと、私は悔やみ続けていた……ユーリ。お前にはそんな些細《ささい》な後悔を背負い込むことなく、生きていってほしいんだ」

世界が終わろうと終わるまいと、命は必ずいつか終わるもの――けれどその終わりを待つより早く、人の心にはもう一つの死が訪れる。

「後悔だ」

と、その声は何度となく私に言った。

「後悔を一つ重ねるごとに、心は一つ終わり《死》を迎える。世界よりも先に。命よりも先に。

人は、自分の心を殺してしまう……だから、ユーリ。いつか必ず終わる命なら、ほしいものへ自分から進んで手を伸ばせ。お前に〝ごくふつうの女の子として、幸せに生きてほしい〟と願った私の、最後のお願いだ」

　懐かしいばかりのその声は、「これは手紙だ」と囁く。

「母親なんて勝手なものだ。娘のお前には私のようになってほしくない。そんな勝手な願いがたった一つ心残りで……なあ、ユーリ。お前が一番苦しいと思うとき。お前が一番、悲しいと思うとき。お前の心に言葉《手紙》が開かれるようにと、いくつか魔術を残した。私の言葉が少しでもお前の役に立つなら……うれしい。心から、そう祈るよ」

私はきっと、心の中で、声の限り、あなたの名前を叫んでた。

うれしかったんだ。心の底から。涙が溢れてくるくらい。

口には出さなかったし、今まで考えまいともしていたけれど。

私はきっと、また、嫉妬してしまっていたんだ。

どうしてクロースは空にだけ手紙を残したの？

ねえ、クロース……お母さん。

私には？　どうして私にはなにも、残してくれなかったの？

あなたの優しい言葉がずっとほしいと願ってた——いつだって、クロースが「大丈夫」

と言ってくれたら、世界の全てが「大丈夫」になるような気がしていた。

　眠れない夜にクロースが抱きしめてくれたら、もう、それだけで明日が楽しみになれるような気がしていた。

　だからもし、クロースが空に残したように、私にも手紙を残していてくれたなら……。

　今みたいにどうしていいかわからないとき。

　何かを諦めそうになっていたとき。

　それをそっと開いて、読み返し、勇気をもらえるんじゃないかと思ってた……私の夢はまた一つ、叶えられていた。

　そしてクロースの心の手紙は、あとほんの少しだけ、私に語りかけてくれている。

　まるで私たちがこうなることを、最初から知っていたみたいに。


「ユーリ。私のかわいい小さな子。

　お前には、自分の人生に後悔だけはしてほしくない。

　世界が終わる最後の日、お前の隣に誰がいてほしいのか……。

　もうお前にはわかってるはずなんだ。

　愛してるよ、ユーリ。

　いつまでも、ずっと、ずっと。

さあ、もう目を覚ませ。

愛しい、可愛《かわい》い、大好きな、たった一人の宝物。

お前の願いを叶えてくれる人間は、お前以外には誰もいないぞ」


「…………」

私は、夢から覚めた。

自室のベッドだ。

胸がドキドキ、ドキドキ、高鳴っている。頬《ほお》を滑り落ちた涙は……悲しいのか、うれしかったのか。それとも、ただただ誰かを求めているのか。やっぱり私には何もわからない。

私は、ベッドから飛び起きた。

足下がフラリとする。尻餅をついた。起き上がろうと両足に力を込めた。けれどすぐには立ち上がれない。

私はどれだけ眠っていたのかな。空が出て行って、どれくらい……？

早く行かなきゃ間に合わないかもしれない。空はもう、何らかの方法を見つけてしまって、元の世界に戻ってしまっているかもしれない。

あなたには好きな人がいて、元の世界に戻りたいと願ってる。

あなたが私以外の誰かとの未来を求めているなら、私は、あなたのことを引き留められない。

あなたがいつか迎える最後の日。その日が、あなたにとって最善であることを祈ってる。

その想いだけは今も、昔も、何一つ変わらないと思っていた。

ああ、そうだよ。彼はずっとずっと、成長を見守ってきた男の子だ。

空……。

あなたの人生が幸せに終われることを私は願う。クロースが私にそう思ってくれてるように。いつだって、それだけはたしかだ。

けれどたった一つだけ、私にも、あなたに伝えたいことがあるはずで……。

なにもわからないまだまだ子供な私だけれど。

自分の気持ちの一部が、ほんの少しだけわかりかけている。そんな気がした。


「ユーリ？　どうしたの？　もう、身体はいいの？」

自室を倒れ込むような勢いで出る。するとそこにはちょうどギンとルカの姿があった。

不安そうに私に駆け寄ってきてくれたギンの手には、冷たい水で満たされた小さなおけとタオルがある。

どうやら私を気にして様子を見に来てくれたようだった。

また、二人に気を遣わせてしまったことを申し訳なく思うけど……。

「……どうか、お願いします。力を貸してもらえませんか？」

私は、二人に縋《すが》るようにしてそう言った——もう一度だけでもいい、私は空に逢《あ》いたい。

きっと私は空に伝えたいことがある。

焦る私は、そこまでギンとルカにハッキリと伝えられたかどうかも、わからなかったけど……。

そんな私に、二人は驚いたように目を見合わせた。

けれどすぐにうなずいてくれた。私がどんなお願いをするのかもまだ聞いていないのに。

「うん。いいよ。私たちにできることなら何でも手伝うの」ギンがうなずいてくれた。

「そうだね。ぼくらに役に立てることがあるなら、何でも言って」ルカが微笑《ほほえ》んでくれた。

二人とはまだ知り合って数日だ……。

それなのに、二人の目は私を心から案じてくれている。そう感じられた。世界が終わる最後の日まで、二人はこうして、傍にいてくれるんじゃないかと思いたかった。

……充分だ、と思った。

もしもすべてが望まない結末にたどり着いてしまったとしても、これだけあればもう充分。私はきっと充分に満たされている。そう思うことができた。

だからこそ私は、世界が終わる最後の日に、ほんの一瞬でも後悔だけはしないよう……。

怖くても、不安でも、最後にあなたのところへ走って行きたいと、願った。


「………」

俺は、流れる車窓の景色を眺めている。

世界とユーリ《少女》。その両方を救う方法を見つけて戻ってくる……あまりに無謀な宣言をして飛び出してきた。

世界の余命はおよそ一年。

英雄でも何でもない自分に何ができるのか。そのためのプランは何もない。ただ、今は、せめて〝獣の王〟の復活を阻止しなければと思った。

俺は、ユーリの傍にはいられない。

この世界の行く末を思うなら……。

いいや。違うな。

ユーリのことを想《おも》うなら、だ。世界のことなどただの言い訳。〝獣の王〟はユーリの身体を媒介に復活を遂げるのだという。それを阻止するということは、ユーリを護ることに直接繋がる。だから今は、この選択に間違いはないはずだと信じたかった。

そうだよな?

これで間違いないと、お願いだ……誰でもいい。そう、言ってくれ。

「……酷《ひど》い顔色だな」

振り向くと老人《彼》がいた。

ヨルと名付けた不死者《ヨルノヒト》が父親と慕う老人だ。俺にとってはたった一人の旅の道連れ。世界と、ユーリ。両方を救う方法を探し出す。そのための相棒のような存在でもある。

老人《彼》は簡単な食事を用意してくれていた。

渡されたのは味の薄い乾パンのようなもの。ルカが学園に来る前に、よく食卓に並んでいたものだった。一口噛《かじ》ってみるが、やっぱり味はしなかった……いや。味がしないのは事実だが、それよりもただ心が腐りかけてしまっているだけなのか。判断はつかない。

「……ちゃんと食べろ」老人《彼》は、俺を見つめる両目を細める。「腹が減っているときは心が暗くなりがちだ。まずは腹一杯食べてから考えろ。もし、何か吐き出したいことがあるなら言ってみればいい。話を聞くくらいなら、俺にもできる」

ちょっと驚いた。

意外にも、というのは失礼かもしれないが……。

人嫌いであるはずの老人《彼》が、まったくの赤の他人である俺を気遣ってくれているようだった――無愛想に見えても父親なんだな、と。

いったいどういう立場からの言葉なのか、自分でも苦笑いを浮かべながらそんなことを思ってしまう。

けれど、まあ、人生の大先輩がせっかく話を聞いてくれるというんだ。そこに甘えてみようと思った。

老人《彼》はもう俺と同じで、滅多《めった》なことでもない限りあの学園には戻らないだろう。老人《彼》に何かを話しても、ユーリに伝わることはないはずだ。それにこれから一緒に世界を旅して回るなら、最低限その目的くらいは共有しておいた方がいいのは当然だ。

俺は勇気を出して、少し恥ずかしいことを口にしてみることにした。

「……教えてください。どうすれば、〝恋〟を忘れられますか？」

唐突な俺の言葉に老人《彼》は目を細めた。

「どうすれば一度好きになってしまった人のことを忘れることができるのか、知りたいです。そんな方法がもしもあるなら教えてもらいたいです」

こうしてユーリと離れたことに間違いはないと思いたいけど……。

ダメだ。

一度〝好き〟と自覚してしまったらもうダメだった。俺の中でユーリへの〝好き《恋》〟は際限もなくふくれあがっていく——忘れたいと願う今、この瞬間もだ。

幼い頃からずっと見守っていてくれた。今にも消えてなくなってしまいそうな寂しい夜も、ずっと励ましてくれていた。

どれほど自分がユーリの存在に勇気づけられてきたのか……。

その全てを忘れたいと、願っている。

老人《彼》は不死者《ヨルノヒト》と恋に落ち、大切な一人娘を授かった。妻と死に別れてしまった後も、老人《彼》はこうして今を生きている。

そんな老人《彼》だからこそ、教えてもらいたかったんだ——〝恋〟してしまった相手ともう二度と逢えなくなってしまっても、その事実をどうすれば上手に受け入れられるのか。どうすれば、去って行ってしまった人たちへの未練を、断ち切ることができるのか。

今俺は、それが知りたい。

「俺が〝恋〟をすると、どうやら世界が終わってしまうみたいなんです。冗談みたいな話ですが。一度自覚してしまったあの子への気持ちは、とてもじゃないけど知らないふりはできそうにない」

だからもう忘れてしまいたいんです、と俺は何度となくそう言った。

馬鹿みたいだなとつくづく思う。

なぜこんな迂遠《うえん》とも思える爆弾が、俺たちの心や関係に施されているのかはわからない。そこには俺の考えうる範囲など、簡単に飛び越してしまえるような理由があるのかもしれないけれど——しかしこれは、ともすれば自意識過剰とも言える判断だった。

ユーリが俺のことを〝好き〟になる可能性があると、そう感じているということに他ならない。一度告白してフラれてしまっている俺なのに。

だが、実際に、ユーリの異変を目の当たりにしてしまった。

身体中《からだじゅう》に浮かび上がった不穏な紋様。

高熱にうなされて、辛そうなユーリ。

これは全部、俺のせいなのか……？

そう思ってしまうと、ダメだった。

とてもじゃないが、ここにいることはもうできない。

〝もしかしたらユーリは俺のことを……〟と、そんな風にして間抜けにも喜べるだけの身勝手さは、俺は持ち合わせているつもりもなかった。

自分がそばにいることで好きな子を苦しめるなら……。

その芽生えはじめているのかもしれない〝恋〟の芽を、まるごと全部、自らうやむやにする他にないじゃないか。

〝好きだ。ユーリ〟

英雄《あいつ》のふりをして、ユーリへ贈った最後の言葉。

〝君のことを、この世界の何よりも、誰よりも――……〟

「…………」

俺はつい、唇を噛《か》んでしまう。

自分が吐いた言葉だというのに、その先は思い出すことさえ痛いと感じた。

ああすることで、俺とユーリが〝恋〟することを止めたかったんだ。俺とユーリは間違っても〝恋〟することがあってはならない。

だから俺は〝自分一人だけでも助かりたいからと、放送室の装置を盗んで、逃げ出した〟と印象づけたくて、英雄としてあんな言葉をユーリへ届けた。

俺がどうしてもユーリを忘れられないのなら……。

ユーリが俺を嫌うように仕立て、ユーリの中の英雄を、更に輝かせるように運びたかった。

稚拙な俺には咄嗟《とっさ》にそんな方法しか思いつけなかったんだ。

「…………」

老人《彼》はただ静かに俺の話を聞いてくれている。

その沈黙がありがたかった。

本当なら誰にも言わずにおこうと思っていた心の内だ。話を聞いてもらえるというだけで、心は確実に軽くなっていくように感じた。

けれどその安心感が、ともすれば危険でもあった。

老人《彼》の沈黙が心地よいあまり、余計なことまで口走りそうになるのを止められない。そんな予感があった。

「今から話すことは、ただの冗談です」案の定というべきなのか。口を滑らせようとしている自分に、俺は苦笑いを浮かべる。「ただちょっと弱気になりたいだけなんだと……かわいそうな自分に酔っていたいだけなんだと、そう思っていてもらえると助かります」

結局は誰かに聞いてほしかったのだろう本音が、赤の他人である老人《彼》にだからこそこぼれ出すのを止められなかった。

「……好き、だったんです。本当に、本当に俺は、ユーリのことが好きだった」

ユーリの笑顔がこの胸にある限り、ユーリの優しい声がこの心をくすぐる限り、もう俺は、これから誰も好きになることはないだろう……。

そこまで〝好き〟を自覚できていて、それでも自分から全て壊してしまうだなんて。

「俺は本当に、どうしようもないくらい、大馬鹿だ……。好きな人を忘れる方法を教えて欲しいだなんて。それもまた、嘘《うそ》だ」

どう足掻《あが》いてもダメだとわかってる。

どうしたって、ユーリを忘れることができないのなら……。

「これからずっと、生涯ずっと、二度と逢《あ》えない相手を想い続けられる心の強さを、どうかまだまだ子供な俺に、教えてほしい。きっとそれが、今の自分にとって正しい気持ちだったんです」

「………」

助言を求めた老人《彼》は、口を閉ざしてしまっていた。

「ごめんなさい。今のは、忘れてください」

俺はすぐに肩をすくめて見せた。

そうして不細工な苦笑いを浮かべてしまう。そのまま老人《彼》を振り向いた。

「ただのよくある弱音です。変に絶望したわけじゃないつもりです。これから世界も、ユーリも、どちらも救う。その方法を一緒に探してもらえると、うれしい。最後はそんな感じで締めたかったんですが……。はは。何だか変な感じになってしまいました」

老人《彼》はそんな俺に、微《かす》かに首を振ってため息をつく。

「……まったく。世話の焼ける子たちだな。我がまま勝手な俺の娘たちといい勝負だぞ」

「え?」

「その手の話は得意じゃないんだ。助言を求められても少し、困る。歳《とし》を重ねたからといって、それだけで何もかも理解できるようになるわけじゃない」

「その手の話……」

「恋愛についてだよ」老人《かれ》はため息交じりに俺を見ている。「期待に添えなくて、申し訳ない。お前の言う通りだ。俺は、死に別れた妻のことを忘れたことは一瞬たりともないつもりだ。今もずっと彼女への想いはこの胸に燻《くすぶ》り続けている。だからもしお前が〝忘れたい〟と願っているなら、そこにアドバイスできることはなにもなかった」

「……」

「だが、少年。お前がまだ彼女を想い続けていたいと願うなら、少し話して聞かせられることも、俺の中にも多少はあるかな」老人《かれ》は小さな声でポツリと言う。「気づくことだよ。ただそれだけでいいんだ」

俺は首をかしげて老人《かれ》を見た——老人《かれ》の言わんとすることがまだよくわからなかった。けれどそこで俺はようやく、老人《かれ》が何かを膝に抱えるようにして持っているのに気がついた。

何だろう……ラジオ？　いや、スピーカー？

とにかくそれは何かの装置のように見えた。

「よくある子供騙《だま》しのような言葉しか、俺には贈ることができないが……一番大切にしなきゃならないものは、そうだとは気づけないほど、既に一番近くにあるものだと俺は思う。そこに気づくことができたなら、案外、面倒ごとばかり雪崩のようにやってくる人生も、幾分か生きやすくなるかもしれないぞ」

……パチリ、と。

「やっぱり、俺から言えるのはこれくらいのものだが……少年。お前は、いい友だちを持ったな」

老人《彼》はそう言って、膝に抱えた装置のスイッチに触れるのだった。

ギンとルカは私を放送室に連れてきた。

今、空がどこにいるのかは二人にもわからないという。空が乗っていった列車の後を追いかけるため、動かせる列車も学園にはなかった。もしかしたらもう既に、元の世界に戻ってしまっているかもしれない。

それでも届けたい言葉が、もしも私にあるのなら……。

「ここから空に、呼びかけてみよう」ルカが言った。

「空がユーリに、そうしたみたいに」ギンが言った。

きっとどこかのスピーカーに繋がって、空の耳にも届くはずだからと、二人は私をジッと見ていた。

「…………」私は、スイッチを入れられた装置を前に、立ち尽くしてしまう。

この装置は予備のようなものだよとルカが言った。

空が持ち出していったもの以外にも、放送の装置はあったのだという——しかしそれは、英雄の作った特別製ではなくて、ただ放送をするためだけのものだ。鉱石があれば別の世界に繋がるというような機能はない。世界中、各国、各地に設置されている電波塔を介して、声を届ける機能だけ。

今の私たちにはそれだけあれば充分だろうけど……。

「…………」

やっぱり私は、立ち尽くす。

空に伝えたい気持ちはたくさんあったはずなのに……。

自分の気持ちをどんな言葉に託せばいいのか、わからなかった。

空はここから私に〝好きだ〟と叫んでくれた。

だったら私は？

私は空のことを、どう想ってる……？

〝好き〟という気持ちと近い気がする。けれど、空を引き留めるだけの言葉とするには少し違う。それじゃ足りないと感じてる。頭の中がもやもやとしてばかり。

おかしいな。

私って、こんなに頭の悪い子だったっけ——空のことを考えると、途端に、言葉が何も浮かばなくなってしまうんだ。

「空……。もう一度、あなたの気持ちが知りたいよ」

私は、装置の前でポツリと言った。

空はここで私に〝好きだ〟と伝えてくれた。

けれど今、元の世界に〝好きな人がいる〟と、あなたはそう言っていた――ねえ、空。ごめんなさい。こんなことを考えるのも図々《ずうずう》しいけれど……私のことは？　と、思ってしまうんだ。もう逢《あ》えなくなるかも。空には別に好きな人がいた。そう思うともうダメだ。甘えたような言葉がぽろぽろこぼれる――ねえ空。もう、私のことは、〝好き〟じゃなくなった？

心の中でそう問いかける。その度に心がズキリと痛んだ。

本当に、私はどうしようもない。

好きだと言ってくれたあのときはちゃんと答えなかったくせに。それなのに、もう逢えないかもしれないとわかったとたん、あなたが別の子のところへ行ってしまうと考えたとたん、こんなことを思うだなんて……私は本当に、本当に、面倒くさい子だ。

「う、うう……っ」

ああ。どうしよう。空のことを考えると、ダメだ。おかしい。最近はずっとこうだ。胸が、ドキドキしてしまう。そしてそのドキドキが、全身を内側から激しく突き刺すように広がって、痛かった。

身体が熱い。息が、苦しい……私、どうなっちゃったんだろう。

ふと目眩《めまい》がした。意識が遠ざかる感覚だ。

そしてそんな私の脳裏に、恐ろしいイメージが過ぎった。

私の中に誰かがいて……。

その知らない誰かが、今にも私の身体を内側から食い破り、外に飛び出してくる。

それの姿はまるで〝獣〟だ。

とてもこの世のものとも思えない叫び声を上げ、私の中から生まれ出る——そして世界をあっという間に丸ごと呑《の》み込む。そんなイメージ。私の中にある空への想いを喰《く》らい、ぶくぶくと、その〝獣〟は今も私の中で大きくふくれあがっていっている……。

〝獣〟はもっと喰わせろと私に牙を剝《む》き出していた。

これはただの幻覚。ただのイメージ。ただの、悪夢。

……そのはずなのに、〝獣〟が私に話しかけてくる。

ユーリ。私のかわいい模造品。お前は大咲《おおさき》空のことを、どう想ってる？　ああいや、答えなくてもいいんだよ。私はお前だ。お前は、私だ。ちゃんとわかってる……〝好き〟、なんだろう？

〝獣〟はニンマリとする。大きな口を耳まで裂いて。

人が恋することは誰にも止められないものだ。もちろん、自分自身でもね。そういう風にして人は長い歴史を紡いできた生き物だ——さあ、もう、いいんだよ？　遠慮は要らない。ここから一緒に叫ぼうじゃないか。英雄《あの人》の生まれ変わりの少年に、お前も——私も、あなたのことが〝好きだよ〟って。たったそれだけのことで、私は生まれる。お前の中から解き放たれる。そうしてその産みの苦しみから、たちまちお前は解き放たれるよ。

「……っ」

私は、首を振る。〝獣〟の言葉を振り払おうとする。

その勢いでまたクラッとした。強めの目眩だ。とても立っていられない。ああ。意識が、遠のく……その瞬間、だったと思う。

——……どうすれば、〝恋〟を忘れられますか？

声がした。

——どうすれば一度好きになってしまった人のことを忘れることができるのか、知りたいです。

空の声だ。

……好き、だったんです。

ずっとほしいと思っていたその声が、私のことを話してる……。

……本当に、本当に俺は、ユーリのことが好きだった。

ははは……！

私の中の〝獣〟が嘲笑《あざわら》う。

ああ、ああ、そうだ。そうだよ。そうだよね——なあ、ユーリ。お前も答えてあげたらどうだ？　私も〝好きだよ〟って。あなたのことを、恋しく思って、しかたがないんだよ、って。

そうすることができたなら……。

ほら。君らの恋する物語はハッピーエンドだ。

代わりに世界は終わりを迎える。たった一つの恋が叶うことで、幾千、幾万、幾億の命は未来を失う。

だけど、まあ、それで構わないよね？

たとえ世界が終わろうと。

たとえ、自分たち以外の全員が不幸になろうと。

……世界が終わる最期の瞬間、お前たちだけは、好きな人と一緒に過ごせる。

これ以上の幸せはないはずだよね？　自分たちだけでも幸福を選べるのなら、躊躇《ちゅうちょ》なくそれを選び取るのが人間という生き物だ。

その邪悪さを喰らい尽くしてやるのが〝獣〟である私の役目。

さあ、今すぐ叫ぼう。

世界の全てを差し出して、たった一つの恋をはじめよう。私と、一緒に。

「うん……、そうだね。それも悪くないんじゃないかな」

〝獣〟の呼びかけに、そううなずいたのは……誰だろう？

「別にいいんじゃない？　自分の人生を幸せな終わりに導けるなら、こんな世界。見捨ててしまっても別にいい」

薄らと目を開ける……ヨルだ。

彼女の顔が視界に映り込んでいる。

気づくと倒れてしまっていた私のことを、彼女は支え、抱き起こしてくれていた。

「誰かが一番大切なものを犠牲にしなくちゃ護《まも》られることのない——そんなもの、最初から護られる必要のないものだ。たとえそれがこの世界の命運だろうとなんだろうとね。だから、ユーリ。君は今、ここで、叫びたいと願うことを叫べばいい。わたしはそう思うんだよ」

自分を全て犠牲にしてまで、大切な人の全てを護ろうとする——そんな不死者《あなた》たちにそう言われても、なんだかちょっと、困ってしまうな。

あなたたちのその〝誰かのために〟という生き方を、心のどこかで美しいとさえ感じてしまう。そんな私たちだからこそ、あなたがそんなことを口にする事実に、とても、戸惑う。

「ううん。わたしは別に、自分を犠牲にしてまで誰かを護ってきたという自覚はないよ」

ヨルは苦笑いで首を振る。

「自分がそうしたいからそうしただけだ。犠牲になったつもりはまったくない。だから後悔することだって、欠片《かけら》もないんだ。わたしはね、お父さんの全部を助けられるなら、それで世界が終わってしまうとしても構わなかった。ただそれだけだよ」

後悔……。

クロースが残していってくれた心の手紙を思い出す。

ねえ、クロース。

私は私に後悔しないよう生きるには、これからどうすればいいのかな……。

心の中にいてくれるはずのクロースの手紙に問いかけた。

私はどんな風にして、ここから空に呼びかけたらいいのかな。


だからさあ、ユーリ。私のかわいいかわいい量産品。お前はもう、わかってるはずだよ？

ニンマリ笑う〝獣〟の声だ。クロースの声の代わりに、私の中に響いている。

お前が大咲空へ呼びかけたい想いなら、もうずっとずっと、大昔から、お前の胸にはあるはずなんだ。そうだろう？　長い時間をかけ、お前の心に育まれた〝恋〟があるはずだ。

ただお前はそれに、気づけばいい。それだけじゃないか。

簡単なことだろう？

と、舌なめずりをする〝獣〟が、その生暖かな吐息で私の心を包み込んでいた。


「ああ、その通りだ。ユーリ。君はもう、わかっているはずなんだ」

ヨルがまるで、〝獣〟に同調するようにそう答えた。

「〝獣《そいつ》〟の言うとおりだと思うよ。それはきっと、気づけば一番近くにあるものだ――だから、気づくことが大切なんだよユーリ」

ヨルは、私に微笑みかけている。

「ユーリ。君が、ずっと大咲空のことを見つめてきたというのなら……。それでも大咲空を大切に想《おも》う心があるというのなら。そしてそれが〝恋〟じゃないと、いうのなら。君の中にも、わたしと同じものが眠ってる。そのはずなんだよ」

あなたと、同じもの……？

「わたしはお父さんが、大好き。お父さんは、血の繋がりも、生き物としての違いも、そんなもの関係なく、わたしを自分の娘だと言ってくれた。その言葉だけでわたしはきっと、孤独に生きた長い時間の全てがあっという間に報われて……わたしはもっと、お父さんのことが大好きになった」

けれどそれは恋じゃない、とヨルは言う。

「それはこの世で一番、わたしにとって何より一番、大切なもの。お父さんに〝お前は俺の娘だ〟と言ってもらえてはじめて、わたしもそれに気づけた。もし、ユーリの中にあるものがわたしのそれと、同じだとしたら……。ただ世界は予定通り、一年後に終わるだけだよ。終わりが早いか遅いかの違いでしかないんだ」

だからヨルは〝獣〟と同じように、私に叫べと言うけれど……。

わからなかった。いったい何に気づけばいいんだろう。
ふとさ迷わせた視線が何かを見つけた――レコード……？
ずっと昔に流行《はや》った歌が吹き込まれた一枚だった。
どうしてこれはここにあるんだったっけ……。
この歌は、いったいどんな想いについて、歌ったものだったっけ……。
空と一緒に歩いた、雨降りの音に溢《あふ》れた町。
そこで見つけて持ち帰ったもの……。
空と二人で、この部屋で、一緒に聴いた……誰かが誰かを想う歌。
声が届くときに伝えればよかったと願う。それは、愛と勇気の歌だった。

〝好きだ。ユーリ〟

私へ贈られた言葉が、まるでレコードから流れる歌詞の一部みたいにして、脳裏を過ぎる。

〝俺は、君のことが何よりずっと――……〟

あの声は本当に英雄《あの人》のものだった？

ううん。きっと、違う……。そうだよね空。

根拠はないけど——そうだと気づいてしまえば、簡単だった。

〝愛してるよ、ユーリ〟

お母さんが遺《のこ》してくれた心の手紙。その声が、私に優しく微笑《ほほえ》んでいる——ああ、そうか。そうだよね。

最初から空《あなた》が、ううん、あなたたちが私に、教えてくれていたんだなと、ようやく気づけた。

空……。

大咲空。

英雄《あの人》の生まれ変わりの男の子。

けれど今となってはそれ以上の存在だ。

英雄《あの人》の生まれ変わりだとか関係なく、私は空《あなた》のことを見つめていたい。あなたに傍で笑っていてほしいと願ってた。許されるならずっと一緒に生きていきたいと、祈ってた。もし許されるなら、ふとした瞬間、悲しいときや寂しいときに、手を繋《つな》ぐことのできる距離にいてほしい。胸に芽生えていた空《あなた》への想いは、〝好き〟という感情だけではとても言い表せない。

けれどそれはもう、一度気づいてしまえば簡単だった。

好きだよ。空。

私は、あなたのことを何よりずっと――……

「愛、してる」

ポツリと私はそう言った。

「私は、空……あなたのことを……世界で一番、何よりも一番、愛してる」

そう口にした瞬間、もう、ダメだ。

おかしいな。ポロポロと、涙がこぼれてきた――ずっと、ずっと、私はあなたのことを見つめていた。あなたの成長を、見守ってきた。あなたがいつも、どんなときでも、心穏やかに……幸せでありますようにと願ってた。英雄《あの人》のメガネを通して、私は空《あなた》の成長を見つめ続けた。この声や、想いや、祈りが、決してあなたに届かなくとも、あなたの未来に光がありますようにとだけ、祈っていたんだ。

　あなたの隣にいるのが私じゃなくとも構わなかった。

　ただあなたが誰より幸せで、笑顔でいてくれるならそれでよかった――恋する気持ちじゃきっと足りない。ヨルが父親を想う気持ちとよく似てる。クロースが英雄《あの人》を思う気持ちと、よく似てる。たしかにこの想いはずっと私の中にあり続けていたものだ。そしてこの空への想いが〝恋〟ではなく愛だというなら、それは家族愛なのか、友情の延長なのか、やっぱり今の私にはわからないけれど……。


「ようやくこの声が届くのに。あなたとこうして、逢《あ》えたのに。このままさよならだなんて、やっぱり嫌だよ……空」


ため息をつくように、心の奥からそんな言葉がこぼれ落ち……。

　パチリ、と。

　ヨルが装置のスイッチを切った。

「愛は、呪いだ」

　ヨルは微笑みを浮かべて、こちらを振り向く。

「わたしたち不死者《ヨルノヒト》を殺す方法は愛することだ。そして、君たちの中に宿った人でないものたちを——ううん。自ら人であることを手放した獣たちの意思を殺すのも、愛することだ。恋することを越えて行け、愛《いと》しく可愛《かわい》い小さな小さな人間たち。いつだって、そんな君たちを愛しく思わずにはいられない——馬鹿なわたしが、その可愛い願いを叶えてあげよう」

ヨルがまるで、大切な魔法の呪文を唱えるようにそう言った。

「……どうして？」私は言う。「どうしてあなたは私を助けてくれるの？」

「ん？　そんなの簡単だよ」ヨルは笑う。太陽みたいに明るく。「わたしたちは愛に生き、愛に死ぬ生き物だ。そんなわたしたちが、愛を見失いそうになっている君たちを、見ない振りできるわけがないでしょう？」

「…………」

「さあ。教えてユーリ。あなたは今、何を願う？」ヨルは私に手を差し出した。「君に残された時間はおよそ一年。その限られた時間の中に、どんな想いを繋《つな》いでいきたいと願うのか。もしもこのレコードに、あなただけの愛の歌を吹き込めるなら。あなたは未来にどんな歌を残したいと願うのか。どうかわたしに、聞かせてほしいんだ」

もしも私の勝手な願いを一つ、叶えてもらえるのなら。

私は……。

「私は、今すぐ空に、逢《あ》いたい……」

それ以上のことはまだ何も、わからない。でも……。

「今すぐ空に、逢いたいよ……」

私の願いにヨルは優しく、まるでお母さんみたいに温かく、微笑んでくれた……でも。

「ダメだよ。空には元の世界に、好きな人がいて……」

「んん？　まだそんなこと言うのかい君って子は。さっき本人の口からそうじゃないって聞いたようなものじゃないか」ヨルは呆《あき》れたような顔をする。「まあもしそうだとしても、そんなのは知らないよ。どうしても君に空が必要ならさ、そいつから空を奪い取ってやればいいじゃない。愛は呪いだからこそ、愛は戦いでもあるんだよ。ちょっとでも戸惑ったりしたら負けなんだ。自分の心どころか、〝獣の王〟なんかに負けてる場合じゃ全然ないぜ？」

ヨルが肩をすくめる。私はぽかんと、してしまう。

「まったく、しかたがないなあ。人間は本当に世話が焼けちゃう生き物だよね。わたし達がこうして護《まも》ってあげなきゃすぐに諦めちゃいそうになるんだから……。まあ、そんな面倒くさいところがなによりずっと、愛しく思えてしかたがないわけだけど」

そうしてヨルは、その背中に夜より深い闇色の翼を広げ、私のことを抱き寄せた。

老人《彼》の抱えるスピーカーから響いた声に、俺は思わず呼吸を忘れ、固まってしまっていた。

「………………」

〝愛、してる〟

〝私は、空……あなたのことを……世界で一番、何よりも一番、愛してる〟

〝ようやくこの声が届くのに。あなたとこうして、逢えたのに。このままさよならだなんて、やっぱり嫌だよ……空〟

老人《彼》はなぜ、スピーカーを通してこの叫びを俺に届けたんだろう。わからないことは多くあるけれど……。

呆《ほう》ける俺に、老人《彼》は言う。

「ヨルから聞いたよ。お前は……英雄の生まれ変わりである大咲空。お前は、恋することが許されない。そうすることで〝獣の王〟が復活し、人間は一人残らず滅ぼされてしまうんだと」

「…………」

「けれど、これでわかったろ？　もうお前は、あの子への想いを叶えても大丈夫。そのはずだ」

「……え？」

まさかとは思うが、それはつまり……。

「お前はそれなりに察しが良さそうだからな。俺たちの言いたいことはもうわかるだろ？お前たちの間にあるものは〝恋〟じゃなく〝愛〟だった──だからユーリ《あの子》の中に封じられた〝獣の王〟も、お前の中に眠る〝英雄〟も、どちらも復活する道理はないはずだ」

なんだ、それは……。

そんなのは暴論にもならないくらいの、ただの屁理屈《へりくつ》で……。

「そうだな。お前の気持ちはよくわかる」老人《彼》は肩をすくめる。そして俺の心を覗《のぞ》き込むかのようにして、言う。「〝恋じゃなく、愛だった〟──そんな言葉遊びにもならない理屈で回避できるほど、世界の終わりは生やさしくはないだろうさ。だがな、最後に誰かの願いが一つでも叶《かな》えられるなら、まあ、理不尽な終わりに納得はできなくとも、俺たちも祝福くらいはできると思うぞ」

「……何万、何億もの命がかかっていても？」

「ああ。構わないさ。お前の茶番にああして付き合ってやったのも、こうしてヨルの筋書きに付き合ってやったのも、全てお前たちに、自分自身の〝心〟に気づいてもらうためだ……と、俺の娘はそう願っていたぞ」

「え？」ヨルが？

「世界が終わりに向かおうと、愛する者の心を護《まも》りたいと不死者《ヨルノヒト》はそう願う。だからあの子はお前たちの想いを叶えてほしいと願ってる。あの子は世界よりもお前たちの心を救う選択をして、この茶番返し、とでもいおうかな。とにかくこんな舞台を仕組んだんだ——で？　お前はどうなんだ？　お前は、愛する者との未来を諦める。そんな選択をするのか？」

　だけど、と俺は思う。

「あなたも、ヨルも。娘や父親の未来を護るために、古城の主と戦おうとしたんじゃないんですか？　そうまでして護ろうとした残された一年さえ、消えてなくなるかもしれない」それでもいいんですかと俺は問いかける。

「構わない、とは言えないな。できることなら残り一年の未来も、お前たちの心も、どちらも救いたいと願ってるさ」

「…………」

「だがな、少年。世界も、俺たちも、どうせみんないつかは消えてなくなるものばかり。それはお前やあの少女も同じだ。いつかお前の命も潰《つい》える日は確実に来る。そのとき俺たちの未来を護ってしまって、少女との恋を諦めてしまったことを後悔し、恨まれてしまったとしたら。それは胸焼けを覚えるほど不本意だ」

　老人《彼》は肩をすくめる。

「一生に一度くらい、他の誰でもない、自分の願いを最優先しても許される場面があったっていい。誰もがみんなそんな権利を命の中に持って生まれてくるものだと俺は信じたい」

……老人《彼》は口下手なりに、年若い俺の背中を押そうとしてくれていると、そう感じられた。

そして今、俺の頭の中を一杯に満たしているのは、たった一つだ。

「……いいんでしょうか」ポツリと、俺は言う。「本当に、俺たちは〝恋〟をしてしまっても……」

「さあな。お前のその選択のせいで〝獣の王〟も、〝英雄〟も、予定通り復活し……世界は、そして俺たちの未来はあっという間に消え去るかもしれないな」

「………」

「けれどな、少年。そのときそのとき、懸命に考えて選んだ道がたとえ間違っていたとしても、今はそれで構わないと俺は思ってる。重要なのは、そのとき選んだ道を最後の最後には悔いのないものに導けるかどうかだ。後悔しない生き方とはそういうことだと信じていたい」

世界も、少女も、どちらも救う。お前にはそれくらいの意志の強さが必要だと、老人《彼》は言う。

「だからこそ今のお前は我がままに、あの子との〝愛〟を選ぶこともできる。その間違えてしまった選択を、これから残された一年間の中で、悔いのないものに変えてみせろよ、新しい英雄。そうして世界と少女、どちらも救ってみせろ。残り一年の世界の寿命を百年、千年と、延ばしてみせてくれ。お前を友人として愛してしまった娘と、そんな娘のことを愛する俺と、俺たちみんなの未来のためにな」

老人《彼》は俺の目をジッと見つめ、何度となく問いかけてくる。

「俺が娘を助けたかったのは、たとえ短くとも、与えられた時間を精一杯、自分のために生きてほしかったからだ。俺たち親子は互いにそう思ってる。別に、世界を救って、長生きしてほしいと願っていたわけじゃない――俺と娘は、本当の家族になれたと思ってる。最後にそんな我がままを叶《かな》えられたんだ。次はお前たちが一生に一度の我がままを叶える番だ。そう願っているのは、きっと俺たちだけじゃない。もう、ここにはいない……二度と逢《あ》えなくなってしまった者たちも、同じはずだ」

老人《彼》は、誰もいないはずの俺の隣にふと視線を向けた。

そして老人《彼》は元通り、無口な人に戻ってしまう。

俺たちの間には沈黙が横たわる。列車の走る音さえも聞こえてこない。

俺は……。

俺は老人《彼》に一度だけ頭を下げて、そのまま列車を飛び出した。

列車は後退できず、前にしか進めない。学園に戻るには大きくどこかで引き返せる場所を探さなければならなくて……。

とてもじゃないがそれまでジッと待ってはいられなかったんだ。

俺は、線路を走った。

ここから学園までどれだけかかる……？

むしろこっちの方が遠回りだと頭ではわかってる。

けれどどうしてもジッとしてはいられなくて……。

嫌だ、と思った。

ずっと逢いたいと思っていた君とようやく逢えた。ようやく話ができる。触れられる。

幼い頃からずっと傍にいてくれた優しい声に、ありがとうと、いつも傍にいてくれてうれしかったと、そう言えるようになったのに……。

嫌だ。俺も本当はこんな結末、望んじゃいなかったんだ。

だけどしかたがないんだ、と。

何の力もない俺が、世界を、君を、どちらも救うには、こうするしか他にないんだ、と

……。

そんな風に、心のどこかで英雄のように振る舞わなければならないと、俺は感じていたのかもしれなくて……。

けれど英雄になんてとてもなれない俺は、この手の届く限りのものをどうにか繋ぎ止めておくことが精一杯で……それさえも俺は、自ら手放してしまいそうになっていた。逢いたい、と願うのは勝手だろうか。話がしたいと祈るのは、都合が良すぎるだろうか。もう一度だけ君に触れたいと望むのは、許されないのだろうか。

それでも君に逢いたい。君の声を、聴きたい。ただ君と、手を繋いでいたいだけなんだ。

だって俺は……。

「ユーリ。俺は、君のことを……っ」

どれだけ線路を走っただろう。

息は上がり、足は絡まり、意識はぼんやりし始めて……。

今すぐ倒れてしまいそうになりながら、それでも前へ前へと俺は走った。

とにかく今はユーリに逢いたい。それ以外のことを考える余裕はもう、どこにもなくて……。


——空っ。

声がする。君の声だ。ずっと、ずっと、傍にいてくれた声。

──お願いっ、空っ。
遠のく意識のその中で、幻聴でも聞いているのかな。
この声があるだけで俺は、きっとどこまでも走って行けるはずだったけど……。
──ここだよ空っ。
おかしいな。
ちょっと、変だな。ぼんやりする頭では、ハッキリしないけど……。
──空……お願いっ、空を、見てっ。
……まさか、君が俺を、呼んでいる？
「…………」
俺はそこで、立ち止まる……羽根だ。
真っ白な羽根がはらはらと、辺りに舞い踊るようにして降っていることに気づいた。
空を、見上げた……ああ。そうして俺は、両手を広げる。

たくさんの真っ白な羽根と一緒に、大きな翼を広げた君が、真っ青に晴れ渡る空から降ってきた。


空からたくさんの白い羽根と一緒に降ってきた……。

そんな君を抱き留めて、二人で線路の上に倒れ込む。

抱き留めたユーリは、俺の腕の中で震えていた。背中には、服や皮膚を突き破り姿を見せた、大きな翼。小さな身体中《からだじゅう》には紋様が浮かび上がっていて……熱い。その身体は高熱に包まれている。苦しそうに呼吸するユーリは、今、その胸にどんな想いを抱いているのだろう。俺たちは〝恋〟しちゃいけない。互いの中に封じられた存在が、恋《それ》をきっかけにして目覚めてしまう……今にもユーリの中から〝獣〟が蘇《よみがえ》ろうとしているのだと、思った。

俺は、震えるその小さな身体をとにかく強く、抱きしめる。

これでいいのか？　このままで、本当に、いいのか？

俺は何度も、何度でも、そう自分自身に問いかけている……。

「……で？　お返事は？」

そう言ったのはヨルだった。

　ふわりと真っ黒な羽をはためかせ、俺たちの傍に降り立った。

「聴いたはずだよね？　お父さんの持ってたスピーカーから……ユーリの気持ち。ちゃんと届いたはずだよね？　女の子からの、文字通り命をかけた告白だ。ちゃんと応えてあげなきゃ英雄どころか……男が廃るんじゃないかな？」

「だけど、このままだとユーリが……っ」震えるユーリを抱き留めたまま、そして線路に倒れ込んだまま、俺は叫んだ。

「もしも明日、この世界が終わるとしたら」ヨルが小さく首をかしげて、俺に問いかける。

「それはまだ英雄だった遠い日のあなたが、わたしに問いかけた言葉だよ」

「……え？」

「教えてよ、空。どんなに足掻《あが》いても。どんなに助けを求めても。どうしたって明日、この世界が終わるとわかっていたら……。どうしたってその運命を変えられないのだとしたら。そんな限りある者たちの中で、あなたは今、何を願うの？　その選択に、本当に、後悔はない……？　いつだってわたし達は、目には見えない何かにそう問いかけられているんだよ。きっとね」

　それだけを言い、ヨルはすぅっと姿を消した。

　ここからは全て俺に任せる。言葉以上に、ヨルはそう言っているように思えて……。

――後悔は一瞬で、心の終わりは、永遠だ。

ふと心に芽生えたその声は誰のものだろう。

ヨル……英雄《あいつ》……それとも、クロース……?

わからない。

けれどそれは何より近い場所から、そして何よりも遠いどこからか、俺や、俺たちのことをずっと見守り、想《おも》っていてくれる何か《誰か》であることは、たしかだ。

後悔は一瞬で、心の終わりは、永遠だ、か。

俺は、そう心の中でつぶやいてみる。

人間には誰しも一度だけ、自分のために生きていい瞬間がきっとある……。

俺は、老人《彼》の言葉も一緒に、心の中でつぶやいてみた。

もしも今、この生涯でたった一度だけ、後悔しない生き方を自分勝手に選べるのなら

――……愛してる。

「ユーリ……。俺も、君のことを、心から愛してる」

そう言って俺は、ユーリを強く、何より強く抱きしめた。

君は家族で。君は親友で。君は恋人で。君は、俺にとって、誰だろう……。まだまだ幼い俺には、抱き留めた腕の中にどんな想いがあるのかを想像もできなくて……。

その正体なんてもはやどうでもよかった。もう、絶対に、君を放したくないんだ。

この想いが〝好き〟じゃなくとも構わない。恋じゃなくとも大丈夫。君を抱き留めた腕の中に――俺は、君といたい。君と、いつも微笑《ほほえ》み合っていたい。ただ君と手を繋ぎ、最後の瞬間を迎えたい。そんな気持ちがあればそれでいいんだ。

はらはらと……。

ユーリの背中を突き破り現れていた羽が、まるで花が枯れていくように落ちていった。

小さな身体を苛《さいな》んでいた紋様も消えていき……。

代わりに、腕の中で、ユーリの遠慮気味な小さな微笑みが咲いていた。

この選択からはもう、戻れない。戻るつもりも今はない。

これ以上の選択は、英雄でも何でもないただの俺には、存在しない――いいや。たぶん、そうじゃない。この選択はきっと間違えてしまってる。正しいものじゃ決してなかった。他にも何か、頭のいい誰かなら、もっともっと素晴らしい最適解を導けたのかもしれないけれど……。

この間違えてしまった選択を、俺は、これから残された全部の時間を費やして、〝正しいもの〟に変えていくんだ。

俺は、俺たちを大切に想ってくれる人たち全員に、そう誓った。


その夜、俺は夢を見た。


――人は〝恋すること〟も、〝愛すること〟も、どちらも忘れられない生き物だ。

ユーリの中で〝獣〟が微笑《ほほえ》んでいる。

しかし人の心は簡単に移ろうものだ。世界を信じ、世界に絶望した、英雄《あの人》の心のように。

お前たちの心も、同じだ。

一度信じた世界も、信じられなくなることもあるだろう。

一度愛した人を、愛するからこそ憎く思うこともあるだろう。

そうしたとき、お前たちの中に眠る〝私《獣》〟はもう一度、目覚める。

忘れるな、と〝獣〟は言う。

私は……いいや、私たちは、目には見えずとも、声は届かなくとも、いつもお前たちのすぐそばにいる。お前たちを〝愛〟する者たちと同じようにな。

それを忘れず、〝愛〟でも〝恋〟でも、自由に〝今〟を楽しめ。

どうせ一年後には全てが終わる。その事実からは逃げ延びられない運命なんだから。


そうして〝獣〟は再び眠りについた。


「……私も、同じような夢を見ました」

俺の隣を歩くユーリが、うなずきながらそう言った。

「私の夢に出てきたのは〝獣〟じゃなくて、〝英雄《あの人》〟の方でしたが」

学園からほど近い、廃墟《はいきょ》の町だ。

今も昔も音に溢《あふ》れた雨降りの町。俺たちはまた、この町の細い路地を並んで歩いている。

「〝英雄《あの人》〟も私に言っていました。人間は、〝恋〟することも、〝愛〟することも、どちらも忘れられない生き物だから……って。そんな私の心に罠《わな》を仕掛けた。そのことにごめんと、私にはそう何度も言っていました。そうして空の命の中で眠りに落ちる。そんな夢でした」

「そっか……」謝るくらいなら最初からそんなことしなければいい、いい人ぶるんじゃない、最後まで気持ちよく俺たちにとって悪役でいろよ、と……そんな思いが心に芽吹くも、ここにいない人間に唇を尖《とが》らせたところで、無意味だ。「じゃあ、俺たちは世界を救った……とまでは言えないけど、最悪の結末からはとりあえず、護《まも》ることができたのかな」

「そう、ですね。残り一年という制限時間も、私たちは護れたのかもしれませんね」

ユーリは苦笑いを見せていた。

ぴちょん、ぴちょんと、雨粒の跳ねる音——俺たちがまたこの町をこうして歩いているのは、今度はヨルが俺たちにレコードを取ってきてほしいと言い出したからだ。

あれからヨルは、学園の図書室に籠るようになっていた。

書架に収められたあらゆる本を猛スピードで読みあさり、全てを読んでしまった後に、書庫に少しだけあったレコードをヨルは見つけた。そこに吹き込まれた古いクラシックな音楽に瞬く間に酔いしれていた。

これまであまり人間の文化や娯楽に興味はなかった、とヨルは言っていた。

自分より随分短い寿命しか生きることのできない人間。そんな生き物が産み出すものにたいした意味なんてないだろう……と、これまでは決めつけていた。

「くだらない偏見に満ちた食わず嫌いをするなんて、わたしってまだまだ子供だね」

ユーリと俺がこの町から持ち帰っていたレコードを聴いて、ヨルは目を丸くしていた。

それは一昔前にこの世界で流行《はや》った曲であるらしい。いわゆるポップス。ヨルは拍手喝采し、こんな曲をもっとたくさん聴きたい、おすすめな曲があれば取ってきてほしい、自分が選ぶより詳しい人に選んでほしい、と。そんな具合だったのだ。

「まったく、ほしいなら自分で取りに行けばいいのにな。ヨルだったらここまでひとっ飛びだろうし、俺はこの世界の流行の曲なんて、ヨルと同じくらいわかってないし」

わざとらしく唇を尖らせてみせる俺だった。

「そうですね。でも、私はうれしいですよ。こうして空とまた二人でお出かけできる口実ができました」

ニコリと笑う。そんなユーリに俺は少し、戸惑う。

ちょっと変わったな、と思うのだ。

たしか以前、ここにこうして二人でやって来たとき、ユーリは俺に〝空は変わりましたね〟とそう言っていた。幼い頃と比べると、ちょっと、明るくなった。変わってしまったそんな部分に戸惑うけれど、今の俺の方がいいと言ってくれた。

そのときのユーリの言葉をそのまま返したいと、思った。今のユーリの方がもっと、俺も好きだよと。

そう伝えても恐らく、前ほどはまっ赤になって焦りを見せるようなことはないだろう……ユーリも、俺もだ。

ちゃんと互いに気持ちを言葉で交換できた。

その事実が自分たちが思う以上に安心を与えてくれて、心に余裕が生まれてもいた。もう自分の気持ちに必要以上に恥ずかしがったり、悩んだり、迷ったりすることはないだろう。あくまでも今はそうだと感じていた。

「やっぱり愛や恋について歌ったものがいいんでしょうか？　私たちが持ち帰ったレコードは、そういう種類の歌が録音されているものばかりを選んだと思うし……」

「ああ、うん。そうだね。ヨルも今はその手の歌がもっと聴きたいって言ってたかな」

……そんなヨルと言えば、だ。

ここにユーリと二人でやって来る直前に、少し二人で話したことを俺は思い出していた。ちょっとした違和感について、俺はどうしても答え合わせがほしかったんだ。

老人《彼》が持っていたスピーカーだ。

放送室の装置と繋《つな》がっていたらしいそれは、ユーリと俺の言葉と気持ちを繋いでくれた。それは最初からユーリと俺に、最後に会話させることを考えていたから準備していたということだった。それはつまり最初からこうなることが二人には予想がある程度ついていたということで……。

「わたしはね。悪戯《いたずら》に〝獣の王〟の復活を空に教えてしまったことを後悔してたんだ。その罪滅ぼしのつもりでもあったんだよ」

平然とそう言うヨルだったけれど……いったいどこまで計画通りだったのかな。

そう問いかけたけれど、詳しいことは濁されたまま答えてくれなかった。その代わりにヨルはこんなことを言って、俺を送り出してくれた。

「図書館《ここ》に収められた本の中に書いてあったよ――人生は、舞台だってね。あはは。人間は中々面白いことを考えるよね。だから空も、文化祭の最後の出し物ってことでさ、ユーリを観客にした演劇を作ってみせて、それをわたしたちも協力したけれど……」

　本当に人生が舞台なら、とヨルは囁く。

「わたしたちみたいなちょい役だったり、ただの観衆だったりする者たちも、そのとき舞台に上がってる特別な人たちを応援し、傍で支えたりなんかして……主役が心を痛めているその時に勇気づけることのできる瞬間を夢見てるんだ。ええっと。まあ、つまり何が言いたいのかというと……」

　ヨルは苦笑いを浮かべ、「いつだって、君を、君たちを大事に思いたい者たちが傍にいて、君たちに余計なお世話を焼きたいと願ってる。だからさ、一人で生きてるつもりになるなよ」とそう言った。

　そしてギンもルカも、ヨルが作り上げようとした〝舞台〟を手伝ってくれていたということだ。

　だから二人はまず一番に、ユーリのことを放送室に連れて行ってくれた。ユーリが俺へ、きっと何かを叫ぶだろうと期待して。

　ああ。そうか。

　だから老人《彼》が「いい友だちを持ったな」と、俺にそう言ったのか。

「わたしとお父さんは本当の親子になれた。だからもう、いいんだ。もしも明日、この世界が終わるとしても……構わない。最後の願いは叶《かな》えられてる。だから次は君たちの番だ。そう思ったんだよ」

　最後にヨルは父親と同じことを言い、俺のことを送り出してくれていた。

　本当に、おかしいな。どこまで計画されていたのかわからないけれど……。

　こんな偶然任せな計画が、どれほど〝うまくいく〟という確信があったのかも、わからないけれど……。

　やめておこう。そういうのは詮索するだけ無粋な気もした。

　鮮やかなマジックのタネを聞き出そうと躍起になったり、渡された素敵な贈り物の値段をしきりに気にしてみたり……。

　これ以上の問いかけは、そんな無粋さと同じようなものだと感じた。

　だからもう今のところは気にしないようにしよう。こうして二人が互いの隣に戻れた。全て独り相撲だったとしても、だ。そんな今があるのだからそれでいい。

　ただ、紐《ひも》解いてみて理解させられてしまったのは、ユーリを騙《だま》すつもりが、実は俺が全員に騙されてしまっていたんだということだった。

　今はこうして、大切に想《おも》いたい子と一緒にいられる時間を大切にしたい。

「……もしも明日、この世界が終わるとしたら。俺は最後に、君と恋がしたいと思ってた」

ふと迷い込みそうになった思考の中から、そんな言葉で俺は自分の心を掬い上げる。

「俺の願いは叶《かな》わなくなっちゃったってことなのかな」

ちょっと意地悪な言葉だった。いや。ともすればちょっと、後ろ向きとも言える言葉だ。

けれどユーリは微笑んだまま、うなずいた。

「……そうですね。空の願いが〝恋〟でなければ叶わないのなら、そうなるのかもしれません」

そう言ったユーリは、俺の手に指を絡めた。そのまま俺たちは、この前ここに来たときと同じように手を繋いで歩いた。今度は恥ずかしがることもなく、変にドキドキさせられることもなく、自然と手を繋《つな》ぐことができていた。

「空」と、ユーリが俺を呼ぶ。

「うん」と、俺がユーリにうなずく。

「好き、です」とユーリが口ずさむ。

「……うん」と、俺はもう一度、うなずいた。

「大好きです」やっぱり耳までまっ赤になりながら、ユーリが言った。「あなたのことを家族みたいに見守っていた。遠い昔のあの頃みたいに。これからも、ずっと……あ、愛して、います」

今度は何も答えず、俺はただ、繋いだ手にほんの少しだけ力を込めた。

「空……。あなたへのこの想いが、いつまでも変わらずに、私の中に在り続けることを祈っています」

ユーリが望む未来を覗《のぞ》き込もうと背伸びするみたいにして、そう、囁《ささや》いたときだった。

風が吹いた。ただ一瞬の強い風。

俺は反射的に目を閉じて。

そっと、開く……。

すると目の前には真っ白なドレスを纏《まと》い、頰《ほお》を淡く染めたユーリの姿があった。

おかしいな。夢でも見ているのかな。

ユーリへの想いは〝恋〟なんかじゃないはずだったのに……。

ギンや、ルカや、ヨルや、クリス。そして老人《彼》。他にも、まだ知らない誰かたち——学園の制服を着ていたり。そうじゃなかったり。様々だ。そんな俺たちを囲むように集まった人たちが、俺たちに拍手を送っていた。

もう一度、風が吹く。

町中が一斉に鳴った。

雨粒だけじゃなく、風が吹き抜けていく勢いだけでも、この町は一つの大きな楽器となって鳴り響き……俺たちのことを祝福してくれている。

ほんの一瞬、覗《のぞ》き見た光景だ。

そこにはたくさんの笑顔があった。たくさんの温かい何かが、満ちていた。あまりにも眩《まぶ》しく思えて、俺は思わず、瞼《まぶた》を閉じてしまう。

これはきっと、およそ一年後の光景だ。いいや。もっと早く訪れるいつかなのかもしれないし、もっともっと、遠い先の話なのかもしれない……いつか訪れるこの世界の最後の日。その瞬間を、俺の瞳に宿った英雄の魔法が映していた。一秒先の未来視だ。とても一秒先とは言えないほど先の光景。

忘れない、と俺は自分に誓う。

決してこの未来視を的中させてはならないと、そう思っていた。

今覗いた光景が、世界最後の一日だと未来視は俺に告げていた。

俺はユーリと、みんなと一緒に……まだ出会えていない人たちとも一緒に、たった今覗き見た光景を、「また明日」と言い合える時間の中で迎えたい。そのためにも俺はまだまだ、世界を救う方法を探し続ける。君と、君たちと、この世界で一秒でも長く、生きていくそのために。

俺は、閉じていた瞼を開いた。

今はまだ、学園の制服のまま。そんなユーリが隣で微笑《ほほえ》んでくれている。

……好きだ。

心でため息をつくように、思う。
君のことが、大好きだ。
……いいや。
君のことを、心から、愛してる。
この君へのたしかな想い《心》が簡単に移ろうことはない。
きっと明日も、明後日も、俺たちは笑い合えているはずだと、今は信じることにする。
大切に思える友人たちと。
大切に想いたいたった一人の女の子。
これだけあれば充分で……。
温かく、眩しい未来が、自分には約束されているのだと、そう信じられるなら……。
たとえこれからどんなに辛いことがあったとしても、大丈夫。
きっと、俺たちは平気だ。
君の手をいつでも強く握り返して……。
最後に覗き見ることのできた眩しさだけは、絶対に、忘れはしない。
俺は、終わりへ向かう明日を生きていく自分に、何度でもそう誓い続けていた。

あとがき

著者の漆原雪人です。『もしも明日、この世界が終わるとしたら』第2巻、いかがだったでしょうか。今回も楽しく本文執筆させてもらえました。

個人的に、今回初登場の新ヒロインちゃん、お気に入りです（あとがきから読む方もいらっしゃるかもしれないので、念のためここでは名前を伏せますが）。特に、真っ黒な衣装に変身後が書いていてとても楽しかった思い出です。女の子が泣いてる話を書くことが多いのですが、またこの子たちを書く機会があればいいなあと願いながら。

今回も素敵な表紙や挿絵を描いてくださったイラストレーターの「ゆさのさん」。緻密でいて迫力ある背景を描いていただいた「わいっしゅさん」。この場を借りて感謝を伝えられたらと思います。心から、ありがとうございます。またお仕事できる機会があればいいなと期待しております。

そして、担当編集さん。今回もお忙しいところお力添えありがとうございました。これからも、何かとよろしくお願いいたします。

この本を形にするのにお力添えいただいた全ての方に感謝いたします。

校正では、いつも言葉の使い方に気付かされる部分があったり、今になって勉強になったりと、とてもありがたく……。ありがとうございます。

それでは！　読者様とはまたお会いできることを願いつつ、最大の感謝を。ありがとうございました。

ユーリをはじめ、このお話のキャラクターたちが、あなた様の心の隅にいられることを祈っております。

漆原雪人

もしも明日《あす》、この世界《せかい》が終《お》わるとしたら２

著　漆原《うるしばら》雪人《ゆきと》

角川スニーカー文庫　23641
2023年８月１日　初版発行

発行者　山下直久
発　行　株式会社KADOKAWA
〒102-8177 東京都千代田区富士見2-13-3
電話　0570-002-301（ナビダイヤル）

印刷所　株式会社暁印刷
製本所　本間製本株式会社

●お問い合わせ
https://www.kadokawa.co.jp/（「お問い合わせ」へお進みください）
※内容によっては、お答えできない場合があります。
※サポートは日本国内のみとさせていただきます。
※Japanese text only

Printed in Japan　ISBN 978-4-04-113291-3　C0193

★ご意見、ご感想をお送りください★
〒102-8177 東京都千代田区富士見 2-13-3
株式会社KADOKAWA　角川スニーカー文庫編集部気付
「漆原雪人」先生「ゆさの」先生「わいっしゅ」先生